国家科学技术学术著作出版基金资助出版

海岛与海岸带环境遥感

Remote Sensing of Island and Coast Environment

李 京　陈云浩　刘志刚　周冠华　　著
　　　　孟俊敏　马　毅　邓　磊

科学出版社

北 京

内 容 简 介

本书是一本有关海岛与海岸带环境遥感研究的专著，较为系统地论述海岛与海岸带环境遥感的原理、技术、方法和模型。本书既立足基本原理与基本方法，又面向学科前沿和发展趋势，是作者们多年相关研究的系统总结和提高。

全书从海岛与海岸带环境遥感的发展谈起，以海岛与海岸带遥感监测为主要内容，全书共9章，包括三大部分内容。第一部分为第1～3章，分析目前海岛、海岸带遥感监测的发展历程与主要发展趋势，介绍支撑项目研究的飞行实验及主要设备；第二部分为第4～7章，以近岸水质、悬浮泥沙、珊瑚礁、红树林等为研究目标，从数据处理、理论算法、模型设计、案例研究等方面，详细介绍对海岛与海岸带环境开展遥感监测的技术与方法；第三部分为第8、第9两章，针对海岸带变化和海洋溢油问题，探讨利用多时相遥感数据构建遥感监测模型的方法。

本书既可作为海洋、测绘、环境、资源、空间信息等领域的研究生教材和本科生参考书，也可作为有关高校师生及相关专业领域遥感科学工作者的参考资料。

图书在版编目(CIP)数据

海岛与海岸带环境遥感/李京等著．—北京：科学出版社，2010
ISBN 978-7-03-027396-3

Ⅰ.①海… Ⅱ.①李… Ⅲ.①环境遥感-应用-岛-环境监测②环境遥感-应用-海岸带-环境监测 Ⅳ.①X834②X87

中国版本图书馆 CIP 数据核字（2010）第 078813 号

责任编辑：赵 峰 刘希胜／责任校对：刘小梅
责任印制：钱玉芬／封面设计：王 浩

科 学 出 版 社 出版
北京东黄城根北街16号
邮政编码：100717
http://www.sciencep.com

北京天时彩色印刷有限公司 印刷
科学出版社发行 各地新华书店经销

＊

2010年6月第 一 版　　开本：787×1092　1/16
2010年6月第一次印刷　印张：10 1/4
印数：1—2 000　　　字数：243 000

定价：69.00元
（如有印装质量问题，我社负责调换）

前　　言

地球是人类赖以生存的美丽家园，同时也是一个不断动态演化的复杂系统。全球变化问题、资源能源问题、生态环境问题、自然灾害问题等已经成为当前乃至今后相当长一段时间内，地球系统科学所关注的最为重要的研究领域。多年的研究表明，要破解上述问题，不仅需要从宏观的视野来考量，更需要从系统的角度加以论证和认识。可谓"治百里之河者，目光应及千里之外；治目前之河者，推算应至百年之后"。

毫无疑问，以遥感（remote sensing）技术为核心的对地观测系统，正在帮助人类实现"登高望远"的愿望。自 20 世纪 60 年代以来，空间分辨率、光谱分辨率与时间分辨率不断提高，使得遥感已成为记录、观测、发现和研究地表过程及其次生现象的重要手段和方法。

经过 30 多年的发展，我国已成为具较强对地观测能力的国家。到目前为止，我国自行研制并发射 50 余颗不同类型的对地观测卫星，形成气象、海洋、资源和环境等多个系列。2007 年 10 月"嫦娥一号"探月卫星的成功发射，标志着我国深空探测能力的初步形成。

遥感技术不仅是我国国民经济和国防建设的重要保障，同时也是开展科技外交、促进国际合作、提升国家软实力的重要组成部分。早在 1989 年，中国和马来西亚就着手开展在遥感领域的合作，共同完成联合国亚洲及太平洋经济社会委员会（United Nations Economic and Social Commission for Asia and the Pacific，ESCAP）"应用遥感与 GIS 技术建立热带雨林地区土壤侵蚀信息系统"项目，该项目取得令联合国及合作双方都十分满意的结果。1994 年，中国和马来西亚政府第一次科技联合委员会将遥感领域的合作项目列入第一批政府间科技合作项目，从此双方开始这一领域富有成果的合作。以北京师范大学国家遥感中心全球变化与可持续发展部李京教授为首的课题组，经过多年始终如一的不懈努力，取得一系列出色的成果，受到马来西亚的高度评价，在亚太国家特别是东盟国家中产生很好的影响。完成的基于空间模型库的"马来西亚国家资源与环境管理计划"，在 2001 年获得该国 IT 界最高奖——首相奖，联合国考察团曾评价这次合作是"南南合作的典范"。

此后在国家科技部领导下、中国驻马来西亚大使馆的关心和支持下，于 2003 年 9 月举行中国国家遥感中心和马来西亚遥感中心"关于执行马来西亚-中国机载遥感合作计划的谅解备忘录"的签字仪式，时任国务院副总理黄菊和马来西亚副首相 Yab Datuk Seri Abdullah Ahmad 应邀出席。该谅解备忘录的主旨在于实现国产 L 波合成孔径雷达系统（CASSAR-EL01）和实用型模块化成像光谱仪（OMIS Ⅱ）对马来西亚的出口。该谅解备忘录另一项重要内容是由北京师范大学负责执行的意在提升马来西亚遥感综合应用能力的 MARS（macres airborne remote sensing）计划。MARS 计划分为地形制图（terrain mapping）、灾害管理［disaster management（forest fire、flood、landslide、 oilspill）]、城市规划（urban planning）、海岛发展（islands development）以及航空飞行任务（flight mission）5 个部分。该计划以北京师范大学为主，国家遥感中心、中国矿业大学、中国林业科学研究院、国家海洋局第一海洋研究所、首都师范大学、成都理工大学等单位派出多名专家共同参与该计划的实施，前后历时 5 年。

本书主要以 MARS 计划中海岛发展模块的研究内容为依托，并结合该领域的最新发展综合集成而成。主要分析目前海岛与海岸带遥感监测的主要发展趋势，介绍支撑项目研究的飞行实验及主要设备；以近岸水质、悬浮泥沙、珊瑚礁、红树林等为研究目标，从数据处理、理论算法、模型设计、案例研究等方面详细介绍开展遥感监测的技术与方法；针对海岸带变化和海洋溢油问题，探讨利用多时相遥感数据构建遥感监测模型的方法。

本书由北京师范大学李京、陈云浩、刘志刚、周冠华、邓磊，国家海洋局第一海洋研究所孟俊敏、马毅等共同撰写，由李京、陈云浩拟定提纲并统稿、定稿。几年来参加此项研究工作的师生还有：何政委、王平、杜培军、宫阿都、蒋卫国、陈路遥、王圆圆、易文斌、窦闻、胡德勇、沈蔚、彭光雄、史晓霞、蒋金豹、占文凤、权文婷、赵祥等。在此我们对上述师生对本书的完成所作出的贡献表示衷心感谢。

此外，本书的部分内容还来源于作者主持和参加的国家高技术研究发展计划（2007AA120205、2007AA120306）、国际科技合作计划项目（2007DFA20640）、国家"十一五"科技支撑计划课题（2006BAJ05A01、2008BAC44B03、2008BAC34B03、2006BAJ09B06）和国家自然科学基金项目（40901168）以及对发展中国家科技援助项目。在项目研究和本书写作过程中，得到北京师范大学史培军教授、李晓兵教授，科技部国际合作司徐捷博士，国家遥感中心金逸民博士、景贵飞博士、张松梅博士，马来西亚国家遥感中心 Nik 等领导和专家的帮助，在此一并谢忱。

本书中的少部分成果已在国内外刊物发表。在本书撰写过程中参考了国内外大量优秀教材、研究论文和相关网站资料，在此我们表示衷心感谢。虽然作者试图在参考文献中全部列出并在文中标明出处，但难免有疏漏之处，我们诚挚希望相关同行专家谅解。

感谢中国科学院电子学研究所、中国科学院上海技术物理研究所提供有关 OMIS Ⅱ和 CASSAR-EL01 系统的相关参数。感谢中国矿业大学郭达志教授通读初稿，并给予大量细致的修改和指导。

本书的出版得到地表过程与资源生态国家重点实验室、教育部-民政部减灾与应急管理研究院、北京师范大学资源学院和科学出版社的大力支持。感谢国家科学技术学术著作出版基金的资助。

作　者

2010 年 5 月

目　　录

第1章 绪 论

1.1 引 言

随着社会经济的快速发展，人们的物质生活水平得以不断提高，但与此同时，各种资源、能源的大规模开发，加之环境保护措施缺乏，使得陆地表面的自然环境破坏状况日益显著，严重威胁了人类的生存与可持续发展。现阶段，人口问题、能源短缺、环境恶化已成为困扰人类社会的三大难题。在巨大压力面前，人类已经逐渐把海洋作为解决所面临困境的重要途径，海洋将成为人类赖以生存的新区域。

海洋是生命的摇篮、风雨的故乡、五洲的通道、资源的宝库。海洋在一定程度上主宰着一个国家的兴衰。早在2500年前，古希腊海洋学者狄米斯托克利就预言：谁控制了海洋，谁就控制了一切。国际社会普遍认为：21世纪是海洋世纪。这一国际社会公认的结论有着丰富的内涵。研究海洋、开发利用海洋对国家的可持续发展战略的实施具有重要意义。早在2002年，加拿大制定了《加拿大海洋战略》；2004年，美国出台了21世纪的新海洋政策——《21世纪海洋蓝图》，公布了《美国海洋行动计划》；同年，日本发布了第一部海洋白皮书，提出对海洋实施全面管理；韩国也出台了《韩国21世纪海洋》国家战略。发达国家依靠在海洋高科技中的领先地位实施海洋产业发展战略，不仅抢占海洋空间和资源，而且把发展海洋高科技作为海洋开发的重中之重。

由于世界海洋经济的迅猛增长，海上工业活动日益频繁，特别是海上石油的开发高潮迭起。海洋开发活动在为人类带来巨大的能源和财富的同时，也对海洋环境造成了很大的影响，产生了诸多问题，包括近海水质的恶化、珊瑚礁的消失、红树林的破坏、海岸线的变迁与海洋溢油污染等。1994年，第49届联合国大会向全世界宣布1998年为国际海洋年，以提高人们对海洋重要性的认识与海洋生态环境保护的自觉性。

海岛与海岸带是海洋系统与陆地系统紧密连接的纽带，研究与其相关的生态系统和周边的环境特性及变化具有十分重要的意义。一般来讲，海岛是海洋中四面环水并在高潮时露出海平面自然形成的陆地，是散布于广大海域中的天然镶嵌体。在现代国际海洋法律制度下，海岛与内海、领海、专属经济区、大陆架一起，构造成沿岸国的"海洋国土"（李德潮，1999）。海岛环境特殊，特别是中、小型岛屿和岛群，作为沿海国家的一项特殊的资源和国土，在资源开发和国土安全方面发挥着重要作用。

海岸带是陆地和海洋的交汇地带，是海岸线向陆、海两侧的扩展，它包括海岸环境及其毗连的水域，并在浪、潮、流与入海河流动力作用下不断演化（王明山等，2006）。它是陆地系统和海洋系统的一个敏感的过渡带，也是海洋与大陆两个不同属性的地貌单元相互连接的地带。而海岸带资源的多样性、生态环境的复杂性与脆弱性，则形成了一个特殊的海陆作用地域系统——海岸带地域系统（杨晓梅等，2005）。通常情况下，海岸带是人口聚集、资源丰富、开发程度较高、生态环境脆弱的地区，也是国家经济建设和社会发展的中心与策源地。

　　海岛与海岸带既是地球表面最为活跃、各种现象与过程最为丰富和复杂的自然区域，也是资源类型、开发区位与环境条件最为优越的区域。我国沿海地区以 13% 的陆地面积承载着 42% 的人口，创造的产值占国内总产值的 60% 以上，是国民经济和社会发展最为先进的地区，具有港口、航道、海盐、生物资源、海岸湿地、海滨旅游、海洋空间以及相关的海洋化工、海洋药物等特有的资源产业结构。随着各国沿海地区经济高速发展，海岛资源的不断开发不仅改变了沿海土地利用类型和产业结构，而且使海岛与海岸带及其近海的生态环境状况发生显著变化（安鑫龙等，2005）。海岛与海岸带资源环境面临严峻挑战：污染与日俱增，环境质量急剧下降；大量不合理的人为活动破坏了典型的海洋生态系统，许多海洋生物濒于绝迹，渔业产量大幅度下降；海岸带灾害频发、损失严重。这些都已成为目前海洋经济可持续发展的严重障碍。

1.2　海岛与海岸带遥感的需求与意义

　　海岛与海岸带是实施海洋资源综合管理的关键地带，是海洋开发利用的核心区域。要实现对海岛与海岸带地区的综合管理和有效开发利用，必须动态地掌握该地区的地理条件、自然资源情况、社会经济发展状况等信息（陈智为和张连秋，2003）。因此，对海岛与海岸带进行实时、动态的监测对其合理开发与利用十分重要。作为海陆相互作用的交汇区，海岸带具有复杂性和多变性的特点，传统的海岛与海岸带调查手段存在一定的局限性，无论监测手段还是调查强度都难以满足海岛与海岸带资源开发、环境与灾害监测的需求。遥感技术被引入海岛与海岸带环境的监测中，已成为海洋资源及海洋环境监测的有效手段。

　　遥感技术与常规的海洋调查手段相比，具有许多独特的优点（姜杰，2006）：第一，遥感监测不受地表、海面、天气和人为条件的限制，可以探测地理位置偏远、环境条件恶劣的海区；第二，遥感监测的宏观特性使它能够进行大范围的海岛与海岸带资源的同步调查与监测；第三，能够周期性地观测海洋，实现对海洋污染物的扩散、海洋生态系统的动态变化等实时监测；第四，多波段与高光谱遥感数据可以提取丰富的海洋信息，使大幅提升海岛与海岸带研究水平成为可能。总之，遥感技术可用于研究近岸水域地形地貌特点、浅部构造、海岸类型、海岸线变化及发展趋势、滩涂演变、岛礁分布、航道变迁、海水悬浮物及叶绿素分布、海流及波浪状况、海洋溢油污染及其分布等诸多海岛与海岸带环境问题。但如何利用多源、多时相、主被动相融合的航空与航天遥感数据，获取海岛与海岸带及其近海资源环境信息并建立相关研究模型，仍是海岛与海岸带遥感应用中的一项重要任务。

　　海岛与海岸带遥感信息是国家重要的战略资源，是实现海岛与海岸带动态信息共享和环境状况的定量化分析及综合评价的基础，也是实现我国海洋可持续发展的重要保障，能为我国经济社会的可持续发展、战略资源管理、生态环境保护提供科学依据和技术支持。

参 考 文 献

安鑫龙，张海莲，闫莹．2005．中国海岸带研究（Ⅰ）：海岸带概况及中国海岸带研究的十大热点问题．河北渔业，
　　（4）：4～17
陈智为，张连秋．2003．试论海岸带海岛综合调查档案的开发．档案与建设，（1）：34～36
姜杰．2006．遥感技术在海岸带海洋地质环境综合调查中的应用．海洋地质动态，22（5）：30～32
李德潮．1999．中国海岛开发的战略选择．海洋开发与管理，4（4）：22～26
王明山，高俊国，卢毅．2006．海岛管理信息系统用户需求分析．海岸工程，25（2）：86～92
杨晓梅，周成虎，杜云艳等．2005．海岸带遥感综合技术与实例研究．北京：海洋出版社

第2章　海岛与海岸带环境遥感概述

2.1　海岛与海岸带环境遥感发展历程与现状

2.1.1　海岛与海岸带环境遥感研究的发展历程

为了加快沿海经济的发展，实现海洋产业由传统的海洋捕捞、海水制盐、船舶制造、港口与海洋航运等到海水养殖、油气开采、海水化工、海水淡化、滨海旅游、海洋药物等新兴海洋产业的转变，确保以海洋资源合理开发利用为载体的海洋经济持续、稳定、协调发展，采用科学有效的方法来加强和改善海洋资源监测和管理显得尤为重要。

传统的海岛与海岸带信息提取是通过历史海图、地形图和实地调查结果对比分析得到的。这种常规的调查方法由于观测难度大、耗资多与周期长等缺点，已经远远不能满足海岛与海岸带经济的发展以及现代化管理的需求。自从 Landsat 系列卫星成功发射以来，遥感、地理信息系统以及空间定位技术的不断发展，为海洋科学研究提供了全新的研究手段，为海岛和海岸带的全面调查与开发、资源管理、海洋工程建设等提供了坚实的基础。研究表明，遥感资料是海洋研究的重要数据源，是建立多种模型的基本依据，尤其是遥感具有大范围、多时相、多光谱、高分辨率、多传感器等优势，使其对海岛与海岸带状况的监测更具实时性和科学性。

在 20 世纪，国内外对海岛与海岸带的研究工作开展得比较少。到了 20 世纪末，世界各国加强了对这一领域的重视，相继开展了近海环境监测、海岛环境评价、海洋河口泥沙的形成和演变规律、海水污染状况以及海岸带的土地利用/土地覆盖变化等研究。研究成果在海岸的蚀退、悬浮泥沙的扩散和淤积，以及海况、海洋污染、海洋工程、鱼情预报等方面显示出巨大的应用潜力。2003 年 9 月经国务院批准立项，由国家海洋局组织实施的"我国近海海洋综合调查与评价专项"（简称"908 专项"），是自新中国成立以来，继 1960 年进行的"全国海洋综合普查"与 20 世纪 80 年代进行的"全国海岸带和海涂资源综合调查"之后，在我国近海区域开展的第三次大规模的海洋调查。在项目组织实施的过程中，编写了各类海洋、海岛与海岸带的调查规范，如《海洋调查规范》、《海岛调查技术规程》、《海岸带调查技术规程》、《海洋灾害调查技术规程》、《海洋生物生态调查技术规程》、《海洋水文气象调查技术规程》、《海域使用现状调查技术规程》、《地球物理调查技术规程》与《海洋底质调查技术规程》等，还针对新型遥感技术的应用和调查编写了《海岛海岸带卫星遥感调查技术规程》、《海岛海岸带航空遥感调查技术规程》与《海洋光学调查技术规程》等（刘宝银和苏奋振，2005）。

2.1.2　海岛与海岸带环境遥感监测数据与应用现状

在数据源方面，用于海岛与海岸带监测的卫星，大体上可以分为三大类：①海洋水色卫星，主要用于探测海洋水色要素，如叶绿素浓度、悬浮泥沙含量、有色可溶性有机物等,此外也可获得浅海水下地形、海冰、海水污染以及海流等信息;②海洋地形卫星,主要用于探测海表面拓扑,即海平面高度的空间分布,以及探测海冰、有效波高、海面风速和海流等;③海洋动力环境卫星,主要用于探测海洋动力环境要素,如海面风场、浪场、流场、海冰等,还可以获得海洋污染、浅水水下地形与海平面高度等信息。

2.1.2.1　国外主要海洋卫星

1) 美国"海洋卫星"

1978 年 6 月 26 日,美国发射了第一颗海洋卫星 SEASAT-1,其轨道是近极地近圆形太阳同步轨道,高度 790km,倾角 108°,绕地球周期是 100min,刈幅为 1900km。卫星能探测南北纬 72°之间的地区,可覆盖 95％的地球面积。该卫星上载有 5 种传感器,其中 3 种是成像传感器,即合成孔径侧视雷达(SAR-A)、多通道微波扫描辐射计(SNMR)和可见光-红外辐射计(VIR)。SAR-A 工作频率为 1.27GHz,波长为 23.6cm,属 L 频段,HH 极化,扫描带宽 100km,空间分辨率 25m;SNMR 是一种被动式成像微波传感器,有 5 个微波通道,波长分别为 0.81cm、1.43cm、1.67cm、2.81cm 和 4.54cm,空间分辨率为 22~100km,扫描带宽 600km;VIR 有两个通道,分别为 0.52 ~ 0.73μm 和 10.5 ~12.5μm,它可以获得可见光和热红外影像,空间分辨率为 2~5km,带宽 1900km。该海洋卫星虽然只工作了 105 天,但它开创了海洋遥感的新阶段,为人类观察海况,研究海面形态、海面温度、海面风场、海冰和大气含水量等开辟了新途径。

2) 日本"海洋观测卫星"

日本的海洋观测卫星一号(MOS-1)于 1987 年 2 月 19 日发射上天,该卫星发射后改名为桃花一号(MOMO-1)。海洋观测卫星一号 B(MOS-1B)于 1990 年 2 月 7 日发射成功,后改名为桃花一号 B(MOMO-1B)。这两颗卫星的星体主要参数基本相同。MOMO-1 轨道为近圆形近极地太阳同步轨道,高度 907.8km,倾角 99.1°,绕地球周期 6190.5s,每天绕地球 13.958 圈,回归周期为 17 天。卫星载有 3 种传感器:多波段电子自扫描辐射计(MESSR)、可见光-热红外辐射计(VTIR)和微波辐射计(MSR)。其中,MESSR 是由 CCD 构成的自扫描推帚式多谱段扫描仪,其地面分辨率为 50m,可获得立体图像。VTIR 有一个可见光波段和 3 个热红外波段,主要用于监测海洋水色和海洋表面温度,其地面分辨率为 900m(可见光)或 2700m(热红外),地面扫描宽度为 1500km。MSR 为 K 频段的双频微波辐射计,主要用于水汽含量、冰量、雪量、雨量、气温、锋面、油污等的监测。

3) 欧洲遥感卫星(ERS)系列

ERS 系列主要用于海洋学、冰川学、海冰制图、海洋污染监测、船舶定位与导航、水准面测量、海洋岩石圈的地球物理及地球固体潮等领域。ERS-1 和 ERS-2 分别于 1991 年 7 月 17 日和 1995 年 4 月 20 日发射升空,其轨道为圆形极地太阳同步轨道,高度为 782~785km,绕地球周期为 100min,回归周期为 3 天。卫星上载有 7 种仪器:有源微波仪、测风散射计、雷达测高仪、轨道跟踪扫描辐射计、微波探测器、精密测距测速仪和激光反射器。雷达地面分辨率可达 30m，雷达的扫描带狭窄，要经过 35 天才能完成对全球的观测。

　　4）加拿大雷达卫星

　　加拿大雷达卫星（RADARSAT）是加拿大的第一颗雷达遥感卫星，由加拿大、美国、德国和英国合作研制，于 1995 年 11 月发射，其轨道为圆形近极地太阳同步轨道，轨道高度 798km，倾角 98.6°，周期 101min，回归周期 24 天。携带的传感器有合成孔径雷达、多波段扫描仪、先进的甚高分辨率辐射计及散射计。该雷达卫星主要应用于农业、海洋、冰雪、水文水资源、渔业、航海业、环境监测、极地和近海勘测等。

2.1.2.2　中国海洋卫星

　　中国海洋卫星（HY-1A）卫星是中国第一颗海洋监测试验型业务卫星，于 2002 年 5 月发射升空，主要用于探测海洋水环境要素、水温、污染物以及浅海水下地形等。其主要功能有：掌握海洋初级生产力分布、海洋渔业和养殖业资源状况和环境质量等，为海洋生物资源合理开发与利用提供科学依据；了解重点河口港湾的悬浮泥沙分布规律，为沿岸海洋工程及河口港湾治理提供基础数据；监测海面赤潮、溢油、海面温度、海冰、浅海地形等，为海洋环境监测与保护、海洋资源开发与管理、海洋权益维护与海上执法提供信息，为研究全球环境变化提供大洋水色资料。

　　HY-1A 卫星轨道为近圆形太阳同步轨道，轨道高度为 798km，设计工作寿命为两年。该卫星有效载荷为十波段海洋水色扫描仪和四波段 CCD 成像仪。十波段海洋水色扫描仪主要用于探测海洋水色要素（叶绿素浓度、悬浮泥沙浓度和可溶性有机物浓度）及温度场等；四波段 CCD 成像仪主要用于获得海陆交互作用区域的实时图像资料以进行海岸带的动态监测。卫星观测区域分为实时观测区（渤海、黄海、东海、南海和日本海及海岸带区域）和延时观测区（我国地面站覆盖区外的其他海域）两种。HY-1A 卫星有效载荷参数见表 2-1。

表 2-1　HY-1A 卫星有效载荷参数（国家海洋局，2004）

十波段海洋水色扫描仪（COCTS）			
波段	波长/μm	动态范围	监测内容
1	0.402~0.422	40%	黄色物质、水体污染
2	0.433~0.453	35%	叶绿素吸收
3	0.480~0.500	30%	叶绿素、海水光学、海冰、污染、浅海地形
4	0.510~0.530	28%	叶绿素、水深、污染、低含量泥沙
5	0.555~0.575	25%	叶绿素、低含量泥沙
6	0.660~0.680	20%	荧光峰、高含量泥沙、大气校正、污染、气溶胶
7	0.730~0.770	15%	大气校正、高含量泥沙
8	0.845~0.885	15%	大气校正、水汽总量
9	10.300~11.400	200~320K	水温、海冰
10	11.400~12.500	200~320K	水温、海冰

续表

四波段 CCD 成像仪			
波段	波长/μm	目标反射率	监测内容
1	0.42～0.50	0.20	污染、植被、水色、冰、水下地形
2	0.52～0.60	0.50	悬浮泥沙、污染、植被、冰、滩涂
3	0.61～0.69	0.35	悬浮泥沙、土壤、水汽总量
4	0.76～0.89	0.50	土壤、大气校正、水汽总量

HY-1B 卫星于 2007 年 4 月发射升空，标志着我国海洋卫星和卫星海洋应用向系列化和规模化方向迈进了一大步。作为 HY-1A 的后继星，同属于海洋水色系列卫星，HY-1B 载有一台十波段的海洋水色扫描仪和一台四波段的海岸带成像仪，基本延续了HY-1A 的主要设计，但其观测能力和探测精度得到了进一步增强和提高。

2.1.2.3　未来海洋卫星发展计划

根据国际对地观测卫星的发展计划，到 2020 年共有 170 颗左右的卫星进行对地观测，其中有大约 45 颗卫星可以用于海岛与海岸带的监测研究（附录：到 2020 年可用于海洋研究的卫星及其参数列表）。值得一提的是，美国航空航天局（National Aeronautics and Space Administration，NASA）、国家海洋大气局（National Oceanic and Atmospheric Administration，NOAA）和海军共同提出了一个带探索性质的实用业务计划——国家海洋卫星系统。它包括海军海洋遥感卫星（Naval Ocean Surveillance Satellite，NROSS）、海洋拓扑实验卫星（Topography Experiment，TOPEX）、海洋水色成像仪卫星（Ocean Color Imager，OCI）等同步观测海洋的专用卫星。其传感器性能在 SEASAT-1 的传感器基础上有所提高，可为天气、气候、海冰、海浪、海风、海温、海面起伏、叶绿素含量等研究提供实时资料。我国计划发射的海洋动力环境卫星（HY-2），其搭载的主要有效载荷为微波散射计、雷达高度计与微波辐射计，可以全天候探测海面风场、海面高度、海面温度。海洋监视监测卫星（HY-3）系列的有效载荷为合成孔径雷达，能够全天时、全天候以高空间分辨率方式获取我国海洋专属经济区和近海的相关数据。

可见，未来的海洋卫星将会在空中形成一个全方位、多尺度、高精度、实时的观测网络，为海洋减灾防灾、海洋资源合理开发利用、海洋生态环境保护等提供强有力的支撑。

2.1.2.4　新型遥感数据在海岛与海岸带环境监测中的应用

近年来发展起来的高光谱遥感在海岛与海岸带环境监测的应用主要集中在赤潮与溢油的监测、浅海水域珊瑚礁和湿地植被的监测、浅海地形测量等领域。

机载激光雷达（light detection and ranging，LiDAR）是一种主动遥感技术，能以低成本进行高动态环境下的常规基础海岸线测量，且具有一定的水下探测能力，可测量近海水深 70m 内水下地形。因此 LiDAR 可应用于海岸带、海边沙丘、海边堤防和海岸森林的三维测量和动态监测。

2.1.3 海岛与海岸带环境遥感技术现状

从技术手段来看，海岛与海岸带的遥感应用已经从定性阶段走向定量阶段。在我国已经有很多省市建成或是正在建设关于海岛与海岸带信息系统。另外，在许多具体应用技术方面已取得一定的进展。

2.1.3.1 海岛遥感研究

在海岛遥感研究方面，发达国家如美国、英国、澳大利亚、韩国、日本等开展较早，研究工作也比较系统，很多国家都相继制定了有关海岛开发与保护的管理法规和法律条令。在我国，海岛尤其是无人岛的开发秩序混乱，使其生态系统遭到严重破坏。在具体研究上，很多国内的学者或是利用 Landsat/TM 遥感数据进行海岛的位置、形态、面积、海岸线长度等信息的识别与量算，分析岛屿地表过程的变化机理；或是利用 IKONOS 等高空间分辨率卫星数据监测海岛的土地利用与土地覆盖变化信息等。

2.1.3.2 淤泥质潮滩遥感研究

滩涂是沿海地区的主要资源之一，处于陆地向海洋过渡的特殊地带，具有养殖、种植、围垦和旅游等重要经济价值。用常规方法进行海岸滩涂调查，不仅时间长、进度慢、费用高、劳动强度大，而且有些潮滩还难以到达，无法及时掌握大范围的动态变化。遥感实时、大面积监测的特点为滩涂的动态监测研究与制图提供了一种方便和重要的现代化手段。

早在 20 世纪 70 年代 Landsat 卫星成功发射起，淤泥质潮滩的遥感应用研究就已经开始。例如，Donoghue 等（1994）利用遥感技术对英国东海岸潮间带进行制图与监测。很多学者应用航空或航天遥感影像进行海岸线、水体边界的提取以及海岸线变化信息的提取（Frihy et al.，1998）；White 和 Asmar（1999）对比分析了 1984 年、1987年、1990 年和 1991 年尼罗河海岸的 TM 影像，研究了区域快速变化的影像分割制图方法，能够很好地识别海岸线的变化；Chen 等（1995）利用阈值法从 SPOT 全色光谱影像中提取海岸线，发现在研究区海岛的东部和西部海滩侵蚀率最大分别可达 193m/a 和 89m/a；Chen 和 Rau（1998）还应用 SPOT 的时间序列数据来研究海岸线的变化现象，发现在 7 年半的时间内由于海浪的侵蚀，使得 Wai-San-Ting 损失了 174 500 000m²，这相当于整个面积的 38.64%；Albertanza 等（1999）利用机载传感器可见/近红外多光谱成像仪（multi-spectral infrared and visible imaging spectrometer，MIVIS），进行海藻的自动识别研究。前人的研究工作都为未来的相关研究奠定了良好的基础。

2.1.3.3 悬浮泥沙遥感研究

悬浮泥沙浓度的遥感监测是海岸带遥感领域的一个重要研究方向。掌握近海水体悬浮泥沙浓度和运移特征是分析河口形态和演变规律的重要方面。悬浮泥沙的含量直接影响到水体的透明度和水色等光学性质，同时也影响到水生生态环境和河口海岸带冲淤变化过程。借助遥感手段，可以快速地获取水体悬浮泥沙的信息，具有重要的现实意义。

国际上对于悬浮泥沙遥感的研究起步较早，在 Landsat-1 刚刚发射成功后，就有学者提出利用其数据反演水体悬浮泥沙含量的定量统计模型，此后又有学者采用相关分析与回归分析等方法进行研究。在我国，相关研究始于 20 世纪 80 年代初期。至今，悬浮泥沙含量的遥感研究已经有了深厚的积累，如李京、李炎、李四海等学者针对不同的研究区域和研究目标建立了不同的反演方法与模型。李炎和李京（1999）的研究表明，根据海面光谱曲线到卫星传感器光谱曲线之间斜率的传递呈线性关系，传递的比例因子取决于这两个波段的大气透射率比值，进而提出海面-遥感器光谱反射率斜率传递现象的悬浮泥沙遥感算法。邓明等（2002）基于该算法，利用1995~2000 年 NOAA/AVHRR 遥感数据，建立了珠江口及其邻近海域 152 个时相的悬浮泥沙数据集，进行悬浮泥沙浓度分布和变动规律的相关研究。李四海和恽才兴等（2001）根据多时相 NOAA/AVHRR 遥感数据和准同步实测表层含沙量数据，建立了灰度法、斜率法和泥沙指数法 3 种悬浮泥沙遥感定量反演模型。类似的悬浮泥沙遥感反演模型层出不穷，诸多的研究都在致力于提高各种反演模型的精度以及普适性反演模型的研究。

2.1.3.4　海岸带生态遥感研究

关于海岸带生态的研究早在 20 世纪 60 年代就已经开始，当时主要是研究海滨、河口等湿地的微气候环境。到七八十年代，一些学者开始采用遥感等现代科技手段研究海滨植被的生长状态与分布类型等。国外的代表学者主要是 Odum（1983）和 Mitsch（1989，1996），他们的研究不仅推动了美国的滨海湿地研究，而且对我国的湿地研究和湿地保护产生了重要影响。当前，对海岸带生态环境演化、赤潮现象及其暴发机理研究等也是海岸带生态遥感的重要内容。

2.1.3.5　海岸带综合管理

目前国外在海岸带综合管理领域的研究重点主要在湿地、盐沼、海草、珊瑚礁与红树林等方面。美国于 1986 年开始了湿地行动计划，英国也在 1994 年进行了近海沿岸盐沼的修复与重建工作（孟伟，2005）。这类计划的实施，极大地推动了海岸带生境修复技术的研究、发展与应用。而我国对于海岸带生境重建的研究还处于初级阶段（吕彩霞，2003）。我国于 20 世纪 50 年代中期进行了某些地区的潮间带生态调查，并于1980~1987 年进行了全国海岸带和滩涂资源的综合调查，为海岸带生境修复积累了第一手资料（鲍永恩和窦振兴，1997；夏东兴，1991）。到了 90 年代，我国开展了海岸带生态农业、海岸带生物技术等多方面的研究，取得了阶段性成果。

2.2　海岛与海岸带环境遥感研究不足与展望

2.2.1　海岛与海岸带环境遥感研究的不足

目前，海岛与海岸带遥感研究所涉及的内容主要包括近海悬浮泥沙浓度监测、滩涂资源的调查与开发、海岛与海岸带土地利用/覆盖的时空变化分析、湿地生态系统的研究等方面。尽管利用遥感技术进行海岛与海岸带的研究已经从定性阶段发展到了定量阶段，但是我国在海岸带及近海水域的遥感数据获取方面还比较困难，现有的数据也是残缺不全的，这在一定程度上制约着我国海岛与海岸带遥感应用的发展。

从全球范围来说，应用遥感进行海岛与海岸带的研究还有很大的潜力。虽然目前数据的采样精度以及时间分辨率都有所提高，但是许多方面的研究还需要更高时空分辨率数据的支持以及数据同化，在这方面还有很长的路要走；小尺度过程和小型水系统（如河口、湿地）对区域甚至全球的影响还少有探索；至今还未能揭示大陆架和滨海动力学作用下的海岛与海岸带地球物理化学循环过程。

具体来说，海岛与海岸带环境遥感研究还存在以下主要不足（杨晓梅等，2005；刘宝银和苏奋振，2005；孟伟，2005）。

1）数据采集与管理数字化程度不高

目前，还未能实现对海岛与海岸带实时性的监测，海岸带的综合管理缺乏遥感和地理信息系统（geographic information system，GIS）等技术的支持。调查手段依然主要依赖于传统的作业方法，如调查船、浮标、观测台站等，因而获取的数据分布稀疏、同步性不强，而且多数数据也没有按照标准化的方法加以整理与管理。目前的遥感数据虽然已经覆盖了 70% 的海洋要素，但是对于我国来说，在海岛与海岸带方面的应用总体上还处于科研阶段，距离产业化应用还有很大的距离。

2）基础信息建设缺乏系统性与标准化

海岛与海岸带的遥感应用研究是一个系统工程，并且是一个包含多种数据源、多种空间尺度、多层次的复杂系统。该系统要求的数据量大、数据类型多，需要经过系统性与标准化处理以实现实时动态的监测。在数据库建设方面，基础信息数据库已基本建成，但是专题数据库还处于起步状态。最为重要的是，这些基础数据以及在此基础上建立的信息系统目前还仅限于局部地区或者是个别领域。即便是已经建好的信息系统也是单点式的，没有形成全国性的综合系统。

3）缺乏深入的理论研究与有效的模拟手段

海岛与海岸带关键参数的遥感信息提取，依然处于统计分析阶段，没有充分应用动力学、发生学等理论进行深入研究。此外，海岛、海岸带与海洋信息的地学传输机理和过程未被很好地揭示，海洋信息的反演问题与海洋过程的模拟问题等更有待突破。

此外，从研究的范围来讲，海岛与海岸带的调查与监测研究还仅限于局部地区，区域性的甚至多区域的海岛与海岸带遥感研究亟待开展。

2.2.2　海岛与海岸带环境遥感研究的展望

今后，应该进一步推动遥感、地理信息系统、全球定位系统等空间信息技术在海岛与海岸带资源开发和环境保护中的应用，继续开展海岛与海岸带的全方位动态监测，实现海岛与海岸带发展和变化的动态分析与模拟，建立并完善海上、海面、空中的立体监测网络，为合理开发利用海岛与海岸带资源、保护海岸带环境提供快速、高效与准确的决策支持（杨晓梅等，2005）。

在轨运行的涉海卫星正逐渐增加，这对多源、多时相、多模态数据的融合与同化技术的研究提出了更高的要求。由于海岛与海岸带环境具有动态变化的特征，应着力于时空转换的新动向，既要获取目标的空间分布及变化信息，同时还要遵循地球系统科学的原理，挖掘并充分利用海岛与海岸带海洋信息，提升应用水平，更好地服务于社会经济发展与国家安全。

参 考 文 献

鲍永恩，窦振兴．1997．中国海湾志（第三分册）．北京：海洋出版社

邓明，黄伟，李炎．2002．珠江河口悬浮泥沙遥感数据集．海洋与湖沼，33（4）：341～348

国家海洋局．2004-10-25．2002 年中国海洋卫星应用报告．http://www.soa.gov.cn/soa/bbs/2002weixing

李四海，恽才兴．2001．河口表层悬浮泥沙气象卫星遥感定量模式研究．遥感学报，5（2）：154～161

李四海，唐军武，恽才兴．2002．河口悬浮泥沙浓度 SeaWiFS 遥感定量模式研究．海洋学报，24（2）：51～58

李炎，李京．1999．基于海面-遥感器光谱反射率斜率传递现象的悬浮泥沙遥感算法．科学通报，44（17）：1892～1897

刘宝银，苏奋振．2005．中国海岸带与海岛遥感调查：原则、方法、系统．北京：海洋出版社

吕彩霞．2003．中国海岸带湿地保护运行计划．北京：海洋出版社

孟伟．2005．渤海典型海岸带生境退化的监控与诊断研究．中国海洋大学博士学位论文

夏东兴．1991．中国海湾志（第二分册）．北京：海洋出版社

杨晓梅，周成虎，杜云艳等．2005．海岸带遥感综合技术与实例研究．北京：海洋出版社

Albertanza L，Brando V E，Ravgnan G．1999．Hyperspectral aerial images：a valuable tool for submerged vegetation recognition in the Orbetello Lagoons，Italy．International Journal of Remote Sensing，20（3）：523～533

Chen A J，Chen C F，Chen K S．1995．Investigation of shoreline change and migration a long Wai-San-Ding-Zou barrier island，Central Western Taiwan．Proceedings IGARSS'95，（3）：2097～2099

Chen L C，Rau J Y．1998．Detection of shoreline changes for tideland areas using multi-temporal images．International Journal of Remote Sensing，19（17）：3383～3397

Donoghue D N M，Thomas D C，Zongy R．1994．Mapping and monitoring the intertidal zone of the east coast of England using remote-sensing techniques and a coastal monitoring GIS．Marine Technology Society Journal，28（2）：19～29

Frihy O E，Dewidar K M，Nasr S M．1998．Change detection of the northeastern Nile Delta of Egypt：shoreline change，slip evolution，margin change of Manzala lagoon and its islands．International Journal of Remote Sensing，19（10）：1901～1912

Mitsch W J．1996．Ecological Engineering：a New Paradigm for Engineers and Ecologists．Washington D C：National Academy Press

Mitsch W J，Jorgensen S E．1989．Ecological Engineering：an Introduction to Ecotechnology．New York：John Wiley & Sons

Odum H T．1983．System Ecology：an Introduction．New York：John Wiley & Sons

White K，Asmar H M．1999．Monitoring changing position of coastlines using thematic mapper imagery，an example from the Nile Delta．Geomorphology，29（1～2）：93～105

第3章 海岛与海岸带航空遥感监测平台 与飞行实验设计

航空遥感具有机动灵活、覆盖范围广、空间分辨率高等特点，是进行遥感监测的有效手段，同时遥感飞机又是发展航天遥感技术系统的重要试验平台（周志鑫等，2008）。本章介绍的航空遥感平台，是通过搭载国产高光谱传感器和合成孔径雷达（synthetic aperture radar，SAR）传感器系统实现的，作为马来西亚遥感系统的重要组成，利用该航空遥感平台对其典型研究区开展飞行实验设计。

3.1 系 统 简 介

3.1.1 实用型模块化成像光谱仪系统

高光谱技术将成像技术结合在一起，高光谱传感器能够在连续光谱段上对同一地物同时成像，能从获得的光谱图像数据中直接反映出地物的光谱特征，从而揭示各种地物的存在状况以及物质成分，使得从空间直接识别地物成为可能（万余庆，2006）。由中国科学院上海技术物理研究所研制的实用型模块化成像光谱仪（operational modular imaging spectrometer，OMIS）系统是一种先进的光机扫描式对地观测航空遥感仪器。新型航空遥感仪器 OMIS Ⅱ 成像光谱仪，是一套先进的机载高光谱遥感数据获取系统（王建宇和薛永祺，1992；刘银年等，2002）。该仪器的总体性能达到 20 世纪 90 年代同类系统的国际先进水平，在 MARS 计划中选用了该系统。

3.1.2 机载 L 波段 SAR 系统

由于马来西亚特殊的地理位置和地面覆盖条件，利用可见光遥感波段难以穿透茂密的热带雨林植被，而雷达独特的成像方式，对地物有一定的穿透能力。大量的研究表明，C 波段雷达波也难以透过茂密的植被到达地面，而 L 波段的雷达波则能较好地穿透热带雨林的冠层，探测到冠层下的地表（向敬成和张明友，2005；袁孝康，2003）。因此机载 L 波段的 SAR 将是研究热带雨林的一种有效技术。在 MARS 计划中使用中国科学院电子学研究所制造的机载 L 波段 SAR 传感器及其配套设备。

3.1.3 主要机载平台

航空遥感平台是运行于大气中的各类飞行器，主要包括有人机平台与无人机平台。本遥感监测使用的是有人机平台。有人机平台根据其飞行高度可分为高高度喷气式飞机、中低高度喷气式飞机和低空直升机（中煤航测遥感局，2009；杜培军和陈云浩，2007）。各机载平台的具体特性分别为：

　　高空遥感平台，如高高度喷气式飞机，其探测高度范围为 10 000～12 000m，主要用于航空摄影与大范围的军事侦察。

　　中低空遥感平台，如中低高度喷气式飞机，其探测高度范围为 500～8000m，主要用于较大范围的航空摄影测量和各种资源调查。

　　低空遥感平台，如各种直升机，探测高度范围为近地表至 8000m，主要用于局部地区的资源调查以及航空摄影测量和测量制图。

　　一般而言，高高度和中低高度喷气式飞机多用于军事侦察。在生产建设中广泛应用的航空摄影机载平台多为直升机，常见的直升机类型有"小鹰-500"轻型多用途小飞机、直八大型直升机、H425 中型多用途直升机和直 11 轻型直升机等。可根据研究任务、传感器要求及研究范围等因素综合选择合适的机载平台。

3.2　OMIS Ⅱ 系统

　　OMIS Ⅱ 系统包括机上设备（陀螺稳定平台与全球定位系统（global position system，GPS）等）和地面设备（数据回放及格式化系统、地面光谱仪与辐射定标系统等）。其功能齐全、技术先进，具有从机载遥感数据获取到向用户提供定量化、标准化成像光谱图像数据数字化产品制作的全套解决方案。

　　OMIS Ⅱ 系统具有以下主要技术特点（刘银年等，2002）。

　　（1）波段覆盖全，采样波段多：在可见/近红外/短波红外/热红外波段，从 0.46～12.5μm 的所有大气窗口上设置了 68 个探测波段，以适合不同要求的综合遥感应用。

　　（2）工作效率高：仪器具有 70°以上的扫描视场，作业效率高。

　　（3）模块化结构：扫描系统、成像系统和光谱仪系统均设计成独立模块，通过一定的机械结构相连，可实现 128 波段和 68 波段两种工作模式的更替。

　　（4）定量化数据：通过实验室光谱测量和辐射定标装置，系统具备提供定量化成像光谱数据的能力。

　　（5）飞机姿态及定位数据：为获得实用化图像，机上配备的高精度陀螺稳定平台作为飞机姿态校正装置，为图像的几何稳定性提供了保障；GPS 系统可以得到图像的定位数据，从而保证可以获得良好几何保真度的光谱图像。

　　（6）标准化图像数据产品：由地面数据回放及格式转换系统，将机上实时记录的高密度数字图像数据转换成能被计算机接受的通用标准格式。

3.2.1　OMIS Ⅱ 传感器

　　OMIS Ⅱ 传感器是一套先进的机载高光谱遥感数据获取系统，其主要性能指标如表 3-1 所示（刘银年等，2002）。

表 3-1 OMIS Ⅱ 性能指标

光谱范围/μm	取样间隔/通道数	波段数	总视场	瞬时视场	行像元数	扫描速率	数据编码
0.46~1.1	10nm/64						
1.55~1.75	0.2μm/1					5 线/s	
2.08~2.35	0.27μm/1	68	>70°	3mrad 1.5mrad	512 1024	10 线/s 15 线/s	12 bit
3~5	2μm/1					20 线/s	
8~12.5	4.5μm/1						
GPS 定位精度		20m					
陀螺稳定平台		稳定精度优于±4′					
速高比		≤0.216rad/s（速度单位：km/h，高度单位：m）					
系统信噪比		≤300					

3.2.2 地面设备

地面设备除了要实现数据回放及格式转换等功能外，最重要的是要取得定量化数据。通过实验室辐射定标装置、机上实时定标装置，系统具备提供定量化成像光谱数据能力。其主要的设备包括：①高精度光谱定标装置，可以提供各通道的中心波长和波段带宽；②高精度辐射定标系统，可标定出各通道 DN 值和对应的光谱辐射能量之间的系数。

3.3 CASSAR-EL01 系统组成及性能

CASSAR-EL01 系统包含 3 个子系统，即机载雷达系统、地面数据处理系统和地面维护系统。

3.3.1 机载雷达系统

机载雷达系统工作波段为 L 波段，采用双极化模式，并且通过调节可实现左视/右视转换，具有两种工作模式（模式 A：2 视；模式 B：4 视），分辨率小于 10m。

雷达系统的主要功能有：左视/右视（可调节）、实时影像处理、实时影像记录、实时显示、故障显示与定位、原始数据记录和导航数据及飞行姿态显示等。

3.3.2 地面数据处理系统

地面数据处理系统包括实时影像处理器的影像回放、原始数据回放、原始数据成像、影像后处理（包括几何校正和镶嵌）和数据库管理等模块。通过地面数据处理系统可实现对雷达系统数据生成的全过程控制。

3.3.3 地面维护系统

地面维护系统的主要功能是为机载 L 波段 SAR 系统提供地面测试检测和维护。

3.4　实验区及飞行实验设计

根据马来西亚实地条件和具体研究内容设计飞行实验区，计划的飞行实验共包含 3 个区域，如表 3-2 所示，实验区的地理分布如图 3-1 所示。

表 3-2　飞行实验区信息

序号	名称	飞行长度/km	飞行时间/h
1	雕门岛	502.2	4.65
2	凌家卫岛	475.0	4.40
3	邦吉岛	574.0	5.31

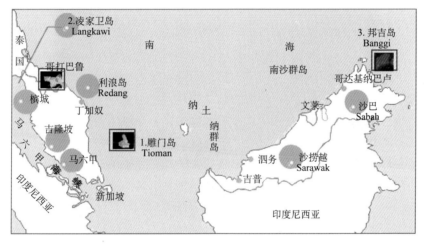

图 3-1　飞行实验区分布

3.4.1　雕门岛飞行实验设计

雕门岛位于马来西亚半岛东海岸以东约 38km 处，该岛地形起伏较为明显，岛上有 3 个高度近 1000m 的高山，岛的大部分区域（约 114km²）被热带雨林所覆盖，只有近海岸带附近有少量的居民（约 1000 人）和与日俱增的旅游者。海岸线附近有几个港口，在近海岸的沙滩上建有一些临时码头。该岛属于受人类活动影响严重的区域，特别是港口和码头的建立对近海岸地区的珊瑚礁影响严重。因此对该区域研究的任务之一是使用 OMIS Ⅱ 高光谱传感器监测水质状况。另外，该区域起伏的地形也可为测试 L 波段 SAR 传感器的性能提供有利的实验场。因此这次飞行实验任务主要涉及两个方面：①对近海岸地区的水质进行航空遥感调查，同时使用水质探测仪和便携式光谱仪对水质进行地面测量；②利用 L 波段的 SAR 对海岛地形进行遥感测量，考察可作为测试雷达立体成像实验所需的地面控制点位置。

利用 CASSAR-EL01 传感器对雕门岛进行地形测量的飞行线路图设计如图 3-2 所示，其飞行覆盖的面积为 18.4km × 22.9km，共有 15 个飞行条带。

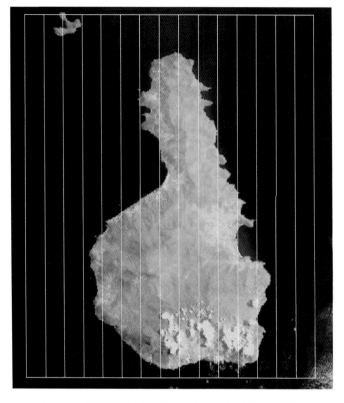

图 3-2　利用 CASSAR-EL01 对刁曼岛进行遥感测量

　　水质监测采用搭载 OMIS Ⅱ 高光谱传感器的航空遥感观测与水面同步观测的方式进行，飞行路线设计如图 3-3 所示，图中绿色的线代表飞行路线。绿色的点代表同步观测站点的位置。各站点的位置及观测深度见表 3-3。

表 3-3　刁曼岛飞行试验区同步测量站点信息

测站名称	经度	纬度	水深/m
TTa1	104°08′54.54″E	2°51′51.78″N	0～10
TTa2	104°08′14.94″E	2°52′24.43″N	20
TTa3	104°07′40.16″E	2°52′57.07″N	30～50
TTa4	104°07′05.91″E	2°53′24.89″N	30～50
TTa5	104°06′37.01″E	2°53′53.79″N	20～30
TTa6	104°06′08.65″E	2°54′08.77″N	10～20
TTb1	104°06′52″E	2°54′36.07″N	20～30
TTb2	104°07′26.78″E	2°54′16.27″N	30～50
TTb3	104°08′02.1″E	2°53′45.76″N	30～50
TTb4	104°08′29.93″E	2°53′21.15″N	20
TTb5	104°09′01.5″E	2°52′52.25″N	10～20
TTb6	104°09′08.45″E	2°52′43.69″N	0～10

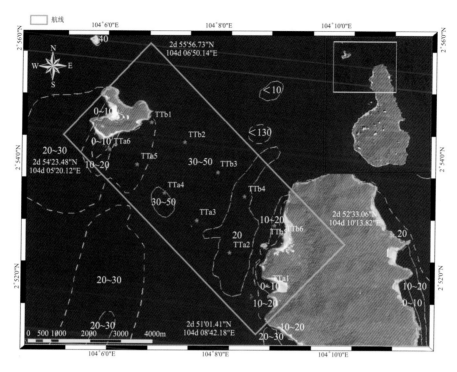

图 3-3　利用 OMIS Ⅱ 对刁曼岛及附近海域进行遥感测量

3.4.2　凌家卫岛飞行实验设计

凌家卫岛位于马来西亚半岛的西北海岸，紧靠吉打州（Kedah）。该岛由 99 个小岛组成，其中最大的凌家卫岛为我们的主要研究对象。该岛开发的时间较长，是较为著名的旅游区，受人类活动的影响比较广泛。很多近海岸的红树林以及珊瑚礁已经处于死亡或者濒临死亡的状态。飞行实验使用 CASSAR-EL01 传感器对该岛进行地形测量，飞行路线如图 3-4 所示，飞行面积约为 20km×20km，共计 16 个飞行条带。

3.4.3　邦吉岛飞行实验设计

邦吉岛位于马来西亚东部沙巴州的北部海岸，该岛受人类活动的影响较小。飞行实验主要使用 OMIS Ⅱ 高光谱传感器对该岛及其邻近海域进行监测与分析，并通过与其他海岛的研究成果进行对比，以了解人类活动对海岛的影响，进而提出海岛健康发展的建议与策略。

该飞行实验也采用空中遥感观测与实地测量相结合的方法，飞行路线如图 3-5 所示，共设同步观测点 12 个，其地理坐标和观测深度见表 3-4。

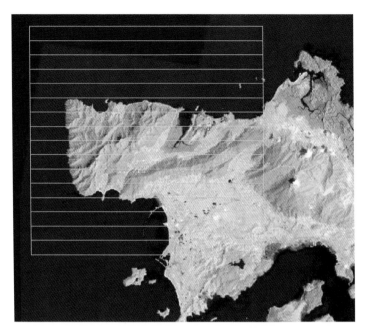

图 3-4　利用 CASSAR-EL01 对凌家卫岛进行遥感测量

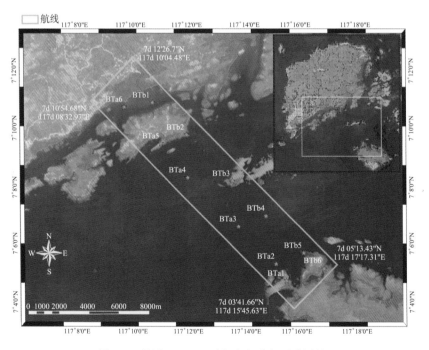

图 3-5　利用 OMIS Ⅱ 对邦吉岛进行遥感测量

表 3-4 邦吉岛飞行实验区同步测量站点信息

测站名称	经度	纬度	水深/m
BTa1	117°15′30.70″E	7°04′40.35″N	0～10
BTa2	117°15′08.59″E	7°05′15.31″N	0～10
BTa3	117°13′49.43″E	7°06′33.82″N	30～50
BTa4	117°12′02.41″E	7°08′15.41″N	30～50
BTa5	117°11′04.25″E	7°09′26.76″N	20～30
BTa6	117°09′45.15″E	7°10′42.75″N	10～20
BTb1	117°10′46.41″E	7°10′52.06″N	10～20
BTb2	117°12′00.08″E	7°09′44.59″N	20～30
BTb3	117°13′36.24″E	7°08′08.43″N	30～50
BTb4	117°14′46.80″E	7°06′55.55″N	30～50
BTb5	117°16′07.47″E	7°05′37.99″N	10～20
BTb6	117°16′50.12″E	7°05′04.64″N	0～10

3.5　本 章 小 结

为实现对海岛与海岸带环境全面的监测和分析，航空遥感平台应选用多传感器，以形成优势互补。本章选用高光谱传感器 OMIS Ⅱ 和 L 波段的 SAR 传感器，并针对马来西亚海岛与海岸带环境监测任务进行了航空遥感监测方案的研究和设计。本章主要介绍了 OMIS Ⅱ 和 CARSAR-EL01 传感器的特点和系统构成，并针对雕门岛、凌家卫岛和邦吉岛 3 个典型区域开展了遥感监测飞行实验方案设计。

参 考 文 献

杜培军，陈云浩 . 2007. 遥感科学与进展 . 徐州：中国矿业大学出版社

刘银年，薛永祺，王建宇等 . 2002. 实用型模块化成像光谱仪 . 红外与毫米波学报，21 (1)：9～13

万余庆 . 2006. 高光谱遥感应用研究 . 北京：科学出版社

王建宇，薛永祺 . 1992. 64 波段机载光谱成像仪 . 红外与毫米波学报，11 (3)：181～188

向敬成，张明友 . 2005. 毫米波雷达及其应用 . 北京：国防工业出版社

袁孝康 . 2003. 星载合成孔径雷达导论 . 北京：国防工业出版社

中煤航测遥感局 . 2009-09-18. 航天遥感与航空遥感的区别 . http://www.arscmh.com/show.asp?id=547

周志鑫，吴志刚，季艳 . 2008. 空间对地观测技术发展及应用 . 中国工程科学，10 (6)：28～32

第4章 近岸水质遥感监测

水是人类最重要的资源及一切生物生存的基本物质之一，除供饮用外，大量的水资源被用于生活和工农业生产。因此，水质状况直接或间接地影响着人类的生存和发展。随着人口的增长、工农业生产的大力发展，用水量日益增加。与此同时，大量的工业废水、生活污水及农业退水未经处理直接被排入水体中，造成了水体污染、水质恶化。

常规的水质监测方法虽然精度高，但是极其费时费力，需要投入大量的人力、物力和财力。另外，野外测量只能提供离散点的水质数据，不能反映一个地区水质的全面状况。遥感技术的发展为解决上述困难提供了更加有效的手段，可以实现对一个区域进行全面有效的水质监测。

本章主要介绍利用遥感技术进行近海岸水质监测的原理与方法，并以马来西亚的珍尼湖地区、凌家卫岛附近以及雕门岛地区的水质研究为例，论述遥感数据反演及其与实地测量结果的对比，分析遥感技术应用于水质监测的适用性。

4.1 水体光学特性

水体光学特性是进行水质遥感的物理基础，水体光学特性可分为固有光学特性与表观光学特性。

4.1.1 水体固有光学特性

太阳光入射到水体后，光子的归宿由固有光学量或固有光学特性（inherent optical properties，IOP）决定。水体的固有光学特性是指只与水体组分有关而不随光照条件变化而变化的量，它是连接水质参数和水体表观光学特性（apparent optical properties，AOP）的中间环节，水体各组分浓度的变化是通过影响其 IOP 而使水体呈现出不同的光谱特征（李素菊，2003）。影响水体 IOP 的物质主要有 4 种：纯水（water）、浮游植物（phytoplankton）、悬浮物（partical suspended material）和黄色物质（yellow substance，或 CDOM）。水体固有光学特性具体包括以下物理量（唐军武，1999）。

（1）吸收系数 a（absorption coefficient）是指垂直于辐射方向的无限薄的介质层的吸收率与该层厚度之比，单位为 m^{-1}。此处的吸收率是指因吸收而损失的辐射通量与总入射通量的比值。由于吸收过程排除光场的光子，故吸收系数 a 决定着由于吸收过程介质中单位光学路径长度辐射通量和单位入射通量的衰减指数。

（2）散射系数 b（scattering coefficient）是指垂直于辐射方向的无限薄的介质层的散射率与该层厚度之比，单位为 m^{-1}。此处的散射率是指因散射而损失的辐射通量与总入射通量的比值。散射过程改变了光子的传播方向，影响了介质的光收支平衡，故散射系数 b 决定着由于散射引起的辐射通量衰减指数。需要说明的是，散射包括弹性散射

(elastic scattering，散射光子与入射光子具有相同的波长）和非弹性散射（inelastic scattering，光子散射后波长发生改变，如拉曼散射（Raman scattering））。散射系数可用体散射函数的积分形式表达为

$$b = 2\pi \int_0^\pi \beta(\theta) \sin\theta \mathrm{d}\theta \tag{4-1}$$

（3）体散射函数 β（volume scattering function，VSF）是指在一个小体积元上，每单位辐照度、每单位体积沿着给定方向所发出的辐射强度，单位为 1/(m·sr)。散射意味着入射光子方向的改变，体散射函数以散射角的函数来描述散射通量，使得对于散射的描述更加完整。所有立体角散射函数的积分就得到散射系数。在非弹性散射情况下，还必须描述散射通量的波长分布。

（4）体散射相函数 $\tilde{\beta}$（volume scattering phase function）是指体散射函数 β 与总散射的比值，单位为 sr^{-1}，表达式为

$$\tilde{\beta}(\theta) = \frac{\beta(\theta)}{b} \tag{4-2}$$

（5）光束衰减系数 c（beam attenuation coefficient）是指垂直于辐射方向的无限薄的介质层的衰减率与该层厚度之比，单位为 m^{-1}。衰减率是指因吸收和散射而损失的辐射通量与总入射通量的比值，表达式为

$$c = a + b \tag{4-3}$$

（6）后向散射系数 b_b（backscattering coefficient）是指与后向散射（90°～180°）有关的散射系数，单位为 m^{-1}，表达式为

$$b_\mathrm{b} = 2\pi \int_{\frac{\pi}{2}}^\pi \beta(\theta) \sin\theta \mathrm{d}\theta \tag{4-4}$$

（7）单次散射反照比 ω_0（single scattering albedo）是指散射系数与衰减系数的比值，表示介质的吸收性质，无量纲，表达式为

$$\omega_0 = \frac{b}{c} \tag{4-5}$$

（8）单位吸收系数 a^*（specific absorption coefficient）是指水体各组分的吸收系数与其浓度的比值，即水体各组分单位浓度的吸收系数，单位为 m^2/mg。

（9）单位散射系数 b^*（specific scattering coefficient）水体各组分的散射系数与其浓度的比值，即水体各组分单位浓度的散射系数，单位为 m^2/mg。

在水体遥感中，一旦知道了水体各组分的吸收系数和散射系数，就可以计算各组分的单位吸收系数和单位后向散射系数（又称单位固有光学特性，specific inherent optical properties，SIOP）。单位固有光学特性和体散射相函数 $\tilde{\beta}$ 是利用分析或半分析模型建立水质参数反演算法最基本的固有光学量。

水体总的 IOP 可分解为水体各组分的 IOP 之和（IOCCG，2000；Mueller and Morel，2003）。

（1）水体总吸收系数

既然水体各组分的吸收、散射与其浓度有关，故可将水体总吸收系数表示为组分浓

度与单位浓度吸收系数的乘积。水体总吸收系数 a 的表达式（IOCCG，2000）为

$$a = a_w + a_c + a_s + a_y = a_w + Ca_c^* + Sa_s^* + Ya_y^* \tag{4-6}$$

式中：a_w 为纯水的吸收系数（m^{-1}）；a_c 为 Chl-a 的吸收系数（m^{-1}）；a_c^* 为 Chl-a 单位吸收系数；C 为 Chl-a 的浓度；a_s 为悬浮物的吸收系数（m^{-1}）；a_s^* 为悬浮物的单位吸收系数；S 为悬浮物的浓度；a_y 为黄色物质的吸收系数（m^{-1}）；a_y^* 为黄色物质的单位吸收系数；Y 为黄色物质的浓度，常用 440nm 处吸收系数表示。

（2）水体总散射系数

水体总散射系数 b 可以表示为

$$b = b_w + b_c + b_s = b_w + Cb_c^* + Sb_s^* \tag{4-7}$$

式中：b_w 为纯水的散射系数（m^{-1}）；b_c 为 Chl-a 的散射系数（m^{-1}）；b_c^* 为 Chl-a 的单位散射系数；C 为 Chl-a 的浓度；b_s 为悬浮物的散射系数（m^{-1}）；b_s^* 为悬浮物的单位散射系数；S 为悬浮物的浓度。

后向散射系数 b_b 可以表示为

$$b_b = B_{b,w}b_w + B_{b,c}b_c + B_{b,s}b_s \tag{4-8}$$

式中：$B_{b,w}$、$B_{b,c}$、$B_{b,s}$ 分别为纯水、浮游植物、悬浮物的后向散射比。由于遥感获得的是水体后向散射的信息，因此水体组分的后向散射特性对遥感反演模型的建立具有关键性的作用。

以下对水体各组分的固有光学特性分别加以参数化[①]。

4.1.1.1 纯水的吸收与散射特性

现有纯水的吸收系数 $a_w(\lambda)$ 的测量具有足够的精度，能满足大部分应用。Pope 和 Fry（1997）的测量结果被广泛应用，其测量的波长范围为 380～709nm。当波长大于 709nm 时，通常采用 Hale 和 Querry（1973）的测量结果。纯淡水的吸收系数测量对于纯海水同样有效，因为如果海水的主要吸收波段位于紫外和红光范围，海水中溶解盐类对于可见光波段的吸收特性不会有明显影响（IOCCG，2000）。

表 4-1 列出了纯水的吸收系数和散射系数的标准值。

表 4-1 纯水的吸收系数和散射系数

λ /nm	a_w /m^{-1}	b_w /m^{-1}	λ /nm	a_w /m^{-1}	b_w /m^{-1}	λ /nm	a_w /m^{-1}	b_w /m^{-1}
340	0.032 5	0.010 4	390	0.008 8	0.005 9	420	0.005 4	0.004 3
350	0.020 4	0.009 2	400	0.007 0	0.005 3	425	0.006 1	0.004 1
360	0.015 6	0.008 2	405	0.006 0	0.005 0	430	0.006 4	0.003 9
370	0.011 4	0.007 3	410	0.005 6	0.004 8	435	0.006 9	0.003 7
380	0.010 0	0.006 5	415	0.005 2	0.004 5	440	0.008 3	0.003 6

---

① 本部分内容主要参考了唐军武博士论文《海洋光学特性与遥感模型》及其《海洋遥感》讲义。

续表

λ /nm	a_w /m^{-1}	b_w /m^{-1}	λ /nm	a_w /m^{-1}	b_w /m^{-1}	λ /nm	a_w /m^{-1}	b_w /m^{-1}
445	0.009 5	0.003 4	550	0.065 4	0.001 4	655	0.358 2	0.000 7
450	0.011 0	0.003 3	555	0.069 0	0.001 4	660	0.421 4	0.000 7
455	0.012 0	0.003 1	560	0.071 5	0.001 3	665	0.431 1	0.000 6
460	0.012 2	0.003 0	565	0.074 3	0.001 3	670	0.434 6	0.000 6
465	0.012 5	0.002 8	570	0.080 4	0.001 2	675	0.439 0	0.000 6
470	0.013 0	0.002 7	575	0.089 0	0.001 2	680	0.452 4	0.000 6
475	0.014 3	0.002 6	580	0.101 6	0.001 1	685	0.469 0	0.000 6
480	0.015 7	0.002 5	585	0.123 5	0.001 1	690	0.492 9	0.000 6
485	0.016 8	0.002 4	590	0.148 7	0.001 1	695	0.530 5	0.000 5
490	0.018 5	0.002 3	595	0.181 8	0.001 0	700	0.622 9	0.000 5
495	0.021 3	0.002 2	600	0.241 7	0.001 0	705	0.752 2	0.000 5
500	0.024 2	0.002 1	605	0.279 5	0.001 0	710	0.865 5	0.000 5
505	0.030 0	0.002 0	610	0.287 6	0.000 9	715	1.049 2	0.000 5
510	0.038 2	0.001 9	615	0.291 6	0.000 9	720	1.269 0	0.000 5
515	0.046 2	0.001 8	620	0.304 7	0.000 9	725	1.525 3	0.000 4
520	0.047 4	0.001 8	625	0.313 5	0.000 8	730	1.962 4	0.000 4
525	0.048 5	0.001 7	630	0.318 4	0.000 8	735	2.530 4	0.000 4
530	0.050 5	0.001 7	635	0.330 9	0.000 8	740	2.768 0	0.000 4
535	0.052 7	0.001 6	640	0.338 2	0.000 8	745	2.833 8	0.000 4
540	0.055 1	0.001 5	645	0.351 3	0.000 7	750	2.848 4	0.000 4
545	0.059 4	0.001 5	650	0.359 4	0.000 7			

注：①本表引自 NASA/TM-2003-211621/Rev4-Vol. IV（2003）；②纯水在不同波段的吸收系数 a_w（λ）数据来源：340～390nm（Sogandares and Fry，1997）；400～700nm（Pope and Fry, 1997）；705～750nm（van Zee et al.，2002）；③纯水的散射系数 b_w（λ）数据（Buiteveld et al.，1994）。

　　在一定条件下（如以黄色物质为主的 Ⅱ 类水体或非常清洁的水体），纯水的后向散射能对总的后向散射做出显著的贡献。Morel 和 Prieur（1977）指出，纯水散射遵循 λ^{-n} 定律，指数 n 取值为 4.32。IOCCG（2000）普遍认为水体散射随水温的降低而缓慢递减，并根据实验数据得出 n 的取值为 4.05～4.35。

　　在水分子散射中，一般以 500nm 处的值为参考点

$$b_w(\lambda) = b_w(500) \cdot \left(\frac{\lambda}{500} \right)^{-4.32} \tag{4-9}$$

$$b_w(500) = 0.002\ 88 \text{m}^{-1} \tag{4-10}$$

水分子为各向同性散射，后向散射比例 $\tilde{b}_{b_w} = 0.5$。

4.1.1.2 叶绿素 a 吸收与散射特性

1) 叶绿素 a 吸收特性

在研究浮游植物的光学特性时，浮游植物主色素叶绿素 a（Chl-a）的含量被视为浮游植物浓度的指数。一般用叶绿素 a 的光学特性代表浮游植物的光学特性。

水中叶绿素 a 浓度是浮游生物分布的一个指标，是衡量水体初级生产力（水生植物的生物量）和富营养化作用的最基本指标。叶绿素 a 与水体光谱响应之间的关系是水色遥感的基础。当然，这种指示作用的有效性还与浮游植物光合作用的环境因素（如营养盐、温度与透明度等）以及叶绿素 a 浓度变化的制约条件有关。目前已掌握了 I 类水体中浮游植物动态及浮游植物光学性质的一些常见趋势。例如，在寡营养（叶绿素 a 浓度低）水域观测到的浮游植物单位吸收系数要比富营养化（叶绿素 a 浓度高）水域高。但是，这类浮游植物吸收模式不可直接用于 II 类水体，II 类水体具有很强的区域性。因为沿岸水体和内陆水体浮游植物种群成分和动力机制明显不同于开阔大洋的观测值（IOCCG，2000）。

含色素的浮游植物是 I 类水体中的主要染色剂，目前在浮游植物单位吸收谱研究方面已开展了许多工作。大量研究表明，浮游植物单位吸收系数的数值范围较宽，这些数值可能会随时空发生变化，与构成浮游植物种群的藻类及其生理状态密切相关。研究还表明，不同光照条件下浮游植物吸收光谱也存在差异（IOCCG，2000）。叶绿素的吸收随着总叶绿素浓度、叶绿素 a、叶绿素 b 与叶绿素 c 相对比例的不同，浮游生物组分的不同和光照条件的不同而有一定的差别。

对于叶绿素单位吸收系数的变化及其参数化，Bricaud 等（1995）利用世界范围内不同海洋水域 815 个测点的数据给出了最新的结果。其研究结果表明，叶绿素的单位吸收系数 $a_c^*(\lambda)$ 随叶绿素的浓度变化而变化，叶绿素浓度增加，$a_c^*(\lambda)$ 随之减小，两者的经验关系为

$$a_c^*(\lambda) = A(\lambda)C^{-B(\lambda)} \tag{4-11}$$

式中：$A(\lambda)$ 与 $B(\lambda)$ 为随波段变化的系数（Bricaud et al.，1995）；C 为叶绿素浓度，该公式及其系数适用的叶绿素浓度范围为 $0.02 \sim 25 \text{mg/m}^3$。

随着叶绿素浓度的不同，单位吸收系数会产生一个数量级的差别，如在 440nm 处，叶绿素的浓度为 $0.02 \sim 20 \text{mg/m}^3$，单位吸收系数变化为 $0.148 \sim 0.0149 \text{m}^2/\text{mg}$。由于叶绿素的单位吸收系数本身就与叶绿素的浓度有关，因此，基于固有光学量的叶绿素定量反演需要有准确的单位吸收系数作基础。

浮游植物生物量的浓度用每毫克叶绿素 a 来表示。叶绿素 a 的单位吸收系数与波长的关系取决于光合作用色素的相对浓度与组成。不同的藻类组成不一样，其吸收光谱存在差异。但对于大区域的海洋，在不同位置采样得到的混合浮游植物的光谱具有很强的相似性。表 4-2 记录了在南太平洋新西兰东部（Shooter et al.，1998）采样得到的一组单位吸收系数。

表 4-2　典型的叶绿素单位吸收系数（Shooter et al.，1998）

波长 /nm	单位吸收系数	波长 /nm	单位吸收系数	波长 /nm	单位吸收系数
300	0.023 94	445	0.041 72	590	0.006 69
305	0.024 65	450	0.041 20	595	0.006 34
310	0.025 35	455	0.041 38	600	0.005 99
315	0.026 06	460	0.041 55	605	0.005 96
320	0.026 76	465	0.041 20	610	0.005 92
325	0.027 11	470	0.040 85	615	0.006 13
330	0.027 46	475	0.039 08	620	0.006 34
335	0.027 82	480	0.037 32	625	0.006 69
340	0.028 17	485	0.035 21	630	0.007 04
345	0.026 41	490	0.033 10	635	0.007 40
350	0.024 65	495	0.030 10	640	0.007 75
355	0.023 24	500	0.027 11	645	0.007 57
360	0.021 83	505	0.024 64	650	0.007 39
365	0.022 00	510	0.022 18	655	0.008 62
370	0.022 18	515	0.020 42	660	0.009 86
375	0.023 06	520	0.018 66	665	0.013 98
380	0.023 94	525	0.016 90	670	0.018 10
385	0.025 00	530	0.015 14	675	0.020 00
390	0.026 06	535	0.013 45	680	0.017 61
395	0.027 12	540	0.011 76	685	0.011 69
400	0.028 17	545	0.010 46	690	0.005 77
405	0.030 46	550	0.009 15	695	0.003 66
410	0.032 75	555	0.007 82	700	0.001 55
415	0.034 51	560	0.006 48	710	0.000 56
420	0.036 27	565	0.006 12	718	0.000 35
425	0.037 50	570	0.005 77	724.4	0.000 17
430	0.038 73	575	0.005 88	740	0.000 00
435	0.040 49	580	0.005 99	752.5	0.000 00
440	0.042 25	585	0.006 34	757.5	0.000 00

　　浮游植物细胞在可见光波段是强吸收体，因此对于特定自然水体的吸收充当主要的角色。学术界对浮游植物的光谱吸收特性进行了广泛的研究（Prieur and Sathyen-dranath，1981；Morel，1988；Carder et al.，1991；Hoepffner and Sathyendranath，1993；Bricaud et al.，1995）。这些研究表明，浮游植物的吸收具有几个共同的特征：在440nm 与 675nm 处具有明显的吸收峰，而在 550nm 与 650nm 处吸收相对较小。

　　2）叶绿素散射特性

　　理论研究和实践均表明，叶绿素 a 的后向散射极低（Bricaud and Morel，1986），因而部分研究可不考虑叶绿素 a 的后向散射。最近的研究已引起人们对细菌和病毒等微生物后向散射重要性的关注。微生物后向散射补充并增强了浮游植物后向散射，一般而言，微生物后向散射按照 Chl-a 浓度的函数予以参数化。在目前阶段，尚不清楚 I 类水体浮游植物后向散射是否等同于 II 类水体，但目前对 I 类水体和 II 类水体都使用相似的模式（IOCCG，2000）

$$b_c(\lambda) = b_c(550) \cdot \frac{a_c(550)}{a_c(\lambda)} \qquad (4-12)$$

$$b_c(550) = 0.12C^{0.63}, \text{后向散射比例 } \tilde{b}_{b_c} = 0.005 \qquad (4-13)$$

式中：$b_c(\lambda)$ 为叶绿素 a 的散射系数；$a_c(\lambda)$ 为叶绿素 a 的吸收系数；C 为叶绿素 a 的浓度。

4.1.1.3　悬浮物的吸收与散射特性

在大洋中，悬浮物主要是由降解的浮游植物组成；在近海、湖泊与河流中悬浮物主要包括悬浮泥沙与浮游植物降解的产物。自然水体中悬浮物通常反映了相邻陆地或海盆区的地质结构和物质组成。沿岸地区的地质多样性和海流、潮汐的动态变化等造成了悬浮物散射特性和吸收特性的巨大差异。悬浮物单位吸收系数和单位散射系数谱与颗粒形状、粒径分布和折射指数密切相关。II 类水体遥感反演的难点之一是缺乏足够的有关陆源悬浮物单位固有光学特性（SIOP）变化的信息。

1）悬浮物吸收特性

在不同的近岸河口地区，悬浮泥沙矿物质组成不一样，其光谱吸收也存在很大的差别，因此，需要测量典型水域的悬浮泥沙光谱吸收系数。Prieur 及 Sathyendranath（1981）及 Bukata 等（1995）的研究表明，不同区域泥沙的吸收散射特性存在一定的共性。在近岸水体，一般蓝波段吸收较强，从而呈现黄色泥沙。Babin 等（2003）针对不同沿海（英吉利海峡、亚得里亚海、波罗的海、地中海）350 个站点的非藻类颗粒吸收特性测量研究表明，这些颗粒物的吸收光谱可以用一个指数函数予以描述

$$a_{\text{TSM}}(\lambda) = a_{\text{TSM}}(443)e^{-s(\lambda-443)} \qquad (4-14)$$

$$a_{\text{TSM}}(443) = 0.0216S^{1.0247} \qquad (4-15)$$

式中：s 为经验系数，其平均值为 0.0123nm^{-1}；S 为悬浮物的浓度，单位为 g/m^3。

2）悬浮物散射特性

悬浮物后向散射特性可以藉助理论模型计算，或者根据水色数据分析进行间接估算。后向散射的直接测量方法通常是先测量 140° 的体散射函数，然后利用经验关系式再转换为后向散射系数。

一般来说，悬浮物主要考虑其散射特性，尤其是后向散射特性。纯水分子的散射非常弱，叶绿素的后向散射也比较弱。因此，在大部分自然水体中，散射主要是由悬浮物的散射引起的。Morel（1974）与 Bukata 等（1995）等研究均表明，悬浮物物后向散射的波长函数可以用 λ^{-n} 定律描述。在浑浊近岸水域 $n=0$，即后向散射系数与波长关系不

大，所有波段散射系数相等；在寡营养水域 $n=2$。但是这些数值还只是基于有限的观测值，在 II 类水体中 n 值可能超出这一范围。

Sathyendranath 等（1989）研究表明，随水体的不同，后向散射系数 $\tilde{b}_{b_X}$ 与 n 有以下规律：① 对于 II 类水体，$n=0$，$\tilde{b}_{b_X}$ 为 $0.01 \sim 0.033$；② 对于高叶绿素浓度的 I 类水体，$n=1$ 或 2，$\tilde{b}_{b_X} \leqslant 0.005$；③ 对于寡营养 I 类水体，$n=2$，$\tilde{b}_{b_X}$ 为 $0.01 \sim 0.025$。

目前关于悬浮物散射和后向散射系数的知识还相当贫乏，为了提高对 II 类水体的遥感反演能力，则必须对悬浮物的散射特性加强研究。

4.1.1.4　黄色物质的吸收特性

黄色物质的吸收光谱特征非常明显，在蓝光波段吸收非常强，但是随着波长的增加，吸收则急剧下降，具有良好的一致性。许多研究都发现波段在 $350 \sim 700\text{nm}$ 范围对黄色物质的光吸收有响应，并提出了适用于紫外和可见光波段的吸收曲线描述方程（Arst，2003；Bricaud et al.，1981；Carder and Steward，1989）。大量的研究还表明，黄色物质的吸收满足指数规律

$$a_y(\lambda) = a_y(\lambda_0)\exp(-s(\lambda - \lambda_0)) \tag{4-16}$$

式中：$a_y(\lambda)$ 为波长为 λ 时的吸收系数；λ_0 为参考波段，通常取 440nm；$a_y(\lambda_0)$ 为参考波段的吸收系数；s 为吸收系数曲线的指数斜率参数。s 随水体的不同一般在 $0.011 \sim 0.018\text{nm}^{-1}$ 变化，很多研究认为其平均值约为 0.014nm^{-1}（Bricaud et al.，1981；Kishnio et al.，1984）；对于沿岸和湖泊水体，取值为 $0.016 \sim 0.019$，常推荐取值 0.017（Arst，2003）。需要注意的是，s 值随着地理位置和时间的变化而变化，同时它还依赖于计算时的波长范围。因此，可根据 440nm 处的吸收系数计算所有其他波段的吸收系数。CDOM 的单位吸收系数为

$$a_y^*(\lambda) = \exp(-s(\lambda - \lambda_0)) \tag{4-17}$$

在实际应用中，通常用 440nm 的吸收系数表示自然水体 CDOM 的浓度，即 $Y(\text{m}^{-1}) = a_y(440)$。通常认为 CDOM 为纯吸收体，不考虑其散射作用。

浮游植物与其共生的浮游动物、异养细菌、病毒等微生物的非生命降解物质常以"碎屑"（detritus）形式存在，而这些碎屑颗粒物的吸收谱与黄色物质的吸收谱非常类似，两者的光学区分相当困难。因此，从遥感的应用角度出发，碎屑成分往往与黄色物质成分一并考虑（IOCCG，2000）。然而，如果出现能够区分这两种物质作用的技术（或许可以利用吸收谱斜率的细微差异来区别），那么就可以把碎屑颗粒物作为独立变量来处理。

4.1.1.5　散射相函数

假设一个光子在水体中发生散射，散射后偏离了原来的传播方向，并且不是所有的角度散射概率都相等，则对于任意给定的水体类型，都有相应的散射概率角度分布特性，即散射相函数。

1) Henyey-Greenstein 散射相函数

散射相函数有多种表达式，在实际应用中，常用一种简单的近似解析公式来描述实际散射相函数。在大气光学与水体光学中最常用的要首推 HG（Henyey and Greenstein，1941）散射相函数，该函数用一个不对称因子 g 来描述散射相函数 $p(\theta)$，其表达式为

$$p(\theta) = \frac{1}{4\pi} \frac{1-g^2}{(1+g^2-2g\cos\theta)^{3/2}}, \quad -1 < g < 1 \tag{4-18}$$

式中：不对称因子 g 可用来控制前向散射与后续散射的相对比例。对于任意 g，$p(\theta)$ 满足归一化条件，即

$$\int_{-1}^{1} p(\cos\theta)\mathrm{d}(\cos\theta) = 1 \tag{4-19}$$

在实际应用中，通常将 HG 散射相函数描述为 $\cos\theta$ 的函数：

$$\int_{-1}^{1} p(\cos\theta)\cos\theta\mathrm{d}(\cos\theta) = g \tag{4-20}$$

可见，不对称因子 g 的物理含义是 HG 散射相函数散射角余弦的平均值。

图 4-1 描述了当 g 取不同值时，散射概率角度分布的相对大小。当 $g=0$ 时退化为各向同性散射，此时 p 为常数 $1/4\pi$；当不对称因子 g 值越大，前向散射越强，当 g 接近于 1 时，则描述了极端的前向散射。

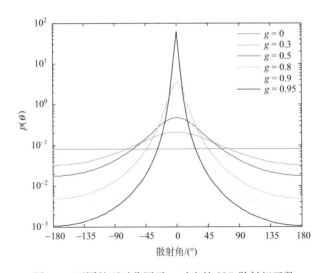

图 4-1　不同的不对称因子 g 对应的 HG 散射相函数

2) 测量的散射相函数

相函数的形状取决于折射指数与颗粒物的粒径大小分布，而折射指数与粒径大小分

布具有高度的随机性，它们的取值又取决于颗粒物质的来源或有机物与无机物的比例，尤其是在沿岸水体。通常认为当用辐射传输模拟方法进行反演时，相函数的不确定性是最为主要的误差源之一（Mobley，1994）。

尽管已有现场测量散射光角度分布的商业仪器 HydroBeta（Pegau et al.，2001），可测量的角度为 0°、10°、15°、20°、30°、50°、70°、90°、120°、140°、160°与170°，但目前水体光学与水色遥感界仍然采用 Petzold（1972）在圣地亚哥海港与圣地亚哥海湾的测量结果（表4-3，图4-2）。

表 4-3　实测的体散射函数（Petzold，1972）

散射角/(°)	清洁海水 /[1/(m·sr)]	沿岸水体 /[1/(m·sr)]	混浊水体 /[1/(m·sr)]	纯海水 /[1/(m·sr)]
0.1	53.18	653.3	3262	0.000 293 6
0.126	40.42	457.7	2397	0.000 293 6
0.158	30.73	320.6	1757	0.000 293 6
0.2	23.74	225.2	1275	0.000 293 6
0.251	18.14	157.9	926	0.000 293 6
0.316	13.6	110.4	676.4	0.000 293 6
0.398	9.954	77.31	502.7	0.000 293 6
0.501	7.179	53.71	370.5	0.000 293 6
0.631	5.11	36.75	267.6	0.000 293 6
0.794	3.591	24.81	189.7	0.000 293 6
1	2.498	16.62	132.9	0.000 293 6
1.259	1.179	11.06	91.91	0.000 293 5
1.585	1.171	7.306	62.8	0.000 293 5
1.995	0.775 8	4.751	41.71	0.000 293 4
2.512	0.508 7	3.067	27.37	0.000 293 3
3.162	0.334	1.977	17.93	0.000 293 2
3.981	0.219 6	1.273	11.72	0.000 293
5.012	0.144 6	0.818 3	7.655	0.000 292 6
6.31	0.095 2 2	0.528 5	5.039	0.000 292
7.943	0.062 82	0.340 2	3.302	0.000 291 1
10	0.041 62	0.215 5	2.111	0.000 289 6
15	0.020 38	0.092 83	0.904 1	0.000 284 7
20	0.010 99	0.044 27	0.445 2	0.000 278
25	0.006 166	0.023 9	0.273 4	0.000 269 7
30	0.003 888	0.014 45	0.161 3	0.000 260 2
35	0.002 68	0.009 063	0.110 9	0.000 249 7
40	0.001 899	0.006 014	0.079 13	0.000 238 4
45	0.001 372	0.004 144	0.058 58	0.000 226 8
50	0.001 02	0.002 993	0.043 88	0.000 215 2
55	0.000 768 3	0.002 253	0.032 88	0.000 204
60	0.000 602 8	0.001 737	0.025 48	0.000 193 4
65	0.000 488 3	0.001 369	0.020 41	0.000 183 9

续表

散射角/(°)	清洁海水 /[1/(m·sr)]	沿岸水体 /[1/(m·sr)]	混浊水体 /[1/(m·sr)]	纯海水 /[1/(m·sr)]
70	0.000 406 9	0.001 094	0.016 55	0.000 175 6
75	0.000 345 7	0.000 878 2	0.013 45	0.000 169
80	0.000 301 9	0.000 723 8	0.011 24	0.000 164
85	0.000 268 1	0.000 603 6	0.009 637	0.000 161
90	0.000 245 9	0.000 524 1	0.008 411	0.000 16
95	0.000 231 5	0.000 407 3	0.007 396	0.000 161
100	0.000 223 9	0.000 436 3	0.006 694	0.000 164
105	0.000 222 5	0.000 418 9	0.006 22	0.000 169
110	0.000 223 9	0.000 407 3	0.005 891	0.000 175 6
115	0.000 226 5	0.000 399 4	0.005 729	0.000 183 9
120	0.000 223 9	0.000 397 2	0.005 549	0.000 193 4
125	0.000 250 5	0.000 398 4	0.005 343	0.000 204
130	0.000 262 9	0.000 407 1	0.005 154	0.000 215 2
135	0.000 266 2	0.000 421 9	0.004 967	0.000 226 8
140	0.000 274 9	0.000 445 8	0.004 822	0.000 238 4
145	0.000 289 6	0.000 477 5	0.004 635	0.000 249 7
150	0.000 308 8	0.000 523 2	0.004 634	0.000 260 2
155	0.000 330 4	0.000 582 4	0.004 9	0.000 269 7
160	0.000 362 7	0.000 666 5	0.005 142	0.000 278
165	0.000 407 3	0.000 782 3	0.005 359	0.000 284 7
170	0.000 467 1	0.000 939 3	0.005 55	0.000 289 6
175	0.000 484 5	0.000 984 7	0.005 618	0.000 292 6
180	0.000 501 9	0.001 03	0.005 686	0.000 293 6

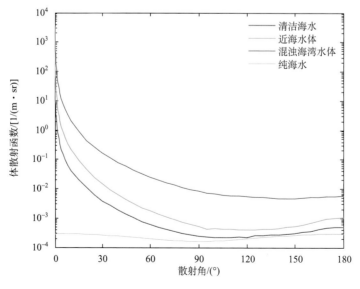

图 4-2　实测的体散射函数（Petzold，1972）

4.1.2　水体表观光学特性

水体表观光学特性（apparent optical properties，AOP）是指与水体组分有关而且随外界光照条件变化而变化的量，如辐亮度 L、辐照度 E、辐照度比 R、遥感反射率 R_{rs} 以及漫射衰减系数 K_d、K_u 等。离水辐亮度 L_w（water-leaving radiance）必须进行归一化以消除光照条件的影响，才有可能进行不同时间、不同地点测量结果的比较。

水质遥感是利用表观光学量来反演水体各组分的浓度，其基本量是离水辐亮度 L_w、海面入射辐照度 $E_d(0^+)$。这两个表观光学量都不可能直接测量，而必须利用一定的测量方法和相应的数据处理分析才能得到。其余的表观光学量大都可通过这两个量结合一些已知的物理量导出。

为了能够更好地理解水体遥感中常用到的这些表观光学量，下面介绍气-水界面上下的一些物理量（图 4-3）。

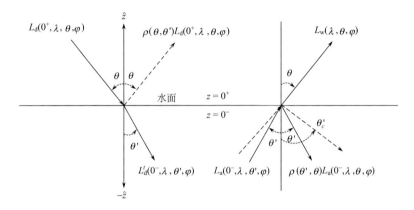

图 4-3　气-水界面的反射和折射（NASA，2003）

$L_d(0^+, \lambda, \theta, \varphi)$ 为水面以上入射辐亮度，$L_d(0^-, \lambda, \theta', \varphi)$ 为 $z=0^-$ 处的向下透射辐亮度，$L_u(0^-, \lambda, \theta', \varphi)$ 为 $z=0^-$ 处的向上辐亮度，$L_w(\lambda, \theta, \varphi)$ 为离水辐亮度，$\rho(\theta, \theta')$ 和 $\rho(\theta', \theta)$ 分别为水面以上和水面以下的 Fresnel 反射率

1）离水辐亮度 L_w 的计算

离水辐亮度 L_w 是指经过水-气界面透射后恰好处于水面以上的向上辐亮度，单位为 $\mu W/(cm^2 \cdot nm \cdot sr)$。由于离水辐亮度携带有水体组分信息，因此是水质遥感的一个基本物理量，其计算方法如下。

在避开太阳直射反射、忽略或避开水面白帽的情况下，野外光谱仪测量的水面向上辐亮度 L_{sw} 可精确地描述为

$$L_{sw} = L_w + \rho(\theta, \theta')L_{sky} \tag{4-21}$$

式中：L_{sky} 为天空漫散射光，不带有任何水体信息，可以测量得到；$\rho(\theta, \theta')$ 为气-水界面之上的菲涅耳（Fresnel）反射率，取值范围一般为 $0.02 \sim 0.028$，其值的大小与太阳位置、观测几何条件、风速风向或海面粗糙度等因素有关，通常近似地取值为 0.025

(Arst，2003；Mueller and Morel，2003)。根据唐军武等（2004）的研究，在一定的观测几何条件下，平静水面可取 0.022，在 5m/s 左右风速的情况下可取 0.025，当风速达 10m/s 时可取 0.026~0.028。目前，$\rho(\theta, \theta')$ 的取值仍有很大争议，需要进一步深入研究。

由此可得离水辐亮度 L_w 为

$$L_w = L_{sw} - \rho(\theta, \theta')L_{sky} \tag{4-22}$$

进一步推导可得到遥感反射率 R_{rs} 和归一化离水辐亮度 L_{wn}，再通过水体各组分特征波谱的分析可反演出水体各组分浓度。

2）遥感反射率 R_{rs} 的计算

遥感反射率 R_{rs}（remote sensing reflectance）是指离水辐亮度和水面总的入射辐照度（downward irradiance）的比值。在半分析模型的反演方法中常利用遥感反射率 R_{rs} 来提取水体组分信息。R_{rs} 可表示为

$$R_{rs}(\lambda, \theta, \varphi) = \frac{L_w(\lambda, \theta, \varphi)}{E_s(\lambda)} \tag{4-23}$$

式中：θ 为观测天顶角；φ 为相对方位角；$L_w(\lambda, \theta, \varphi)$ 为离水辐亮度；$E_s(\lambda)$ 为水面上总的入射辐照度。

3）归一化离水辐亮度 L_{wn} 的计算

水质遥感中常利用大气层上界平均日地距离处的太阳辐照度 F_0 来对离水辐亮度 L_w 进行归一化处理，称为归一化离水辐亮度 $L_{wn}(\lambda, \theta, \varphi)$（normalized water-leaving radiance），简称 L_{wn}，单位为 $\mu W/(cm^2 \cdot nm \cdot sr)$。所谓"归一化"是指把太阳移到测量点的正上方，消除大气影响，以便于不同时间、地点、大气条件下的测量结果具有可比性。其计算公式为（Mueller and Morel，2003）

$$L_{wn}(\lambda, \theta, \varphi) = R_{rs}(\lambda, \theta, \varphi)F_0(\lambda) \tag{4-24}$$

式中：F_0 为大气上界平均日地距离处的太阳辐照度。

需要说明的是，海洋水色传感器 CZCS、SeaWiFS 和 MODIS 算法都是基于大气层上界平均日地距离处的太阳辐照度来计算归一化离水辐亮度的。

4）刚好在水面以下的辐照度比 $R(0^-)$ 的计算

刚好在水面以下的辐照度比 $R(0^-)$ 是指刚好在水面以下的向上辐照度 $E_u(0^-, \lambda)$ 与向下辐照度 $E_d(0^-, \lambda)$ 的比值，它与太阳光的强度无关，受大气条件、太阳高度角及水面状态的变化影响较小。通过 $R(0^-)$ 可以将水体的固有光学特性联系起来，所以 $R(0^-)$ 是建立基于分析（半分析）模型水质参数反演的一个非常重要的参数（Dekker，1993）。目前国外利用 $R(0^-)$ 这一参数进行水质参数反演的研究已很多。其关系式可表示为

$$R(0^-, \lambda) = \frac{E_u(0^-, \lambda)}{E_d(0^-, \lambda)} \tag{4-25}$$

刚好在水面以下的向上辐照度 $E_u(0^-,\lambda)$ 与向上辐亮度 $L_u(0^-,\lambda,\theta',\varphi)$ 之间存在如下关系（Mueller and Morel，2003）

$$E_u(0^-,\lambda) = Q(0^-,\lambda,\theta',\varphi) \cdot L_u(0^-,\lambda,\theta',\varphi) \tag{4-26}$$

刚好在水面以下的向上辐亮度 $L_u(0^-,\lambda,\theta',\varphi)$ 与离水辐亮度 L_w 之间存在如下关系

$$L_u(0^-,\lambda,\theta',\varphi) = L_w(\lambda,\theta,\varphi)\frac{n^2}{1-\rho(\theta',\theta)} \tag{4-27}$$

结合式（4-21）、式（4-26）、式（4-27）则可得到刚好在水面以下的向上辐照度 $E_u(0^-,\lambda)$ 计算公式为

$$E_u(0^-,\lambda) = \frac{n^2 Q(0^-,\lambda,\theta',\varphi)}{1-\rho(\theta',\theta)} \cdot (L_{sw} - \rho(\theta',\theta)L_{sky}) \tag{4-28}$$

式中：$Q(0^-,\lambda,\theta',\varphi)$ 为刚好在水面以下的向上辐亮度 $L_u(0^-,\lambda,\theta',\varphi)$ 与向上辐照度 $E_u(0^-,\lambda)$ 之间的转换系数，是与 $L_u(0^-,\lambda,\theta',\varphi)$ 角度分布相关的因子，至今还没有统一的数值和计算公式，理论上 Q 值为 $3.0\sim6.5$（Morel and Gentili，1993）。目前对 Q 一般取常数，如 π、4.5 和 5.4 等（曹文熙，2000），如何确定 Q 值要具体情况具体对待。n 为水体折射指数，对于淡水则常近似地取 $n=1.333$；对于海水一般取 $n=1.34$（Mueller and Morel，2003）。刚好在水面以下的向下辐照度 $E_d(0^-,\lambda)$ 可以用水面以上的向下辐照度 $E_s(\lambda)$ 扣除水面反射的那部分辐射来计算。具体表示为

$$E_d(0^-,\lambda) = (1-\rho(\theta,\theta'))E_s(\lambda) + \rho(\theta',\theta)E_u(0^-,\lambda) \tag{4-29}$$

结合式（4-28），可得

$$E_d(0^-,\lambda) = (1-\rho(\theta,\theta'))E_s(\lambda) + \frac{n^2\rho(\theta',\theta)Q(0^-,\lambda,\theta',\varphi)}{1-\rho(\theta',\theta)} \cdot (L_{sw} - \rho(\theta',\theta)L_{sky})$$

$$\tag{4-30}$$

式中：$E_s(\lambda)$ 为水面以上总的向下辐照度，可以测量得到。其他参数详见 $E_u(0^-,\lambda)$ 的计算说明。

综上所述，根据式（4-28）先计算 $E_u(0^-,\lambda)$，再代入式（4-29）计算 $E_d(0^-,\lambda)$，然后根据式（4-25）则可计算出刚好在水面以下的辐照度比 $R(0^-)$。具体表达式为

$$R(0^-,\lambda) = \frac{E_u(0^-,\lambda)}{(1-\rho(\theta,\theta'))E_s(\lambda) + \rho(\theta',\theta)E_u(0^-,\lambda)} \tag{4-31}$$

5）下行辐照度漫射衰减系数 K_d 的计算

下行辐照度漫射衰减系数 K_d 是指下行辐照度随水深增加的递减率，可表示为

$$K_d(\lambda)dz = -\frac{dE_d(\lambda,z)}{E_d(\lambda,z)} \tag{4-32}$$

衰减系数 K_d 是表征水体透明度的一个指数，它可以根据水体遥感数据来反演，对于光学浅水遥感的反演研究是一个重要的参数，还可用于光穿透模式和光照深度的初级生产力的计算等。

4.1.3　AOP 与 IOP 的关系

IOP 是联系水质参数与水体表观光学量（AOP）的纽带。研究 AOP 和 IOP 之间关系，要求以一定的方式模拟水体中的辐射传输过程。在这方面已经有一些辐射传输方法，如蒙特卡洛（Monte Carlo，MC）模拟法、二流近似（two-flow）、准单次散射近似法、散射连续阶法等，其中 MC 法最常用（IOCCG，2000）。

以上所有辐射传输方法都得出以下一致性结论：在非弹性散射的过程中，刚在水面以下的辐照度比 $R(0^-)$ 可以用后向散射系数 b_b 和吸收系数 a 予以表示。其表达式为

$$R(0^-) = f \frac{b_b}{a + b_b} \tag{4-33}$$

式中：f 为已知的具有某种变化的比例系数。

在 $b_b \ll a$ 时，式（4-33）可以简化为

$$R(0^-) = f \frac{b_b}{a} \tag{4-34}$$

应当指出，式（4-33）对 Ⅰ 类水体是适用的，而对 Ⅱ 类水体要视具体情况而定，因为 Ⅱ 类水体的 IOP 具有很强的区域性，必须获取区域性的后向散射系数与吸收系数，以进行水色反演。此外，对 Ⅰ 类水体，经验参数 f 可取约 0.33 的常数，且与波长基本无关，而对于 Ⅱ 类水体 f 的取值差异非常大，而且与波长密切相关（Ma et al.，2006），即使同一水域，当空间位置不同时，水质成分可能差异很大，也难以直接用一组数据 $f(\lambda)$ 表示，从而使半分析方法不太适用于 Ⅱ 类水体。

刚好在水面以下的辐照度比 $R(0^-)$ 还可以用下行和上行通量衰减系数的函数予以表达，即

$$R(0^-) = \frac{b_u}{\mu_d(K_d + \kappa)} \tag{4-35}$$

式中：b_u 为上行散射系数，且 $b_u = sb_b$，s 为与入射角和体散射函数相关的状态因子；μ_d 为下行辐照度平均余弦，用来描述光场的角度分布；K_d 为下行辐照度漫射衰减系数，且 $K_d \approx (a + b_b)/\mu_u$；$\kappa$ 为某一深度水层上产生的上行辐照度漫射衰减系数，且 $\kappa = (a + b_b)/\mu_u$。

需要说明的是，IOP 沿入射通量的方向进行测量，而像 K_d 等 AOP 则在水体垂直方向间隔地进行测量，因此需要两种描述光场角分布的参数：下行辐照度平均余弦 μ_d 和上行辐照度平均余弦 μ_u。平均余弦为光子通量入射角余弦的加权平均值，加权函数为每一入射方向的辐射量。平均余弦可以根据辐射场或者对下行标量辐照度 E_{0d} 和下行辐照度 E_d 的测量值进行估算。对于式（4-35），当代入 $f = s\mu_u/\mu_d + \mu_u$ 时，则可以得到式（4-33）。

由此可见，以漫射衰减系数和 IOP 为基础的两种模式是一致的。比例因子 f 与体散射函数的形状和光场天顶角的分布密切相关，由于 Ⅰ 类水体和 Ⅱ 类水体颗粒的体散射函数不同，使两类水体的 f 值的差异非常明显。

4.2　水体光谱测量及数据处理

　　水体光谱测量通常采用观测天顶角为 45°和相对方位角为 90°或 270°的观测几何进行（唐军武等，2004），如图 4-4 所示。本遥感反射率测量实验采用的光谱仪为 GER1500，其光谱范围为 300～1100nm，有 512 个波段，波段宽度约为 1.6nm。

　　另外，测量天空辐亮度和物体的反射率天顶角均固定在 45°，如图 4-5 所示。

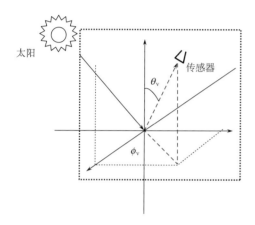

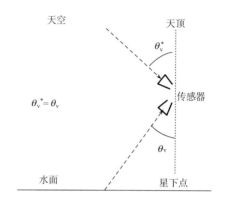

图 4-4　$\theta_{\rm v}$、$\phi_{\rm v}$ 分别为测量时的天顶角和方位角　　　　图 4-5　测量天空辐亮度时的天顶角（$\theta_{\rm v}^*$）

　　具体测量步骤为（唐军武等，2004）：①仪器提前预热；②暗电流测量；③标准板测量；④遮挡直射光的标准板测量；⑤目标测量；⑥天空光测量；⑦标准板测量；⑧遮挡直射阳光的标准板测量。

　　遥感反射率的计算公式如为（Carder and Steward，1985）

$$R_{\rm rs} = (S_{\rm sw} - rS_{\rm sky})\rho_{\rm p}/\pi S_{\rm p} \tag{4-36}$$

式中：$S_{\rm sw}$、$S_{\rm sky}$、$S_{\rm p}$ 分别为光谱仪面向水体、天空和标准板时的测量值；r 和 $\rho_{\rm p}$ 分别为在上述条件下的海面反射率和标准板反射率。

　　图 4-6 所示为一典型遥感反射率的光谱曲线，它在 490nm 附近有一个峰值。事实上，这个反射高峰表明了所研究海域的水体颜色。400～490nm，反射率缓慢增加。在 490nm 附近所出现的峰值，是由于叶绿素 a 的吸收所导致的。490～600nm，反射率是以两个不同的速率级开始下降，490～520nm 波段的下降速率快，而 520～600nm 波段的下降速率相对慢一些。在 600～900nm 段，波长越长，水体光谱信号越弱。由于在红光和近红外波段水体的反射光谱信号非常弱，所以海洋水色组分和水质反射模型多采用蓝绿波段。

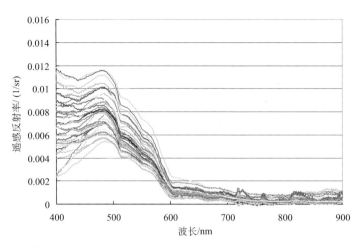

图 4-6 研究区域的遥感反射率光谱曲线

4.3 水质参数测量

4.3.1 Hydrolab 多参数水质监测仪介绍

Hydrolab 是一种用于现场水质监测的多参数水质分析仪，它由 DataSonde 4a，MiniSonde 4a 和 DataSonde 4X 等部分组成，是一种一体化的多参数水质分析仪，便携式设计，在一个探头上集成了多个电极，可同时测量多个水质参数，可广泛应用于环保、水文、水利等监测领域。

4.3.2 叶绿素 a、混浊度和温度的测量

现场测量时，将 Hydrolab 水质多光谱仪放置于 0m、5m 和 10m 这 3 个不同海水深度处，每一深度均需测量，计数 10 次，以避免差错，提高测量精度。具体测量步骤为：①先将仪器预热几分钟，然后将其放置于海平面 0m 深度处；②等待读数稳定后，将 10 组水质参数记录到数据日志中；③分别将仪器放置在 5m 和 10m 深度处，重复步骤②的测量工作。

采用称重法测量总悬浮物的浓度。

4.3.3 透明度的测量

Secchi 是一种测量水体透明度的仪器。它的主体是一个可见度测试板，可简单而精确地测量可见深度。测量方法为：用绳子将测试盘缓慢放入水中，当肉眼看不见测试板的时候，根据绳上的标记可读出深度；再将测试板放低 0.5m，然后慢慢向上提拉，当重新能看到测试板时，记下第二个读数；两次读数的平均值则为可见深度（图 4-7）。

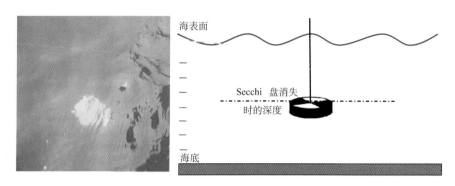

图 4-7　Secchi 盘在海水中（左）以及它从视线中消失时的深度（右）

4.4　卫星影像预处理

在提取水色要素之前，需对拟提取水域的卫星图像数据进行必要的预处理，如几何校正、辐亮度转换、云掩模和陆地掩模等。

4.4.1　几何校正

图像的几何校正就是将含有几何变形的卫星影像校正为按给定地图所要求的尺度和投影的过程。本节中对 SPOT 和 MODIS 卫星影像采用了两种地理参考校正方法。SPOT 卫星采用的是影像到影像的几何校正转换模式。在校正过程中，以地形图和地理参考作为主要参照依据。而 MODIS 影像几何校正所采用的地理参考信息是依据卫星特征参数和数据获取时记录的数据信息。SPOT 和 MODIS 影像的几何校正结果分别如图 4-8 和图 4-9 所示。

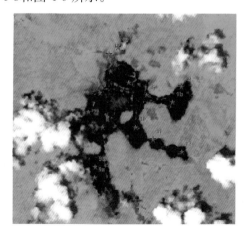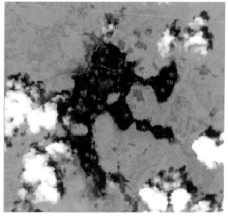

图 4-8　几何校正前后的 SPOT 卫星影像及湖中地面实况点的分布

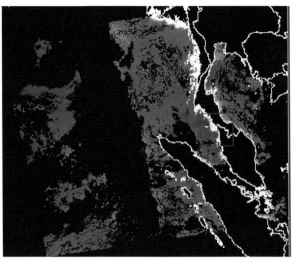

图 4-9　几何校正前后的 MODIS 卫星影像

4.4.2　辐亮度转换

卫星影像中每个像素的灰度值代表的是其相应地物的辐亮度数字化数值（digital number，DN），而 DN 是反映地物在一定范围内的光谱信息数值。只有将图像的灰度值转化为辐亮度物理量才能进行不同遥感数据之间的比较，消除传感器之间的差异。辐亮度的计算是利用多传感器、多平台的遥感数据协调应用的一个基本步骤。从图像的 DN 值转换到传感器的表观辐亮度要求预先知道传感器的变化因子增益与偏移量。

采用如下校准公式，可将 DN 值转换为对应的辐亮度：

$$L = a \times DN + b \tag{4-37}$$

式中：L 为辐亮度；a 为增益；b 为偏移量。

通过目视解译，如果 DN 与辐亮度影像的差异不太明显，则可以通过光谱分析验证 DN 和辐亮度影像的差异，如珍尼湖 SPOT 影像的 DN 与辐亮度的差异如图 4-10 和图 4-11 所示。

4.4.3　云掩模

据遥感频谱理论，云的出现会影响辐亮度与 DN 值之间的转换。传感器不能准确探测云遮挡下的地面物体所反射出的辐亮度。因此，被云遮挡的影像像素需进行影像掩模处理。

常用的云掩模方法是对可见光和近红外波段进行动态聚类的 K-均值法。这种方法首先计算初始类均值在数据空间中的均匀分布，然后采用最小距离法对像元进行迭代和聚类，使其归入到最近类别。每一次迭代重新计算类均值，并且采用新的分类手段对像素进行分类。如果对像元设定了一个标准偏差或初始距离，不满足选择标准的像元将不会被分类，其余所有的像元均被分类到最近的类别。如此进行，直到每类像元的分类数

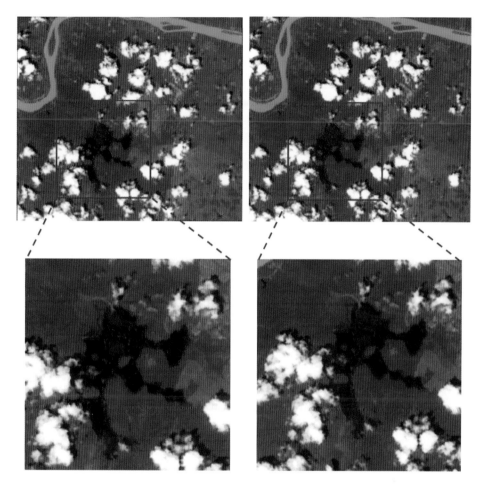

图 4-10　SPOT 影像的 DN 值（左）和辐亮度（右）

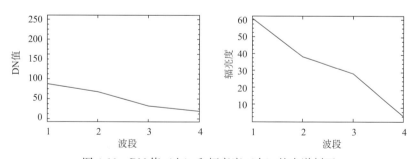

图 4-11　DN 值（左）和辐亮度（右）的光谱剖面

小于设定的阈值或者达到最高的迭代次数，至此，分类过程结束。

　　图 4-12 为 2004 年 10 月 16 日珍尼湖的 SPOT4 卫星影像图，其云掩模现象严重，白色和黑色分别代表有云和无云的像素。掩模结果令人满意，许多面积小的云和薄云均能被探测到。K-均值法属于非监督分类法，也可以应用于其他影像的云掩模处理。

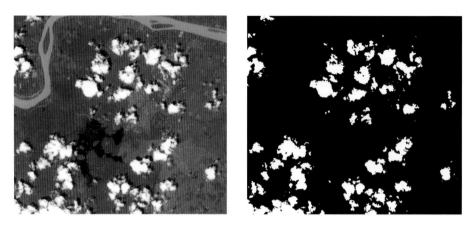

图 4-12　珍尼湖 SPOT4 影像图（左）及其云掩模处理结果（右）

4.4.4　陆地掩模

　　陆地掩模的目的在于提取水体范围信息，而预先将陆地和水体特征相分离的一种影像处理过程，以提高水体像素信息提取的准确性。

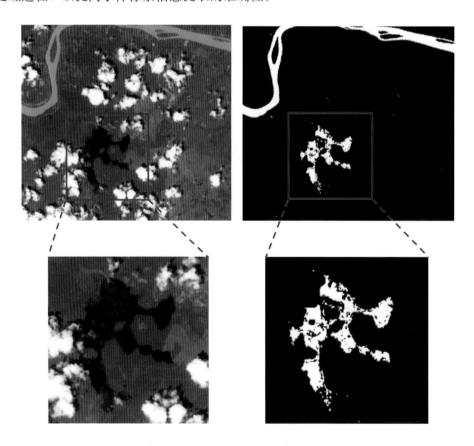

图 4-13　珍尼湖的 SPOT4 影像（左）及其陆地掩模处理后（右）

陆地掩模处理中经常使用光谱阈值的方法。由于陆地目标复杂多样，非监督分类方法往往不易将陆地和水体特征准确区分。此时，可采用监督分类方法。本研究分别采用最大似然法、光谱角度制图（SAM）和神经网络法进行处理试验。结果显示，神经网络方法效果最好，如图 4-13 所示。

4.5　水质参数遥感反演模型

水质参数叶绿素 a 和总悬浮物是影响光谱特性的主要因子，在遥感影像中它们的特征往往会呈现出来，因而，可应用遥感技术监测水质状况。

4.5.1　叶绿素浓度遥感反演模型

基于实测水质数据，利用经验模型，分别探讨基于 OMIS Ⅱ、MODIS、TM 和 SPOT 等不同传感器遥感数据的叶绿素 a 浓度反演模型，如表 4-4 所示。

表 4-4　不同传感器的水质反演模型

传感器	散点图	反演模型与精度
OMIS Ⅱ	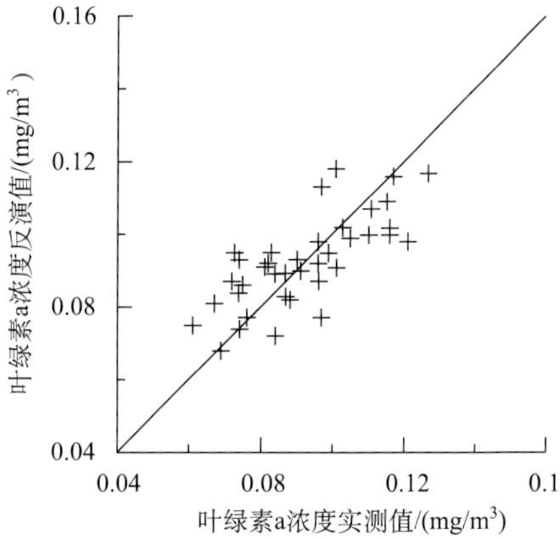	$Chl\text{-}a = 0.181 - 0.859 \times lg\ [Rrs\ (490)/Rrs\ (510)]$ 相关系数＝0.7391 平均相对误差＝10.32% 均方根误差＝0.0111 mg/m^3 样本个数＝39
MODIS	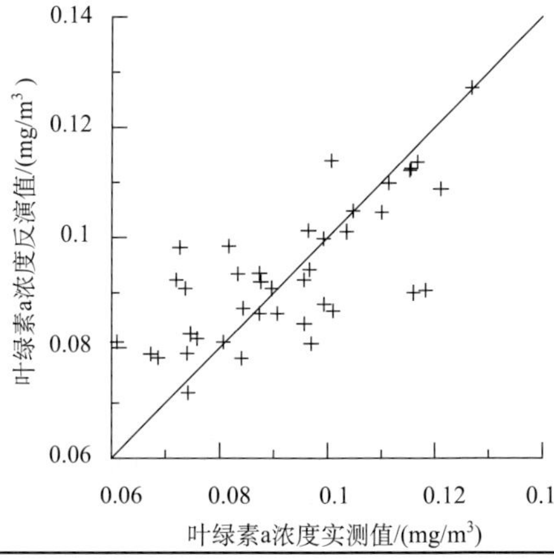	$lg\ (Chl\text{-}a) = -0.644 - 1.733 \times lg\ [Rrs\ (488)/Rrs\ (551)]$ 相关系数＝0.6146 平均相对误差＝12.13% 均方根误差＝0.0133 mg/m^3 样本个数＝40

传感器	散点图	反演模型与精度

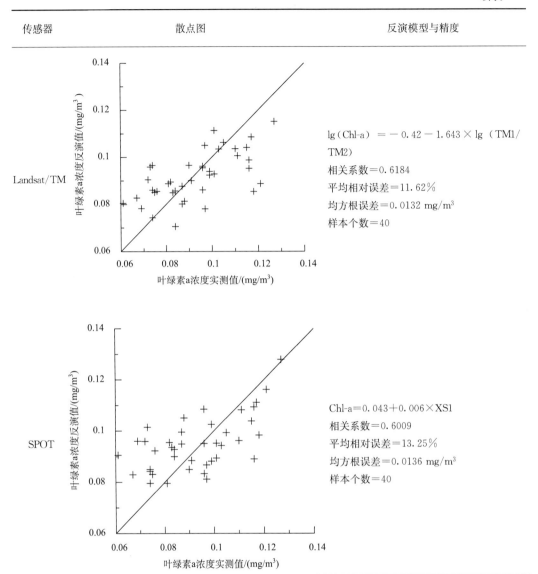

Landsat/TM

lg（Chl-a）＝－0.42－1.643×lg（TM1/TM2）

相关系数＝0.6184

平均相对误差＝11.62%

均方根误差＝0.0132 mg/m³

样本个数＝40

SPOT

Chl-a＝0.043＋0.006×XS1

相关系数＝0.6009

平均相对误差＝13.25%

均方根误差＝0.0136 mg/m³

样本个数＝40

4.5.2 水体透明度反演模型

试验表明，可采用线性、对数或指数函数来描述透明度和辐亮度之间的相关关系。至于何种函数更合适，可按其误差大小来判断。它们的关系式为

$$\text{线性函数：} \quad SD = b_0 + b_1 \times Radiance \tag{4-38}$$

$$\text{对数函数：} \quad SD = b_0 + b_1 \times \ln(Radiance) \tag{4-39}$$

$$\text{指数函数：} \quad SD = b_0 \times \exp(b_1 \times Radiance) \tag{4-40}$$

式中：b_0、b_1 分别为待定经验系数。

4.5.3　水体悬浮物浓度反演模型

由于研究区近岸海水的总悬浮物浓度较低，可选用线性和指数函数来描述总悬浮物与辐亮度之间的关系，并按其误差大小来确定更适合的函数形式。其关系式为

$$线型函数：TSS = b_0 + b_1 \times Radiance \tag{4-41}$$

$$指数函数：TSS = b_0 \times \exp(b_1 \times Radiance) \tag{4-42}$$

式中：b_0、b_1 分别为待定经验系数；TSS 为总悬浮物浓度。

4.6　水质遥感监测实例

4.6.1　珍尼湖

珍尼湖位于马来西亚半岛彭亨州中部，是该半岛地区的第二大湖，在雨季（每年的10 月到次年 1 月）时的面积可达 $51km^2$。研究区的地理位置如图 4-14 所示，珍尼湖的子湖分布状况如图 4-15 所示。

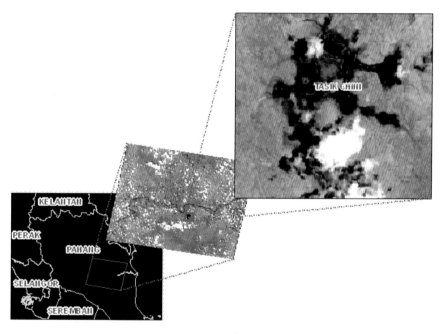

图 4-14　珍尼湖的地理位置

4.6.1.1　总悬浮物

应用 2004 年 10 月 16 日获取的珍尼湖 SPOT4 卫星影像，分别采用基于波段 1 和波段 2 的线性模型反演得到该湖的总悬浮物浓度分布如图 4-16 和图 4-17 所示。由图可见，总体上结果很相似，但细节仍有所不同。

图 4-15　珍尼湖的子湖分布

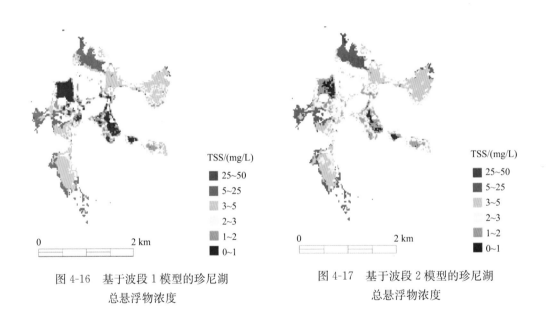

图 4-16　基于波段 1 模型的珍尼湖　　　　　图 4-17　基于波段 2 模型的珍尼湖
　　　　 总悬浮物浓度　　　　　　　　　　　　　　　　 总悬浮物浓度

　　由于绿光较红光更容易穿透深水，因此基于波段 1 的模型反映的主要是深水信息，
而基于波段 2 的模型则主要反映浅水的情况。最后，选用它们的均值作为珍尼湖的总悬
浮物浓度，如图 4-18 所示。

　　显然，珍尼湖的总悬浮物浓度不足 25mg/L。按马来西亚的国家水质标准（暂行），
其总悬浮物指数属于一类水体。但在湖的西北角，总悬浮物浓度达到 25～50mg/L，则
应属于二类水体。

　　从图 4-15 和图 4-18 可以看出，整个珍尼湖中 Laut Gumum、Pulau Balai、
Mampitih、Serodong、Batu Busok、Labuh 和 Jemberau 等子湖的总悬浮物浓度均小于

3mg/L，而与河流交界的 Laut Chenahan、Jerankand、Genting Teratai、Kerawar 和 Merai 等子湖的悬浮物浓度则大于前者。

4.6.1.2　透明度

应用 2004 年 10 月 16 日获取的珍尼湖 SPOT4 卫星影像，采用线性模型反演得到该湖的透明度分布如图 4-19 所示。

由图 4-18 和图 4-19 可见：高透明度对应于总悬浮物浓度低的区域，低透明度对应于悬浮物浓度高的区域，符合物理特性。

珍尼湖的透明度小于 200m。其中 Laut Gumum、Pulau Balai、Mampitih、Serodong、Batu Busok、Labuh 和 Jemberau 等子湖的透明度为 130～200m，与河口相邻接的 Laut Chenahan、Jerankang、Genting Teratai、Kerawar 和 Merai 等子湖的透明度更低。

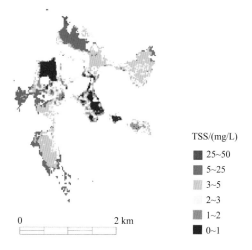

图 4-18　珍尼湖的总悬浮物浓度

采用同年 9 月 9 日 SPOT4 影像进行时态分析，珍尼湖透明度计算结果如图 4-20 所示。分析比较可知：10 月珍尼湖的透明度比 9 月的透明度高。在 9 月份，Laut Gumum 和 Merai 子湖的透明度异常低的主要原因在于云的遮挡。

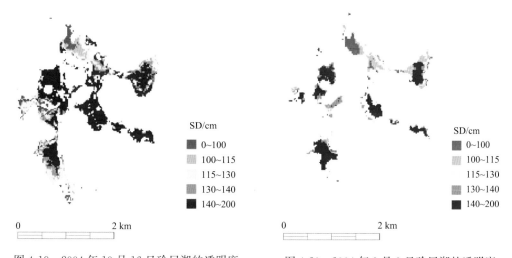

图 4-19　2004 年 10 月 16 日珍尼湖的透明度　　　　　图 4-20　2004 年 9 月 9 日珍尼湖的透明度

4.6.1.3　叶绿素 a

应用 2004 年 10 月 16 日的珍尼湖 SPOT4 卫星影像，采用线性模型反演得到该湖的叶绿素 a 浓度分布如图 4-21 所示。

可见，珍尼湖大部分区域的叶绿素 a 浓度不到 $2\mu g/L$，说明浮游植物生物量很少。采用另一时相 2004 年 9 月 9 日 SPOT4 影像做时态分析。基于该影像所做出的叶绿素 a

如图 4-22 所示。对比发现 9 月的叶绿素 a 的浓度大于 10 月的叶绿素 a 的浓度。在 9 月份，由于云的遮挡，Laut Gumum 和 Merai 子湖的叶绿素 a 浓度异常的低。

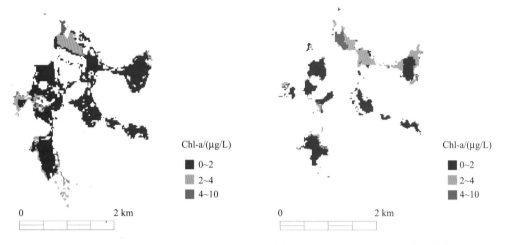

图 4-21　2004 年 10 月 16 日珍尼湖的叶绿素 a　　　图 4-22　2004 年 9 月 9 日珍尼湖的叶绿素 a

4.6.2　凌家卫岛近岸海域

凌家卫群岛位于马六甲海峡和安达曼海之间，马来西亚与泰国边境交界处，在马来西亚半岛西北端的海面上，距槟榔屿 108km，由 104 个小岛组成，涨潮时仅能看见 99 个岛屿。主岛是凌家卫岛，它是群岛中唯一一个有定居者的岛。研究区的地理位置如图 4-23 所示。

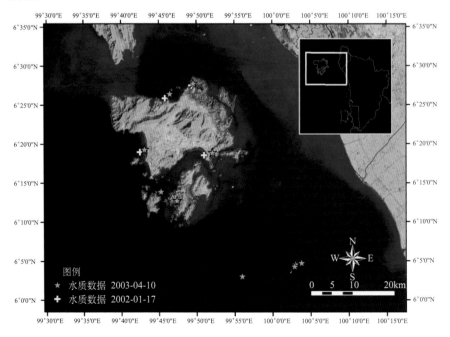

图 4-23　研究区地理位置

在图 4-23 上标出了现场实测站的位置，其中有 4 个站在 2002 年 2 月 17 日 Landsat7 卫星过境时开展同步测量。当卫星影像 DN 值与地面实测数据间的指数关系被验证之后，该模型可应用于 Landsat 影像上。采用 4 个地面实测站位的同步数据验证了总悬浮物浓度，反演相对误差是 35%，结果如图 4-24 所示。

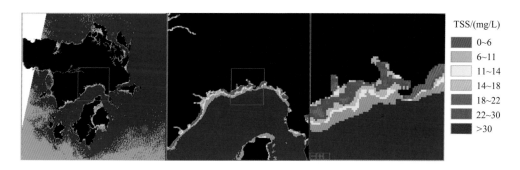

TSS/(mg/L)
- 0~6
- 6~11
- 11~14
- 14~18
- 18~22
- 22~30
- >30

图 4-24　基于 Landsat/ETM+ 影像反演得到的总悬浮物浓度

4.6.3　雕门岛近岸海域

雕门岛位于马来西亚半岛东部海岸，南北长约 39km，东西宽约 12km（图 4-25）。该岛周围分布着大量的珊瑚礁，是马来西亚著名的海岛旅游景点之一。但是由于开发过度和管理不当，该岛周围的珊瑚礁已经出现不同程度的退化。

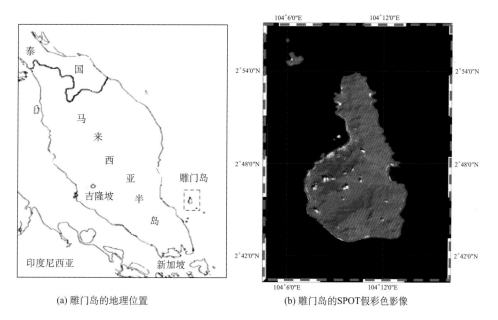

(a) 雕门岛的地理位置　　　　(b) 雕门岛的 SPOT 假彩色影像

图 4-25　马来西亚雕门岛的地理位置和遥感影像

应用雕门岛的实测数据建立水质模型之后，则可以利用不同的卫星影像来反演水质要素。这里，有一些不确定因素需要加以说明如下。

（1）这些水质模型是基于小区域——雕门岛近岸海域而提出的，具有一定的区域性，它是否适用于另一区域，则应进一步加以验证。

（2）水面实测数据是8月份在雕门岛的东南部采集的，故所研发模型的代表性较低。此外，该岛近岸海域的水质环境因季风的改变而改变，因此，今后需在不同时期测量更多的数据来完善该水质反演模型。

（3）潮汐现象随处发生，主要为3个时期：涨潮、落潮和平潮。这3个不同时期的水质可能不同，需要进行更多的实验来验证潮汐对水质的影响。

采用 Landsat/ETM$^+$ 卫星影像来反演叶绿素 a 浓度，主要基于以下考虑。

（1）SPOT 影像没有蓝光波段，而 ETM$^+$ 和 MODIS 影像则有，因而可以更好地反演叶绿素 a 的浓度。

（2）与 MODIS 相比，ETM$^+$ 数据的空间分辨率（30m）要比 MODIS 数据的空间分辨率（1km）高得多。

叶绿素 a 反演结果如图 4-26 所示。采用 4 个地面实测站位的同步数据集，对 Landsat7 ETM$^+$ 卫星影像在凌家卫岛近岸海域所得总悬浮物浓度的精度进行检验，其相对误差为 35%。

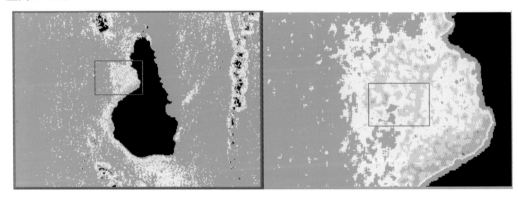

Chl-a/(μg/L)
- 0.00~0.01
- 0.01~0.02
- 0.02~0.05
- 0.05~0.10
- 0.10~0.20
- 0.20~0.50
- 0.50~1.00
- 1.00~2.00
- 2.00~5.00
- 5.00~10.00

图 4-26 基于 ETM$^+$ 卫星影像反演叶绿素 a 的浓度

4.7　本章小结

　　本章从水质遥感的机理出发，探讨了水体表观光学特性与固有光学特性，及其之间的联系。介绍了利用遥感技术进行近岸水质监测的原理与方法，以及水质参数遥感反演模型的构建方法，并以马来西亚的珍尼湖地区、凌家卫岛附近以及雕门岛地区的水质研究为例，开展利用遥感数据反演水质参数。通过与实地观测结果的对比，分析了遥感技术应用于水质监测的适用性。

参 考 文 献

曹文熙. 2000. 叶绿素垂直分布结构对离水辐亮度光谱特性的影响. 海洋通报, 19 (3): 30~37

李素菊. 2003. 利用分析方法建立湖泊水质参数反演算法研究——以安徽巢湖为例. 北京大学博士学位论文

唐军武, 田国良, 汪小勇等. 2004. 水体光谱测量与分析 I: 水面以上测量法. 遥感学报, 8 (1): 37~44

唐军武. 1999. 海洋光学特性模拟与遥感模型. 中国科学院遥感应用研究所博士学位论文

Arst H. 2003. Optical Properties and Remote Sensing of Multicomponental Water Bodies. Chichester: Springer, Praxis-Publishing. 231

Babin M, Stramski D, Ferrar G M et al. 2003. Variations in the light absorption coefficients of phytoplankton, nonalgal particles, and dissolved organic matter in coastal waters around Europe. Journal of Geophysical Research, 108 (4): 1~20

Bricaud, A, Morel A. 1986. Light attenuation and scattering by phytoplanktonic cells: a theoretical modeling. Applied Optics, 25 (4): 571~580

Bricaud A, Babin M, Morel A et al. 1995. Variability in the chlorophyll-specific absorption coefficient of natural phytoplankton: analysis and parametrization. Journal of Geophysical Research, 100 (C7): 13 321~13 332

Bricaud A, Morel A, Prieur L. 1981. Absorption by dissolved organic matter of the sea (yellow substance) in the UV and visible domains. Limnology and Oceanography, 26 (1): 43~53

Buiteveld H, Hakvoort J H M, Donze M. 1994. The optical properties of pure water. Ocean Optics XII, SPIE, 2258: 174~183

Bukata R P, Jerome J H, Kondratyev K Y et al. 1995. Optical Properties and Remote Sensing of Inland and Coastal Waters. Boca Raton: CRC Press. 371

Carder K L, Steward R G. 1985. A remote-sensing reflectance model of a red-tide dinoflagellate off West Florida. Limnol Oceanogr, 30 (2): 286~298

Carder K L, Steward R G et al. 1989. Marine humic and fulvic acids: their effects on remote sensing of ocean chlorophyll. Limnol Oceanogr, 34 (1): 68~81

Carder K L, Hawes S K, Baker K A et al. 1991. Reflectance model for quantifying chlorophyll a in the presence of productivity degradation products. Journal of Geophysical Research, 96 (C11): 20 599~20 611

Dekker A G. 1993. Hyperspectral remote sensing of inland water quality, faculty of earth sciences. Vrije Universiteit, Amsterdam (NL), Published PhD Thesis

Dekker A G, Peters S W M. 1993. The use of the Thematic Mapper for the analysis of eutrophic lakes: a case study in the Netherlands. International Journal of Remote Sensing, 14 (5): 799~822

Hale G M, Querry M R. 1973. Optical constants of water in the 200-nm to 200-μm wavelength region. Applied Optics, 12 (3): 555~563

Henyey L C, Greenstein J L. 1941. Diffuse radiation in the galaxy. The Astrophysical Journal, 93: 70~83

Hoepffner N, Sathyendranath S. 1993. Determination of the major groups of phytoplankton pigments from the ab-sorption spectra of total particulate matter. Journal of Geophysical Research, 98 (C12): 22 789~22 803

IOCCG. 2000. Remote sensing of ocean colour in coastal, and other optically-complex, waters. Reports of the Interna-tional Ocean-Colour Coordinating Group, No. 3. S Sathyendranath Dartmouth, Canada, IOCCG

Kishino M, Booth C R, Okami N. 1984. Underwater radiant energy absorbed by phytoplankton detritus dissolved or-ganic matter and pure water. Limnol Oceanogr, 29 (2): 340~349

Kishino M, Okami N. 1984. Instrument for measuring downward and upward spectral irradiance in the sea. La Mer, 22 (1): 37~40

Ma R, Tang J, Dai J. 2006. Bio-optical model with optimal parameter suitable for Taihu Lake in water colour remote sensing. International Journal of Remote Sensing, 27 (19): 4305~4328

Mobley C D. 1994. Light and Water: Radiative Transfer in Natural Waters. San Diego: Academic Press

Morel A. 1974. Optical properties of pure water and pure sea water. *In*: Optical Aspects of Oceanography. New York: Academic press

Morel A, Prieur L. 1977. Analysis of variations in ocean color. Limnol Oceanogr, 22: 709~722

Morel A, Gentili B. 1993. Diffuse reflectance of oceanic waters (2): bi-directional aspects. Applied Optics, 32 (33): 6864~6879

Morel A. 1988. Optical modeling of the upper ocean in relation to its biogenous matter content (Case I waters). J Geophy Res, 93 (C9): 10 749~10 768

Mueller J L, Morel A. 2003. Ocean Optics Protocols For Satellite Ocean Color Sensor Validation, Revision 4, Volume I, NASA/TM-2003-21621/Rev-Vol I

Pegau W S, Boss E, Korotaev G et al. 2001. Measurements of the backscattering coefficient. ASLO

Petzold T J. 1972. Volume scattering functions for selected ocean waters. Contract No. N62269-71-C-0676, UCSD, SIO Ref. 72~78

Pope R M. , Fry E S. 1997. Absorption spectrum (380-700 nm) of pure water II. Integrating cavity measurements. Applied Optics, 36 (33): 8710~8723

Prieur L, Sathyendranath S. 1981. An optical classification of coastal and oceanic of the clearest natural waters (200-800 nm). Applied Optics, 20 (2): 177~184

Sathyendranath S, Prieur L, Morel A. 1989. A three-component model of ocean colour and its application to remote sensing of phytoplankton pigments in coastal waters. International Journal of Remote Sensing, 10 (8): 1373~1394

Shooter D, Davies-Colley R J, Kirk J T O. 1998. Light absorption and scattering by ocean waters in the vicinity of the Chatham Rise, South Pacific Ocean. Marine & Freshwater Research, 49 (6): 455~461

Sogandares F M, Fry E S. 1997. Absorption spectrum (340-640nm) of pure water. I. Photothermal measurements. Applied Optics, 36 (33): 8699~8709

van Zee H, Hankins D, deLespinasse C. 2002. Ac-9 Protocol Document (Revision F). WET Labs Inc, Philomath OR, 41

第5章　悬浮泥沙遥感模型

大洋水体中悬浮泥沙含量很低，其后向散射信息微弱，一般的卫星影像不易显现出来。而在近海和河口区水域悬浮泥沙含量较高，水体的后向散射较强，在遥感影像上则能得到很好的反映。

近岸海域，由于沿岸流、上升流、潮汐流等水动力的搅动影响，以及近岸悬浮泥沙丰富，特别是河口地区，河流携带大量悬浮泥沙入海，使其水体浓度较高。水中悬浮泥沙在重力和盐析絮凝沉降等作用下，悬浮泥沙在水体能量降低时沉降迅速，使表层水体含沙量变化显著，反映在遥感影像上的特征是灰度梯度或色阶梯度较大。含沙量不同、流速不同、流向不同的混浊水流水团构成了复杂的近岸河口流场，水面悬浮泥沙流态成了近岸河口水体运动状态良好的示踪剂。在河口海域，由于河口冲淡水的密度小于高盐度的海水，含沙水体呈浮层漂浮于海面。这层水体在风吹流作用下，运动方向易于随风向而变，其前缘常呈羽状流态，形成颇具特色的海面悬浮泥沙羽状流。这种羽状流用传统船测的方法难于发现，而用遥感方法则能监测到（林敏基，1991）。

水体中悬浮泥沙的含量是最重要的水质参数之一。含沙量的多少直接影响水体透明度、浑浊度与水色等光学特性，也影响水生生态条件和河口海岸带冲淤变化过程。因此含沙量的调查对于河口海岸带水质、地貌、生态环境的研究以及海岸工程、港口建设等都具有重要的意义。常规的调查方法是乘船逐点采样、分析。这种方法调查速度慢、周期长，且只能获得在时间、空间分布上很离散的少量点数据。而河口海岸地区水流情况复杂多变，含沙量随时间动态变化率很快，这种在时、空分布上非常离散的采样数据对比精度很差，使得难以对大面积水域含沙量的分布和变化有连续性的、同步的确切认识。卫星遥感技术的发展使这一状况得到了彻底的改观。采用遥感技术能迅速地获得大面积水域含沙量信息，瞬间同步性极好，重复获取数据的周期短，能有效地监测含沙量的空间分布和动态变化，克服了常规方法的不足，因此受到广泛关注。

5.1　悬浮泥沙水体的光谱特征

5.1.1　纯水光谱特征

纯水是指不含任何溶解物质和悬浮物的水分子。对纯水光学特性的研究从19世纪末就已开始了，100多年来，很多研究者在理论计算和光谱测量两方面都取得了很多成果。通过测量研究，前人已得出了纯水光谱吸收的一些成果：在可见光谱区，蓝光透射率最大，红光衰减率最强；与散射相比，纯水对光的衰减，主要是吸收引起的。在红外光谱区，相对于吸收而言，散射影响可以忽略（图5-1）。

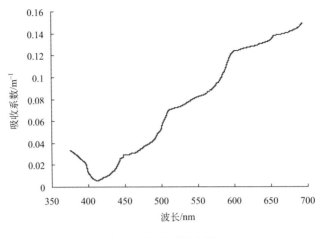

图 5-1　纯水吸收光谱

由于选择性吸收效应，纯水在 750～760nm 处出现吸收最大值，在其他波段存在若干窄的吸收带。纯水在蓝-绿光波段反射率为 4％～5％，600nm 以下的红光部分反射率降到 2％～3％，在近红外、短波红外部分几乎吸收全部的入射光（图 5-2）。

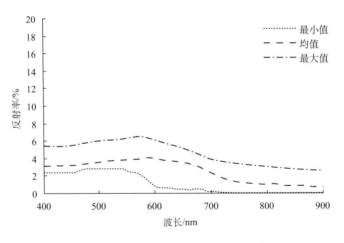

图 5-2　纯水反射率光谱曲线（浦瑞良和宫鹏，2000）

5.1.2　悬浮泥沙浓度与光谱反射率

水体的电磁波反射主要表现在蓝绿光波段，其他波段吸收都很强，特别是对近红外波段的吸收就更强。因此，在遥感影像上，特别是近红外影像上，水体呈黑色。但当水中含有其他物质时，反射光谱曲线会发生变化。当水体含泥沙时，可见光波段反射率增加，峰值出现在黄红光波段。有关悬浮泥沙水体的光谱特性，国内外已有较多的测量研究。根据前人的测量结果，悬浮泥沙水体的光谱特征主要表现如下（图 5-3）。

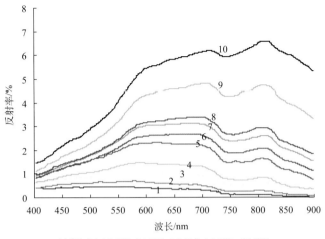

浓度(g/L):1.0.010; 2.0.078; 3.0.096; 4.0.190; 5.0.377;
　　　　　6.0.598; 7.0.796; 8.0.991; 9.1.527; 10.3.699

图 5-3　不同浓度悬浮泥沙水体的反射光谱曲线

　　（1）悬浮泥沙水体的光谱反射率整体上都大于纯水，且随着悬浮泥沙浓度的增加，各波段的反射率都普遍增大，但是增幅不完全相同，增幅最大的波长与反射率最大峰值所在的位置基本吻合。

　　（2）光谱反射率的双峰特征。当悬浮泥沙浓度较低时，反射率的峰值主要在黄光波段，反射峰较为平坦；第二峰在近红外波段，且反射峰微弱。当悬浮泥沙浓度较大时，第一反射峰位于红光波段，第二反射峰位于近红外波段。当含沙量较低时，第一反射峰值高于第二反射峰，且随着含沙量浓度的增加，第二反射峰的反射率逐渐升高，直至高于第一反射峰反射率。

　　（3）波谱反射峰值向长波方向移动。当水体中悬浮泥沙含量增加时，第一反射峰的峰值波长逐渐由短波向长波方向漂移，即所谓的"红移"现象。随着悬浮泥沙浓度的增加，第一反射峰"红移"的幅度逐渐增大，到达一定浓度后"红移"的幅度又下降。并且当悬浮泥沙浓度达到某一值时，"红移"就停止。也就是说，"红移"存在一个极限波长。但该极限波长的具体数值，目前的研究结论不完全一致，对应的悬浮泥沙浓度也不尽相同（陈涛等，1994）。第二反射峰基本上处于 800～820nm 的波段范围。

　　用遥感方法测定水体中悬浮泥沙浓度 S 的核心问题，是建立遥感反射率 R_λ 与悬浮泥沙浓度 S 之间的定量关系。这个关系一旦确立，即可根据遥感数据反演出 S。

　　根据实测和模拟实验的结果，在可见光范围内任何一个波段的 S 与水面的反射率 R_λ 都有类似的关系（Munday and Alfoldi，1979；舒守荣和陈健，1982）。多波段则有一组类似的关系，如图 5-4 与图 5-5 所示。

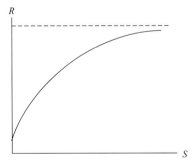

图 5-4　实测的 R-S 关系曲线

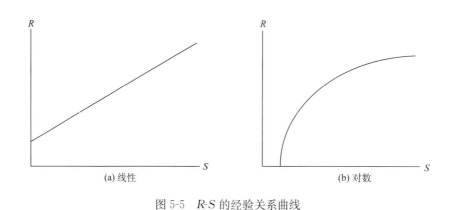

图 5-5　R-S 的经验关系曲线

从图 5-4 中的实测曲线可以总结出反射率 R_λ 随悬浮泥沙浓度 S 变化的特点，可以定量描述其关系（李京，1986）：

（1）R_λ 随 S 的增加而单调增加，即

$$\frac{dR_\lambda}{dS} > 0 \tag{5-1}$$

（2）变化率 dR_λ/dS 不是常量，而是随 S 的增加而减少：S 低时变化率大，反之，变化率小，即

$$\frac{d^2R_\lambda}{dS^2} < 0 \tag{5-2}$$

（3）$S=0$ 时，R_λ 为一个大于 0 的值；S 较大时，R_λ 随 S 的增加迅速地趋于一个小于 1 的极值，即

$$R_\lambda > 0 \quad (S = 0) \qquad \lim_S R_\lambda(S) < 1 \tag{5-3}$$

因此，R_λ 的特性可以认为是一个值域在（0，1）之间的单调有界函数，利用这一组不等式，就可以直接对 R_λ 与 S 的各种关系式进行检验，看其是否符合实际情况。与用实测数据检验的方法比较，其数学、物理意义明确，避免了各次实测时因影响因素的差异带来的误差，计算也更为简单。

5.1.3　粒径对悬浮泥沙水体反射光谱的影响

水体的光谱反射能量是水体中所有物质吸收与散射的综合效应，它不仅与悬浮泥沙颗粒的多少有关，还与颗粒的粒径大小及其组成成分有关。不同粒径的悬浮泥沙具有不同的反射光谱，其原因主要在于反射能量大小不同，这还影响到泥沙浓度与其反射率之间相关关系的敏感波段。这已通过实验得到证明（恽才兴和万嘉若，1981；王晶晶，2005）。Bhargava 等（1991）对粒径范围为 0.032～0.1253mm 的 5 类不同悬浮物质的反射光谱特征进行了研究，结果表明，随着粒径的增加，同样浓度悬浮物质的反射率下降，颗粒的大小和反射率呈反比，如图 5-6 所示。

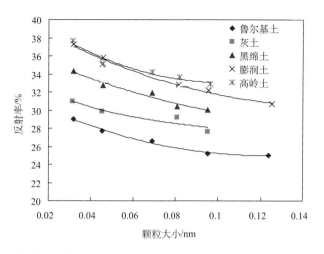

图 5-6　不同种类悬浮物质在 700nm 处的反射率与粒径的关系（Bhargava，1991）

5.2　悬浮泥沙遥感经验与半经验模型

悬浮泥沙浓度 S 和传感器接收到的辐亮度 L 的关系可用图 5-7 表示。

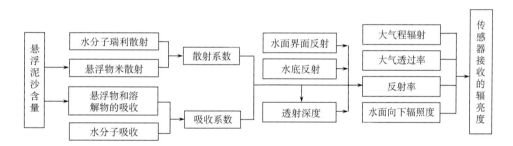

图 5-7　悬浮泥沙浓度 S 与传感器接收到的辐亮度 L 之间的关系（李京，1985）

实践证明，通常情况下水体可视为朗伯体（季维和钱育华，1984），则传感器接收到的辐射亮度 L 与水体反射率 R_λ 之间具有如下关系

$$L = L_0 + \frac{E_{ad}}{\pi} R_\lambda \cdot T_a \tag{5-4}$$

式中：L_0 为大气程辐射；T_a 为大气透过率；E_{ad} 为水面以上的下行辐照度。

通过几十年的研究，已提出了一系列悬浮泥沙遥感反演模型，比较典型的模型形式有线性关系式、对数关系式、多波段关系式和 Gordon 关系式等。

5.2.1　线性关系式

线性关系式最早由 Weisblatt 等（1973）提出，表达式为

$$R_\lambda = A + B \cdot S \qquad (5\text{-}5)$$

式中：R_λ 为波长 λ 处的水面反射率光谱；A，B 为与水体光学性质和太阳与传感器几何关系有关的经验参数，S 为悬浮物浓度。因上式简单，很早就得到广泛应用，但与实测结果偏差较大，而且不能满足式（5-2）与式（5-3），只是在有限的线性区间内的一种近似表达式。

5.2.2 对数关系式

对数关系式最早由 Klemas 等（1974）提出，表达式为

$$R_\lambda = A + B \cdot \lg S \quad (B > 0) \qquad (5\text{-}6)$$

式中：R_λ、A、B 的物理含义同上。代入式（5-1）、式（5-2），得

$$\frac{\mathrm{d}R}{\mathrm{d}S} = \frac{B}{S} > 0 \qquad (5\text{-}7)$$

$$\frac{\mathrm{d}^2 R}{\mathrm{d}S^2} = -\frac{B}{S^2} < 0 \qquad (5\text{-}8)$$

可知：该式满足式（5-1）与式（5-2），R_λ 随 S 变化率的增加而减小，比较接近实际情况。近年来，该模型已得到广泛应用。但该函数式不是有界函数，不能满足式（5-3），仍是实际情况的一种近似，在含沙量动态范围很大时，误差会较大，该模型仅适合于低浓度含沙水体。

5.2.3 多波段关系式

多波段关系式考虑了水体含沙量与多个波段的反射率或辐亮度存在某种组合关系，最早为 Yarger 等（1973）提出，之后其他学者又提出了各自的多波段关系式，其形式几乎都不同，但可大致归纳为以下几种形式（李京，1985；马蔼乃，1997）。

$$线性组合：S = A + \sum_{i=1}^{n} B_i R_i ; \qquad (5\text{-}9)$$

$$多项式：S = A + \sum_{i=1}^{n} (B_i R_i + C_i R_i^2) ; \qquad (5\text{-}10)$$

$$比值：S = A + B \cdot \frac{L_{\lambda 1}}{L_{\lambda 2}}, S = A + B \cdot \frac{L_{\lambda 1} + L_{\lambda 2}}{L_{\lambda 3}}, S = A + B \cdot \frac{L_{\lambda 1}/L_{\lambda 2}}{L_{\lambda 3}/L_{\lambda 4}} ;$$

$$S = A + B \cdot \lg(\frac{L_{\lambda 1}}{L_{\lambda 2}}), S = A + B \cdot \lg(\frac{L_{\lambda 1} + L_{\lambda 2}}{L_{\lambda 3}}), \lg S = B \cdot \lg(\frac{L_{\lambda 1}}{L_{\lambda 2}}) + A ; \qquad (5\text{-}11)$$

$$非线性组合：S = \frac{L_{\lambda 1} - A}{B - L_{\lambda 2}} 。 \qquad (5\text{-}12)$$

式中：A、B、B_i、C_i 为经验常数；R_i 为第 i 波段反射率；$L_{\lambda i}$ 为第 i 波段离水辐亮度。

采用多波段组合的方法有助于消除各种干扰因素对几个波段的类似影响。但建立这种关系式时忽略了一个很重要的问题：对于水体来说，由于各波段的辐射透视深度不同，所反映的内容往往不同。对于悬浮泥沙来说，这一点更为明显，由于悬浮泥沙颗粒

的密度远远大于水，靠水流紊动动量的向上分量作用才能在水体中保持悬浮泥沙状态。只有含沙量随水深增加而增加时才能达到动态平衡。因此在天然水体中，S 的垂向分布是不均匀的，不同波段的反射率或辐亮度，实际上反映了不同深度范围内的平均含沙量。用几个波段的反射率或辐亮度数据组合反演悬浮泥沙浓度，显然是不合理的（Whitelock，1976）。

5.2.4　Gordon 关系式

Gordon 等（1975）用 Monte Corlo 随机模拟方法求解辐射传输方程，得到的结果类似于幂级数：

$$R_\lambda = \sum_{n=1}^{3} A_\lambda (\frac{b_b}{a + b_b})^n \qquad (5\text{-}13)$$

式中：a 为水体物质的吸收系数；b_b 为水体物质的后向散射系数；A_λ 为常数。取其第一项为反射率 R_λ 的近似值，即

$$R_\lambda \approx A_\lambda \cdot \frac{b_b}{a + b_b} \qquad (5\text{-}14)$$

称之为准单散射近似值（quasi-single-scatting approximation）。

Munday 等（1979）假设 a 和 b_b 均为含沙量 S 的线性函数，即

$$\begin{cases} a = a_1 + b_1 S \\ b_b = a_2 + b_2 S \end{cases} \qquad (5\text{-}15)$$

将上式代入式（5-13）后，合并待定系数，则得

$$R = C + \frac{m_1 + m_2 S}{m_3 + m_4 S} \qquad (5\text{-}16)$$

式中，$m_1 \sim m_4$ 为与水体光学性质有关的系数。当泥沙颗粒的散射远远大于水分子散射时，m_1 可忽略不计，上式可改为

$$R = C + \frac{S}{A + BS} \qquad (5\text{-}17)$$

式（5-17）称为 Gordon 模式，式中 A、B、C 均为经验常数。Munday 等（1979）对该式与线性关系式（5-5）、对数关系式（5-6）进行了相关分析，结果表明，Gordon 关系式精度不如对数关系式。Whitelock（1982）研究表明，含沙水体的反射率 R 与 $b_b/(a+b_b)$ 之间存在明显的非线性特点，因此，式（5-17）存在固有的不足，精度有限。在理论上，式（5-17）还有一个明显的缺点：式（5-14）是在水体光学性质为完全均一的条件下得到的，对含沙水体来说是难以满足的，因为悬浮泥沙在垂向上的变化使水体的光学特性在垂向上也有相应的变化，而在推导水体反射率与悬浮泥沙浓度的关系时，没有考虑到这一事实。下节将在考虑到悬浮泥沙在垂向上分布不均匀的基础上，推导出一个满足式（5-1）～式（5-3）的理论模式。

5.3　悬浮泥沙遥感理论模型

5.3.1　理论模型的建立

尽管已提出了不少的经验关系式，但由于这些关系式完全是根据经验和统计得到的，其实验条件和影响因素都有很大差异，不稳定因素多，可重复性差，因此难于对比和推广。Munday 等（1979）和舒守荣等（1982）对不同关系式进行对比后指出：使用理论上不正确的非最佳关系式，会使水体含沙量的探测精度严重下降，还会造成最佳波段的错误选择。因此使用这些纯经验的关系式时，即使相关系数较高，仍有可能得出错误的结论。要使定量遥感技术进一步发展与完善，从实验阶段转向实用化，就需要从辐射机理分析出发，建立一种可靠的、具有普遍意义的理论模式。

根据太阳辐射在水体中传输的特征，建立水体反射率与吸收系数、后向散射系数等水体固有光学量之间的定量关系，然后确定悬浮泥沙浓度与水体固有光学量之间的关系式，根据这两个关系，可导出水体反射率与悬浮泥沙浓度的关系。以往在研究水体反射率与固有光学量之间的关系时，都采用均匀模型，即假设水体固有光学量完全均一。这里考虑到含沙水体的特点，采用平面分层模型，认为水体的固有光学量是水深的函数，随水深发生变化。

水体是一种吸收、散射介质，可用经典的辐射传输方程描述其在水中的传输过程（Gordon et al.，1975），即

$$\frac{\mathrm{d}L(z,\theta,\phi)}{\mathrm{d}r} = -\mu(z)L(z,\theta,\phi) + L_\mathrm{p}(z,\theta,\phi) \tag{5-18}$$

式中：右边第一项表示衰减损失；第二项表示散射辐射增量。$L(z,\theta,\phi)$ 为水深 z 处与辐射传输方向夹角为 θ、方向角为 ϕ 方向上的辐亮度；$\mu(z)$ 为水深 z 处的衰减系数；μ 为路径变量；$L_\mathrm{p}(z,\theta,\phi)$ 为路径函数，由下面的积分给出（Gordon et al.，1975），即

$$L_\mathrm{p}(z,\theta,\phi) = \int_{\theta'=0}^{2\pi}\int_{\theta=0}^{\frac{\pi}{2}} \beta(\theta,\phi,\theta',\phi')\quad L(z,\theta',\phi')\sin\theta'\,\mathrm{d}\theta'\,\mathrm{d}\phi' \tag{5-19}$$

式中：$\beta(\theta,\phi,\theta',\phi')$ 为体积散射函数。求解由式（5-18）和式（5-19）构成的方程组，即可建立水体固有光学量和遥感反射比或离水辐亮度之间的定量关系。鉴于式（5-18）与式（5-19）过于复杂，直接求出解析解比较困难，一般都是对其进行一定的假设、简化后再求解出上述方程。

为简化计算，在求解辐射传输方程式（5-18）时，假设在水中辐射是以漫入射形式向下传输的，可认为辐射亮度 L 与 θ、ϕ 无关，可以只考虑向下辐照度 $E_\mathrm{d}(z)$ 与深度 z 的关系。以 $E_\mathrm{d}(z)$ 代替式（5-18）、式（5-19）中的 L，则在水深 z 处，有

$$\frac{\mathrm{d}E_\mathrm{d}(z)}{\mathrm{d}z} = -\mu(z)E_\mathrm{d}(z) + \int_{\phi'=0}^{2\pi}\int_{\theta'=0}^{\frac{\pi}{2}} \beta(\theta',\phi')E_\mathrm{d}(z)\sin\theta'\,\mathrm{d}\theta'\,\mathrm{d}\phi'$$

$$= -\mu(z)E_\mathrm{d}(z) + \beta_\mathrm{f}(z)E_\mathrm{d}(z) \tag{5-20}$$

式中：向下辐照度 E_d、衰减系数 μ 和前向散射比 β_f 都是水深 z 的函数。衰减主要是由吸收和散射作用所引起，即

$$\mu(z) = a(z) + b(z) = a(z) + b_f(z) + b_b(z) \tag{5-21}$$

式中：$u(z)$、$b(z)$、$b_f(z)$ 和 $b_b(z)$ 分别为水深 z 处的吸收、散射、前向散射和后向散射系数。代入式 (5-20) 得

$$\frac{dE_d(z)}{dz} = -[a(z) + b_b(z)]E_d(z) \tag{5-22}$$

$$E_d(z) = E_d(0)\exp\left(-\int_0^z [a(h) + b_b(h)]dh\right) \tag{5-23}$$

式 (5-23) 说明太阳辐射在水中向下传输时随深度 z 按负指数规律衰减，衰减因子为 $\int_0^z [a(h) + b_b(h)]dh$。式中：$b_b(z)$ 是水深 z 处的后向散射比，$E_d(0)$ 是 $z = 0$ 处（水/气下界面处）的向下辐照度。

在水深 z 处，向下辐照度为 $E_u(z)$，厚度为 dz 的水层对 $E_u(z)$ 的贡献就是该水层造成的后向散射部分，为 $b_b(z)E_d(z)dz$。这部分辐射传输到水面也是按负指数的规律衰减，因此 dz 水层对水/气下界面 $z = 0$ 处的 $E_u(z)$ 的贡献为

$$dE_u(z) = b_b(z)E_d(z)dz \cdot \exp\left(-\int_0^z [a(h) + b_b(h)]dh\right)$$

$$= E_d(0)b_b(z) \cdot \exp\left(-2\int_0^z [a(h) + b_b(h)]dh\right)dz \tag{5-24}$$

当总水深 H 大于传感器工作波段的透视深度 h 时，h 以下的水层和水底反射的作用可以忽略不计，则水/气下界面处的向下辐射照度 $E_u(0)$ 可由下式给出：

$$E_u(0) = \int_0^h dE_u(z) = E_d(0)\int_0^h b_b(z)\exp\left(-2\int_0^z [a(x) + b_b(x)]dx\right)dz \tag{5-25}$$

该处（$z = 0$）的反射比为

$$R(0) = E_u(0)/E_d(0) + \int_0^h b_b(z)\exp\left(-2\int_0^z [a(x) + b_b(x)]dx\right)dz \tag{5-26}$$

自然水体中，散射包括水分子的瑞利散射和悬浮物的米散射两部分，前者很小，可忽略不计，所以

$$b_b = b_p B_p \tag{5-27}$$

式中：b_p 和 B_p 分别为悬浮物的散射比和后向散射比。b_p 可用经典公式表示（Cracknell，1981）

$$b_p = Q_\beta N\pi d^2/4 \tag{5-28}$$

式中：N 为单位体积水体中悬浮物的数目；d 为悬浮粒子的粒径；Q_β 为无量纲系数，称为散射有效因子。

天然水体的吸收主要由水分子吸收、溶解物吸收（主要是黄色物质的吸收）和悬浮物吸收组成，因此有

$$a = a_w + a_y + a_p \tag{5-29}$$

式中：脚标 w、y、p 分别代表水、黄色物质和悬浮物。纯水在可见光波段吸收很少，黄色物质对短波辐射有很强的选择性吸收，而对其他波段吸收很弱。因此，对于散射很强的含沙水体，只要遥感波段不在水体本身和黄色物质的选择性吸收波段上，则水和黄色物质的吸收 a_w、a_y 可以忽略不计，只考虑 a_p，因此有

$$a = a_p = Q_a N \pi d^2 / 4 \tag{5-30}$$

式中：Q_a 为无量纲因子，称为吸收有效因子。

设 S 为单位体积水体的含沙量，则

$$S = \frac{1}{6} N \pi d^3 \tag{5-31}$$

$$N \frac{\pi d^2}{4} = \frac{3}{2} \frac{S}{d} \tag{5-32}$$

将它们分别代入式（5-27）～式（5-30），可得

$$b_b = \frac{3}{2} Q_\beta B_p \frac{S}{d} \tag{5-33}$$

$$a = \frac{3}{2} Q_a \frac{S}{d} \tag{5-34}$$

因为悬浮颗粒直径 d 远远大于可见光波段的波长，所以 Q_a、Q_β 和 B_p 均可视为常数。把式（5-33）和式（5-34）代入式（5-24），则水/气下界面处（$z=0$）的反射比为

$$R(0) = \int_0^h \frac{3}{2} Q_\beta B_p \frac{S(z)}{d} \exp\left(-2 \int_0^z \left(\frac{3}{2} Q_a \frac{S(z)}{d} + \frac{3}{2} Q_\beta B_p \frac{S(z)}{d}\right) dx\right) dz$$

$$= \frac{Q_\beta B_p}{2(Q_a + Q_\beta B_p)} \left(1 - \exp\left(-3(Q_a + Q_\beta B_p) \int_0^h \frac{S(z)}{d} dx\right)\right) \tag{5-35}$$

根据水体固有光学量和表观光学量之间的关系，可以导出反射率 R 的表达式（李京，1985）。设 E_{au} 和 E_{ad} 分别为水/气界面处的向上和向下辐照度，R_a 为水/气上界面的反射率，R_w 为水/气下界面的界面反射率，则 E_{au} 由界面反射和水中出射辐射两部分组成，即

$$E_{au} = R_a E_{ad} + (1 - R_w) E_u(0) \tag{5-36}$$

而 E_{ad} 与 $E_d(0)$ 的关系为

$$E_d(0) = E_{ad}(1 - R_a) \tag{5-37}$$

因此

$$R = \frac{E_{au}}{E_{ad}} \tag{5-38}$$

$$R = R_a + (1 - R_a)(1 - R_w) R(0) \tag{5-39}$$

将式（5-35）代入式（5-39），可得

$$R = A + B\left(1 - \exp\left(-k \int_0^h \frac{S(z)}{d} dx\right)\right) \tag{5-40}$$

式中：A、B、k 为大于 0 的无量纲系数，分别为

$$A = R_\mathrm{a} \tag{5-41}$$

$$B = \frac{(1 - R_\mathrm{a})(1 - R_\mathrm{p}) B_\mathrm{p} Q_\beta}{2(Q_\mathrm{a} + B_\mathrm{p} Q_\beta)} \tag{5-42}$$

$$k = 3(Q_\mathrm{a} + B_\mathrm{p} Q_\beta) \tag{5-43}$$

式（5-40）则为所求的理论模式。它表明反射率是因子团 $\int_0^{h_0} \dfrac{S(z)}{d} \mathrm{d}z$ 的函数。假设在透视深度以内总的平均含沙量为 S，则

$$S = \frac{1}{h} \int_0^h S(z) \mathrm{d}z \tag{5-44}$$

那么，R 与 S 之间的定量关系为

$$R = A + B(1 - \exp(-khS/d)) \tag{5-45}$$

该式给出了粒径 d、透视深度 h 和反射率 R 的定量关系。h 和 S 是有一定关系的，如能得到两者之间的定量关系式，并代入式（5-45），就可以消去 k 得到 R 与 S/d 之间关系的精确表达式。但目前对 h 的研究很少，又缺少实测的 h 数据，因此目前为止还无法进一步展开式（5-45），只能在一定的假设条件下进行简化。从式（5-45）可以知道，R 与 S 之间是一种负指数关系。此外，R 与穿透深度 h 和颗粒直径 d 有关，穿透深度 h 与含沙量 S 有关。根据 Whitelock（1976）的研究结果，$S < 5\mathrm{mg/L}$ 时，h 随 S 的大小和泥沙颗粒类型（主要指矿物质组成）的不同有明显变化；当 $S > 10\mathrm{mg/L}$ 时，h 迅速趋于极值，随 S 的变化就很小了，且不受颗粒类型的影响。对于外海和某些湖泊类水体，其含沙量往往很低；而河流及河口海岸带的水体，含沙量一般都在 $10\mathrm{mg/L}$ 以上。对于一个波段来说，h 可视为常量，并假设同一地区颗粒直径不变，那么可以令

$$D = kh/d \tag{5-46}$$

则有

$$R = A + B(1 - \exp(-DS)) \tag{5-47}$$

由此，从水体辐射传输理论出发，基于一定的假设，推导了一种负指数形式的悬浮泥沙遥感理论模型。

根据前面的讨论可知，理论模型必须满足式（5-1）～式（5-3）3 个条件。

将式（5-47）代入式（5-1）～式（5-3），得

$$\frac{\mathrm{d}R}{\mathrm{d}S} = BD\mathrm{e}^{-DS} > 0, \frac{\mathrm{d}^2 R}{\mathrm{d}S^2} = -BD^2\mathrm{e}^{-DS} < 0 \tag{5-48}$$

可见，R 随 S 增加而单调增加，增长率随着 S 的增加而减小，又由

$$\lim_{s \to 0} R(S) = A > 0 \tag{5-49}$$

$$\lim_{s \to +\infty} R(S) = A + B = R_\mathrm{a} + \frac{(1 - R_\mathrm{a})(1 - R_\mathrm{w}) Q_\beta B_\mathrm{p}}{2(Q_\mathrm{a} + Q_\beta B_\mathrm{p})}$$

$$< R_\mathrm{a} + \frac{(1 - R_\mathrm{a})(1 - R_\mathrm{w})}{2} < R_\mathrm{a} + \frac{1 - R_\mathrm{a}}{2} = \frac{1 + R_\mathrm{a}}{2} < 1 \tag{5-50}$$

即式（5-47）也满足式（5-3）。可见理论模式（5-40）的关系曲线与图 5-4 是一致的，与实测结果也一致，因此它是一种可信的理论模式，优于经验关系式。

5.3.2　理论模型与经验模型之间的关系

线性关系式可视为负指数式的一级近似。需要分析的是对数式（5-6）与式（5-47）的关系，将式（5-47）在 $DS=1$ 附近展开成泰勒级数

$$R = A + B(1 - e^{-D\times S})$$
$$= A - \frac{B}{e} + \frac{B}{e} \sum_{n=1}^{+\infty} (-1)^{n+1} \frac{(DS-1)^n}{n!} \tag{5-51}$$

令

$$a = A - \frac{B}{e}, b = \frac{B}{e} \tag{5-52}$$

因此

$$R = a + b\left[(DS-1) - \frac{(DS-1)^2}{2} + \frac{(DS-1)^3}{6} - \cdots\right] \tag{5-53}$$

同样展开式（5-6），为避免它的两个待定系数 A、B 与式（5-47）的混淆，这里令式（5-6）的两个系数为 A'，B'，有

$$R = A' + B'\ln S$$
$$= A' - B'\ln D + B'\ln DS \tag{5-54}$$

令

$$a' = A' - B'\ln D \tag{5-55}$$

因此

$$R = a' + B' \sum_{n=1}^{+\infty} (-1)^{n+1} \frac{(DS-1)^n}{n}$$
$$= a' + B'\left[(DS-1) - \frac{(DS-1)^2}{2} + \frac{(DS-1)^3}{6} - \cdots\right] \tag{5-56}$$

令待定系数 $a=a'$，$b=B'$，即可看出，式（5-53）与式（5-57）的零次、一次和二次项完全相同，仅高次项有差异，证明后者是前者的二级近似。当 S 值较小时，高次项可忽略，用对数式（5-6）逼近理论模式（5-47）可达到较高的精度；当 S 值较大时高次项的影响才突出出来，使对数式中的 R 值在 S 很大时不趋近于极值。通过上述分析验证了对数式，并给出了其成立的条件。式（5-47）是通过理论分析得到的，有明确的理论意义和较高的精度，在理论分析和实际应用时（尤其是 S 动态范围较大时）明显优于其他关系式，但其数据处理量较大。而对数式可归化为线性形式来处理，计算量小，是理论模式的一种非级数逼近函数式。当 S 值不大、动态范围不宽时，其逼近精度较高。

5.4　透视深度与最佳波段选择

5.4.1　透视深度的确定

水体（包括混浊水体）在可见光波段有一定的透明度，使水体遥感与陆地遥感有很

大的不同。陆地遥感图像反映的是地表面的特征，而水域遥感图像反映的是水体表层的特征，这个"表层"的厚度就是通常所说的遥感深度，只有确定了它的大小，给出"表层水体"的定量含义，才能准确地了解遥感数据到底反映了什么内容。在水体泥沙的定量遥感研究中，由于水中悬浮泥沙在垂向上分布不均匀，因此取样深度不同，含沙量也不同，并导致遥感回归分析模型的精度受到影响。此外，如上所述，反射率 R 与透视深度范围内的垂直平均含沙量有关，因此应力求使取样深度等于透视深度，以得到准确可靠的结果。同时，各波段的透视深度不同，分别反映了不同厚度水层的平均含沙量，因此确定各波段的透视深度，也就得了解泥沙在一定厚度水层内的三维分布情况。确定在不同含沙量情况下的透视深度，还有助于确定含沙量与透视深度之间的定量关系，一旦消除式（5-47）中的 h 项，可使定量研究的精度进一步提高。可见，透视深度的确定是很有意义的。遗憾的是以往对这个问题的研究少有涉及，仅有的部分研究也是在一定假设条件下的理论分析与计算，缺少实测数据的验证。

透视深度（或称为穿透深度。对遥感传感器来说，"透视"比"穿透"更符合实际情况，因此本书统一用"透视深度"）的定义主要有两种（Gordon et al.，1975；平仲良，1982）：一种是以向下辐照度衰减到水面处的 $1/ke$ 的深度为透视深度，即 $E_d(h) = E_d(0)/ke$ 时，h 称为透视深度，这里 $k \geqslant 1$，是一个给定常数。这个定义是从穿透角度考虑的，为了测定向下辐照度，接收系统和辐射源需分别位于水面的同一侧，只能接收到反射回来的辐射，因此按这个定义及其计算结果一般不适用于水体遥感。另一种定义从透视角度考虑，定义为：当 h 以上的水层对水面反射比 $R(0)$ 的贡献达到 R_h 整个水层的 90%，即 $R_h/R(0) = 0.90$ 时，h 称透视深度（也称为真光层深度，Z_{90}）。因此，解决这个问题的关键是找出一种能有效地测定不同波段 h 值的实验方法。只有在大量实测数据的基础上，才能进一步深入研究 h 与水体固有光学量以及含沙量之间的关系，这已成为进一步研究的一个重点。

5.4.2 最佳波段的选择

由于含沙水体的光学性质随波长发生显著变化，用不同波段反演含沙量的精度有很大不同，因此选择最佳工作波段对悬浮泥沙遥感来说是个重要问题。各波段实际上反映了不同深度范围内的悬浮泥沙分布特征，具有不同的意义，不同波段之间难于对比。通常是在某一波段反映的内容相同的情况下，反射率与含沙量之间相关性最好的波段为最佳波段。舒守荣等（1982）基于同一组数据，利用不同的 $R\text{-}S$ 关系式进行分析，结果得出的最佳波段不一致，说明最佳波段的选择结果与所用回归分析的关系式有关，只有用最佳关系式才能得出正确的选择。因此，下面的讨论是针对理论模式（5-47）及其二级近似式——对数关系式（5-6）的。

式（5-47）是假设水分子和黄色物质的吸收很小，以至可忽略不计的条件下得出的，这个假设条件只在某一波长范围内成立。水和黄色物质对电磁波都有很强的选择性吸收，对于选择性吸收的波段，式（5-47）或式（5-6）的精度就大大下降。黄色物质对短波辐射吸收很强，而对波长在 600nm 以上的波长吸收几乎为零。因此，最适于泥沙遥感的波段范围是 $600\sim800$nm，相当于常用的陆地卫星 TM3 与 TM4 波段。TM1

波段由于黄色物质吸收的影响，加上大气散射干扰强，悬浮泥沙遥感的效果比 TM3 和 TM4 差。

假定干扰作用产生的吸收为噪声，后向散射为信号，则散射强、吸收弱的波段信噪比高，遥感泥沙含量的精度就高；另外，散射强、吸收弱的波段的反射率也相对较高。因此，最佳波段基本上可以根据光谱特性确定，也即反射率最高的波段。一般含沙水体的反射率峰值波长为 600～800nm。由于峰值位置随含沙量的增加而向长波方向移动，因此最佳波段也不是恒定不变的。一般，海水、湖泊和水库水体的含沙量不高，反射率在最高的波段，遥感精度也最高；而对某些含沙高的河水等，一般含沙量超过 $300\mu g/L$ 时，TM4 波段的反射率将超过 TM3 波段，则 TM4 波段为最佳波段。这与前人用对数关系式研究的结果是一致的。当然上述分析只是针对反射率而言，对星载、机载传感器接收到的向上辐射来说，由于大气影响在各波段有很大不同，结果可能会有差异，需要进一步研究。但尽管如此，对于 AVHRR、TM、SeaWiFS、MODIS 与 MERIS 这类传感器，我们仍有可能根据水体的光谱特征甚至水色大致判断出遥感泥沙含量的最佳波段。

5.5　本章小结

在考虑含沙量的垂向分布不均的情况下，通过求解水体辐射传输方程得出了在水分子和黄色物质吸收都很弱的波段上，含沙水体的光谱反射率 R 与悬浮泥沙的体积含沙量 S、粒径以及透视深度 h 的关系。该关系式不仅给出了含沙量与反射率之间的关系，也给出了粒径与反射率之间的定量关系。

当粒径 d 与透视深度 h 的变化很小，且可视为常量的情况下，只考虑 R 与 S 的关系，有理论关系式 $R=A+B(1-e^{-D\times S})$，式中 S 是透视深度范围内的垂直平均含沙量（严格说是含沙量的积分中值）。该式中 R 在 S 无限增大时迅速趋于一个小于 1 的极值，这符合实际情况，并且利用该式估计泥沙含量时比其他关系式的精度高。

对数关系式是理论关系式的二级近似式。两者在含沙量较大时差别较明显；当含沙量不大时，对数关系式能较好地逼近理论关系式，可用前者代替后者估计泥沙含量。由于水体和黄色物质选择性吸收作用的影响，600～800nm 是最适合的悬浮泥沙遥感波段。最佳波段是反射率最高的波段；对 TM 来说，水体含沙量不高时，最佳波段是 TM3 波段；含沙量较高时，最佳波段是 TM4 波段。

透视深度的测定对泥沙遥感具有重要意义，应加强这方面的实验研究，包括透视深度与水体固有光学性质、含沙量之间的定量关系。

参 考 文 献

陈涛，李武，吴曙初．1994．悬浮泥沙浓度与光谱反射率峰值波长红移的相关关系．海洋学报，16（1）：38～43

季维，钱育华．1984．湖泊类水体中天然有机物遥感试验．环境科学学报，（3）：20～27

李京．1985．海域悬浮泥沙的遥感定量检测．北京大学硕士学位论文

李京．1986. 水域悬浮固体的遥感定量研究．环境科学学报，6（2）：166～173

李京．1987. 利用 NOAA 卫星的 AVHRR 数据监测杭州湾海域的悬浮泥沙含量．海洋学报，9（1）：132～135

林敏基．1991. 海洋与海岸带遥感应用．北京：海洋出版社

马蔼乃．1997. 遥感信息模型．北京：北京大学出版社

平仲良．1982. 可见光遥感测得的数学模型．海洋与湖沼，13（3）：225～229

浦瑞良，宫鹏．2000. 高光谱遥感及其应用，北京：高等教育出版社

舒守荣，陈健，1982. 水体中悬浮泥沙含量遥感的模拟研究．泥沙研究，（3）：43～51

王晶晶．2005. 悬浮泥沙光谱特性及其浓度的遥感反演模式研究．南京师范大学硕士学位论文

恽才兴，万嘉若．1981. 应用卫星象片分析计算长江口入海水体表层悬浮泥沙的扩散．见：遥感文集．北京：科学出版社．175～182

Bhargava D，Mariam S，Dejene W. 1991. Effects of suspended particle size and concentration on reflectance measurements. Photogrammetric Engineering and Remote Sensing，57（5）：519～529

Cracknell A P. 1981. Remote Sensing in Meteorology，Oceanography and Hydrology. New York：Halsted Press

Gordon H R Brown O B，Jacobs M M et al. 1975. Computed relationships between the inherent and apparent optical properties of a flat homogenous ocean. Applied Optics，14（2）：417～427

Klemas V，Bartlett D，Philprt W et al. 1974. Coastal and Estuarine studies with ERTS-1 and skylab. Remote Sensing of Enviroment，3（3）：153～174

Munday J C，Alfoldi T T. 1979. Landsat test of diffuse reflectance models for aquatic suspended solids measurement. Remote Sensing of Environment，(8)：169～183

Weisblatt E A，Zaitzeff J B，Reeves C A. 1973. Classification of turbidity levels in the texas marine coastal zone，machine processing of remote sensing data conference proceedings. Laboratory for Application of Remote Sensing，Purdue University，Lafayette，Indiana. 42

Whitelock C H. 1976. Estimate of the influence of sediment concentration and type on remote sensing penetration depth for various coastal water. NASA TM X-73906

Whitelock C H，Kuo C Y，Lecroy S R. 1982. Criteria for the use of regression analysis for remote sensing of sediment and pollutants. Remote Sensing of Environment，12（1）：151～168

Yarger H L，McCauley J R，James R et al. 1973. Quantitative water quality with ERTS-1. Proc，3rd ERTS-1 Symp，Ⅶ，1637～1651

第6章 珊瑚礁遥感监测

全球珊瑚礁虽然仅占地球海洋面积的 0.25%，但却栖息着 25% 以上的海洋鱼种（王国忠，2004），被誉为海洋中的"热带雨林"，具有重要的生态价值。此外，珊瑚礁还能有效地保护海岸，是一种观赏性极高的旅游资源，因此具有重要的社会经济价值。然而，在全球气候环境变化和人类活动的双重影响下，全球珊瑚礁正面临重大危机，有可能成为第一个因全球变暖而消失的生态系统。为了有效地保护珊瑚礁，研究珊瑚礁的变化与全球气候及人类活动之间的关系，快速全面地调查世界各地珊瑚礁的现状是当前急需解决的重要问题之一。

由于珊瑚礁分布在大范围的热带浅海，有些则分布于偏远的海岛，因此采用传统的实地调查方法成本高、速度慢。遥感可以快速周期性地获取相关信息，已成为大范围珊瑚礁调查和监测的主要技术手段。但是由于珊瑚礁分布于浅水海域，水体对遥感信号的影响非常大，目前现有的传感器技术和信息提取算法，能否有效地获取水底珊瑚礁的信息仍有诸多问题有待解决。

本章以马来西亚雕门岛附近的水域研究为例，开展了珊瑚礁反射率测量方法、珊瑚礁海面遥感反射率测量、光学遥感识别珊瑚礁底质和类型等研究。

6.1 珊瑚礁遥感

6.1.1 珊瑚礁简介

根据是否具有造礁功能，珊瑚类（anthozoa）动物可以分为造礁珊瑚（hermatypic）和非造礁珊瑚（ahermatypic）。绝大多数造礁珊瑚体内有一种共生藻，名为虫黄藻（zooxanthellae）。珊瑚可为虫黄藻提供代谢废物：二氧化碳和无机养分（如硝酸盐和磷酸盐）。反之，虫黄藻则给珊瑚提供氧气和其光合作用所产生的有机物，包括葡萄糖、甘油、氨基酸。珊瑚不仅利用这些有机物合成蛋白质、脂肪和碳水化合物，而且用于合成其骨骼的主要成分——碳酸钙。正是这种共生关系造就了珊瑚惊人的生物生产力和石灰石分泌能力（Sumich，1996；Levinton，2002；Barnes and Hughes，1999）。

虫黄藻对绝大多数造礁珊瑚的持续健康是不可或缺的，虫黄藻光合作用所形成的有机物的 90% 都将传输到其宿主珊瑚的组织内（Sumich，1996）。一旦珊瑚面临严重的生理压力，可使体内的虫黄藻离去，珊瑚则将很快死亡。此外，虫黄藻还赋予了珊瑚各种颜色，如果虫黄藻被排出，则珊瑚将显露其骨骼的白色，通常称这种现象为"珊瑚白化"（Barnes and Hughes，1999）。

珊瑚礁是由大量造礁珊瑚的碳酸钙骨骼堆积而成，珊瑚的生长非常缓慢，一般块状珊瑚每年只能生长 0.5～2.0cm，在非常理想的条件下，有些种类珊瑚的生长速度可以达到每年 4.5cm。枝状珊瑚的生长速度往往快于块状珊瑚，在理想的条件下，可以每年垂直生长 10cm（Barnes and Hughes，1999）。遗憾的是这种珊瑚非常容易折断。因此，一般而言大型珊瑚礁的形成非常缓慢，往往需要成百上千年。

最适宜珊瑚生长的水温是 23～29℃，少量的珊瑚可以在 11℃ 的低温或者 40℃ 的高温环境下短暂生存。但为了形成牢固的珊瑚礁，珊瑚需要在理想的生存环境下分泌大量的碳酸钙，因此珊瑚礁一般只分布在南、北纬 30°之间的热带、亚热带浅水（＜70m）海域（Lalli and Parsons，1995），如图 6-1 所示。亚太地区的珊瑚礁占全世界珊瑚礁的 91％，其中东南亚的珊瑚礁物种最丰富（Chou，2006）。在我国，珊瑚礁分布丁福建、广东、广西、海南、台湾等地的沿岸地区，以及南海的 4 个群岛：东沙、西沙、中沙和南沙。

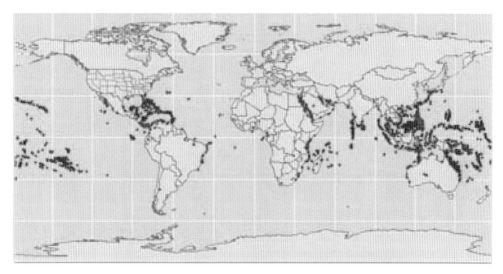

图 6-1　全世界重要珊瑚礁的分布（红点表示珊瑚礁的位置）
（http://www.coris.noaa.gov/about/what_are）

目前，人类直接危害珊瑚礁的主要活动有：排放污染物导致水质恶化、过度捕鱼破坏生态平衡、大量采集和破坏损毁珊瑚礁。危害珊瑚礁的自然灾害主要有：气候现象引发的灾害（如飓风、海水极端温度、极端低潮、厄尔尼诺现象等）、珊瑚礁疾病的爆发、外来物种的入侵。其中厄尔尼诺现象可以对大范围的珊瑚礁带来持续的灾难性的毁害。例如，1997～1998 年的厄尔尼诺现象致使印度-太平洋地区 70％～80％ 的浅水域珊瑚白化死亡。许多科学家认为，二氧化碳和其他温室气体的排放不仅导致海水温度和海平面上升，而且打破了海水中微妙的化学平衡，这将使得珊瑚礁面临更加严重的自然灾害的威胁。在许多情况下，人类活动往往是和自然灾害共同发挥作用，从而给珊瑚礁带来最致命的威胁。例如，珊瑚礁因海水高温而白化后，如果生存条件适宜，珊瑚礁尚可能恢复。但是如果同时面临水质污染，则海藻等适合在富营养化环境下生长的生物将迅速覆盖白化的珊瑚礁，导致珊瑚礁彻底死亡。

珊瑚礁是一个庞大的生态系统，拥有海洋中最多的物种。但目前全球珊瑚礁面积正迅速减少，联合国环境规划署的调查报告指出，到 2002 年 10 月，全球范围内已有 400 多处珊瑚礁面临消亡的威胁，气候变化、过度的渔业捕捞和无节制的海底旅游活动是珊瑚礁消亡的主要原因。保护珊瑚礁资源已成为一个世界关注的问题（Hochberg and At-kinson，2003；Cal et al.，2003）。联合国"全球联合观测战略"（Integrated Global Observing Strategy，IGOS）2003 年研究报告指出，若不立即采取补救措施，全球 50%的珊瑚将在未来 30 年的时间内彻底毁灭。在我国，20 世纪 50 年代以来已有约 80%的珊瑚礁被破坏（张晓龙等，2005）。因此，无论在我国还是在全球，珊瑚礁的保护工作都已迫在眉睫。

目前珊瑚礁的监测问题已经受到国际社会的高度关注。2003 年，IGOS 正式设立了珊瑚礁子专题（http://coral.unep.ch/igoscr.htm），联合国环境规划署（United Nations Environment Programme，UNEP）和美国海洋大气局（National Oceanic and Atmospheric Administration，NOAA）等十几个组织机构参与其中。NOAA 专门成立了"珊瑚礁观测计划"（Coral Reef Watch Program），利用遥感和实地考察等手段对珊瑚礁生态系统的物理环境条件进行长期准实时的监测、建模和报告。此外致力于珊瑚礁调查和保护的国际机构还有"国际珊瑚礁行动网络"（The International Coral Reef Action Network）、"珊瑚礁调查"（Reef Check）等。

6.1.2　珊瑚礁遥感研究

传统的珊瑚礁调查采取潜水实地测量的方法（Hochberg and Atkinson，2003），它不仅费时费力，而且无法获得大面积的观测数据，尤其是难以了解偏远地区珊瑚礁的状况。因此到目前为止，尚无任何组织或项目做出完整的珊瑚礁世界分布图，对世界范围内珊瑚礁的健康状况缺乏客观全面的了解（Lubin et al.，2001；Holden and LeDrew，1999）。遥感技术作为大面积、实时的全球观测技术，是调查和监测大范围珊瑚礁状况的一种有效手段（Lubin et al.，2001；Hochberg and Atkinson，2003；Holden and Le-Drew，1999）。珊瑚礁遥感迄今已有约 30 年的历史，随着传感器技术的不断提高，珊瑚礁遥感也不断呈现新的局面。

6.1.2.1　珊瑚礁遥感的主要研究内容

珊瑚礁遥感可以分成两大类：直接珊瑚礁遥感和间接珊瑚礁遥感（Andréfouet and Riegel，2004）。前者的监测对象是珊瑚礁本身，以珊瑚礁制图、健康调查和变化检测为目标；后者的监测对象是珊瑚礁所处的海洋和大气环境，以珊瑚礁灾害事件预警为目标。目前，可用于直接珊瑚礁遥感的传感器见表 6-1，既有主动式遥感传感器（如 LiDAR），也有被动式传感器（如 TM、SPOT、IKONOS）；既有空中的机载/星载传感器，也有船载传感器；既有光学传感器，也有非光学的传感器（如声纳）。不同传感器在珊瑚礁遥感中具有各自的优缺点。由于机载/星载的被动光学遥感可以较低的成本快速获取大面积的珊瑚礁信息，所以运用得最普遍，也是当前研究的重点。

获取栖底物质的组成与分布也是珊瑚礁遥感的主要目的之一（Hochberg and At-kinson，2003）。当珊瑚受到环境胁迫时，如海水温度升高、海平面上升、海水盐度降低、紫外线增加等（Holden and LeDrew，1999），珊瑚体内的共生藻（虫黄藻）就会与珊瑚分离，使珊瑚失去美丽的颜色而变白。若能加以妥善保护，白化的珊瑚仍有恢复

表 6-1　珊瑚礁遥感研究中常用的传感器及其最适宜的研究目标

搭载传感器的平台	传感器举例	最适宜完成的任务					
		珊瑚礁群落简单分类（<5类）	珊瑚礁群落复杂分类（>5类）	水深测量	发现珊瑚白化	珊瑚礁群落变化检测	浅水区珊瑚礁范围确定
船	声学传感器（RoxAnn）	√		√			
飞机	激光传感器（LiDAR）	√		√	√		
	高光谱传感器（CASI, AVIRIS）		√		√		√
	摄影胶片（SLR 相机）	√				√	
卫星	高光谱传感器（Hyperion）		√		√	√	√
	高空间分辨率的多光谱传感器（Ikonos、QuickBird）	√	√				
	中空间分辨率多光谱传感器（TM、MSS、SPOT）	√				√	
	低空间分辨率的多光谱传感器（SeaWiFS、MODIS、OCM）						√

原先状态的希望，否则它们很快就会走向死亡。死亡的珊瑚会被大型海藻覆盖，随着时间的推移，海藻由薄变厚，颜色逐渐变深，紧紧地附着在珊瑚骨架上（Hochberg and LeDrew，2003）。因此，栖底物质的构成是珊瑚礁健康状况的一个重要指标。如果白化的珊瑚、近期死亡的珊瑚或海藻所占的比例增大，则说明珊瑚礁生态系统正在退化。

6.1.2.2　珊瑚礁遥感的特点

珊瑚礁遥感不同于陆地遥感，有其自身的特殊性，主要体现在以下几个方面（王圆圆等，2007）。

1）水体的影响

由于珊瑚礁通常生活在浅海区域，因此水表的遥感反射率不仅包含栖底物质的信息，而且也包含珊瑚礁上层水体的信息（包括深度和光学特性）（Heather and LeDrew，2002）。为了从遥感信号中提取栖底物质的信息，必须准确地纠正水体的影响，这需要知道像元尺度上的水深以及水体的消光系数，而这些参数的获取并不容易。此外，水面状况和水表反射光也影响遥感信号，这进一步增加了栖底物质信息获取的难度（Hochberg and Atkinson，2003）。

2）栖底物质光谱的复杂性

珊瑚礁的栖底物质主要包括珊瑚、海藻、海草、沙等。前 3 类物质体内或多或少含有某些光合色素（Hochberg and Atkinson，2003），因此反射光谱特征具有很大的相似性。而每类物质又包含很多亚类，如珊瑚可以根据形态细分成枝状珊瑚、块状珊瑚、半球状珊瑚等，海藻可以根据颜色分成褐藻、红藻等。这就造成了某些类别内部光谱特征异质性强而类别之间光谱特征又具有相似性的状况，给栖底物质的遥感分类带来很大的困难（Holden and LeDrew，1999）。

3）混合像元

珊瑚礁空间异质性很强，栖底物质的存在尺度一般都在几厘米到十几米（Hochberg and Atkinson，2003），空间分辨率为 $20\sim30$ m 的图像上（如 TM 或 SPOT）很难有纯像元。此外，珊瑚礁上层水体及其表面波浪的存在使得遥感影像上栖底物质光谱混合的机理更加复杂化。

4）传感器的局限

目前还没有针对监测珊瑚礁而专门设计的卫星传感器，这恰恰又是很有必要的。水域环境下的辐射亮度变化范围小，只占陆地卫星传感器对辐射亮度整个响应范围的很小一部分，因此降低了图像的对比度。对珊瑚礁遥感而言，陆地卫星传感器波段设计不够合理，水体穿透性能好的波段很少（一般不超过 4 个），很难体现不同栖底物质的光谱特征。

6.1.2.3　珊瑚礁遥感研究进展

1）栖底物质水下光谱测量与分析

获取不同栖底物质的光谱反射率特征和分析它们之间的光谱可分性是珊瑚礁遥感的基础性工作，因为只有当不同栖底物质光谱之间具有的差异足够大，而且能被传感器观测到，才有可能对珊瑚礁进行遥感监测。为此研究人员通过水下光谱仪测量了不同栖底物质的光谱反射率，并对其差异进行了分析，由于没有考虑水体和大气对电磁波的影响，结论是非常乐观的。Hochberg 和 Atkinson（2003）在世界范围内测量并分析了 10 632 个分辨率为 1nm 的珊瑚、海藻、沙的光谱，研究发现：沙的光谱反射率值最高，反射率曲线比较平缓，缺少峰谷特征，最容易与其他物质区分；珊瑚、海藻的反射率值都比较低，波形由其体内色素对光的吸收特性决定（Holden and LeDrew，1999），$500\sim625$nm 是珊瑚和海藻反射率波形差距较大的波段区间。有些学者还对不同状态珊瑚的光谱特征进行了分析，Holden 和 LeDrew（1999）研究发现 $500\sim590$ nm 的一阶微分光谱可以用来区分健康和白化珊瑚，并且发现，不同栖底物质反射率的差异主要体现在波形上，对光谱求导可以增加类别可分性，这也就对传感器的光谱分辨率和信噪比提出了较高的要求。另外，由于很多研究用到的光谱数据区域性强且数量少，结论的推广性和可信度容易受到置疑，因此增加光谱采集数量和范围非常重要。

2）珊瑚礁遥感图像分类

目前珊瑚礁遥感图像分类所采用的方法主要还是自上而下的"基于图像"的方法，

即从图像中得到各类光谱的统计特征。TM、SPOT、IKONOS 是目前在珊瑚礁遥感图像分类时最常用的 3 种传感器，研究结果普遍表明，对于珊瑚礁在地貌尺度上的粗分类（3~6 类），3 种传感器图像的分类精度是可以满足应用需求的（Maeder et al.，2002；Ahmad and Neil，1994）。虽然高光谱遥感影像也可以用于粗分类，但并不能使分类精度有明显提高，却会使成本大大上升，因此高光谱遥感影像适用于珊瑚礁栖底物质的精细分类（＞6 类）。由于珊瑚礁栖底物质常常出现异物同谱或同物异谱的现象，将光谱信息与空间信息结合起来利用，分类效果会更好。一种途径就是增加空间上下文信息（contextual information）或先验知识，因为珊瑚礁生态系统具有明显的分区现象，如前礁、礁坪、礁冠、潟湖等，每个区都有典型的栖底物质和水深分布，加入上下文信息或先验知识有助于减少误分。

　　3）混合光谱分解

　　珊瑚礁栖底物质空间分布的尺度明显小于目前的中高空间分辨率遥感影像的像素尺度，因此在遥感影像上光谱混合现象严重。与定性的珊瑚礁遥感分类相比，定量的混合光谱分解更难，目前尚没有珊瑚礁混合光谱分解的应用实例，仅有一些模拟研究。实际上，由于珊瑚礁上层水体的存在，珊瑚礁遥感中的混合光谱机理与陆地遥感不同，因此需要发展有针对性的光谱分解算法，而不是完全照搬陆地遥感的方法（Mumby et al.，2004）。为此，Hedley 和 Mumby（2003）提出了一种非线性的混合像元光谱分解算法，该方法在已知栖底物质纯光谱和水体衰减系数的条件下，可同时进行光谱分解和水深估算。

　　4）珊瑚礁生态系统变化监测

　　利用多时相影像监测珊瑚礁的状态变化也是近年来受关注的研究领域。Palandro 等（2003）用 1981 年、1992 年的航片和 2000 年的 IKONOS 影像做分类对比，发现以珊瑚为主的栖底物质明显减少，减少量与野外调查数据接近；LeDrew 等（2004）提出，空间信息可以体现珊瑚礁的状态，健康的珊瑚礁群落空间异质性很强，而不健康的珊瑚礁群落（白化了或被海藻侵占）空间异质性很低，因此提出通过比较不同时期影像的空间自相关系数来发现健康状况恶化的珊瑚礁群落，并用实例证明这是一种快速、简便、精度达到应用要求的变化检测方法。此外，还有学者做了变化检测的敏感性分析，Yamano 和 Tamura（2004）利用辐射传输模型，研究了遥感监测珊瑚白化现象的能力。模拟结果表明，在水深小于 3 m 时，当一个珊瑚 TM 像元中有 23％的珊瑚发生白化时，蓝绿光波段可以监测到这种变化，这和 Yamano 等的实例研究结果基本相同。

6.1.2.4　珊瑚礁遥感研究发展方向

　　珊瑚礁遥感研究还处于起步阶段，由于受到水体、大气、光谱混合、数据源等多方面的影响，目前珊瑚礁遥感还不能很好地满足应用需求，未来的研究重点将会从以下几方面展开（王圆圆等，2007）。

1) 多源遥感技术相结合

高光谱遥感、光学遥感与声学遥感相结合。利用高光谱遥感影像提取珊瑚礁信息的研究实例还很少，但这肯定是未来的一个发展趋势，栖底物质光谱上的相似性以及空间上的异质性，要求提高遥感的空间分辨率和光谱分辨率，以提取珊瑚礁的准确信息。另外，目前珊瑚礁遥感主要是利用光学传感器，存在云覆盖、水中穿透能力低、不适用于浑浊水体等问题，而且珊瑚礁三维形态复杂，其主要生长面位于垂直方向，还可能在水下较深的地方，光学传感器很难监测到。声学遥感正好可以弥补光学遥感的不足，通过记录返回的发射声波信号的接收时间和强度，可以识别水深、栖底物质的硬度（hardness）和糙度（roughness），进而可以判断其类型。

2) 珊瑚礁遥感物理模型

完善珊瑚礁遥感物理模型。物理模型不受时间、地点、数据的限制，具有普适性，通过模型优化可以实现水深、水质、栖底物质反射率的同时提取，这是未来的发展方向。目前利用珊瑚礁遥感模型反演参数的研究还很少，初步的研究结果表明该方法是可行的，但精度尚不理想。未来需要完善珊瑚礁遥感物理模型，提高反演精度。

3) 卫星与传感器技术的改进

发射专门监测珊瑚礁的卫星或搭载专门的传感器。很多学者都提出，鉴于全球珊瑚礁都处在退化之中，很有必要发射专门监测珊瑚礁的遥感卫星。因为珊瑚礁主要分布在低纬热带地区，所以应该采取低轨道卫星，增加赤道地区的卫星重访率。在传感器的波段设计上，应该具有水体穿透性好的蓝绿波段区间的几个窄波段。

6.2　珊瑚礁光谱反射率测量方法

被动光学遥感是探测珊瑚礁分布和健康状况的理想方法之一，但是应用该方法的前提是珊瑚礁的反射率光谱与其他类型的底质的反射率光谱存在区别，健康状况不同的珊瑚礁在反射率光谱上也存在区别。于是，近年来人们在世界各地广泛地测量珊瑚礁反射率光谱。与地面的地物反射率光谱测量不同，珊瑚礁及其他类型的底质浸泡在水中，为了避免水体的影响，准确测量水下底质的反射率光谱，不仅对测量仪器有更高的要求，而且测量方法也需要改进。至今已提出多种不同的测量方案，但尚无一种通用的标准测量方法。为此有必要就水下底质光谱反射率测量所面临的关键问题和不同测量方案的特点进行分析讨论。

6.2.1　影响因素

6.2.1.1　水体的影响

在地面的地物光谱测量中，探测器与目标之间空气介质的影响通常非常微弱，可以忽略不计。但是在水底的光谱测量中，水体对光谱信号的影响却显著得多，主要体现在两方面：一方面，水体的吸收作用明显，尤其对长波段的吸收更强；另一方面，水体的后向散射对于水底的光谱测量而言是一种"噪声"。如何有效避免或者消除水体的上述影响，是水底光谱测量需要解决的关键问题之一。

6.2.1.2 水表波浪的影响

在野外测量时，水表波浪难以避免。入射光线经过非平静水表折射进入水体后将发生"汇聚现象"（图 6-2）。这种汇聚现象随着波浪起伏而不断变化，并将导致水底光场在时间和空间上都处于不停的变化之中，给水底光谱测量带来了诸多问题。如何有效地克服这方面的影响，是水底光谱测量所需要解决的另一关键问题。

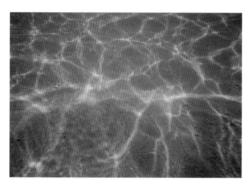

图 6-2 波浪水面下水底光场的汇聚现象

6.2.2 现有水下光谱反射率测量方法分析

底质光谱反射率（R^S）的定义为

$$R^S = \frac{\pi L_r^S}{E_d^S} \tag{6-1}$$

式中：L_r^S 为底质表面的反射辐亮度；E_d^S 为底质表面的辐照度。因此，为了更准确地求得底质光谱反射率就需要测量或计算 L_r^S 和 E_d^S，并克服水体和水表波浪对水下光谱测量的影响，在各种不同的测量方法中，对底质反射辐亮度测量的原理基本一致，主要的差异体现在下行辐照度 E_d^S 的测量方法上。这些方法可归纳为 3 类：水表测量法、水下非参考板测量法和水下参考板测量法。

6.2.2.1 水表测量法

这类方法分别在水表和水底测量水表的下行辐照度（E_d^A）和底质的反射辐亮度（L_r^S），然后通过水深（D）和水体衰减系数（K）推算底质表面的下行辐照度 E_d^S，即

$$E_d^S = E_d^A T e^{-KD} \cos\theta \tag{6-2}$$

式中：T 为水表的透射率；θ 为太阳天顶角。根据式（6-1）和式（6-2）可得

$$R^S = \frac{\pi L_r^S}{E_d^A T e^{-KD} \cos\theta} \tag{6-3}$$

　　由于水下光谱仪探头与底质之间是水体，因此所测得的 L_r^S 包含有水体的散射和吸收作用的影响。这一方法假定水体的这些影响可以忽略，为此应该使光谱仪探头尽可能接近底质，如 Karpouzli 等（2004）在底质上方 5cm 处垂直向下观测。但如果光谱仪探头过于接近底质，则探头本身将影响底质的实际辐照度。此外，测量 E_d^S 和 L_r^S 时需要光场稳定。Karpouzli 等（2004）采用了双通道光谱仪，对参考板和底质同步观测，这样虽然可以保证水表入射光完全一致，但水下光场的汇聚作用将导致 E_d^S 的波动，影响 L_r^S 的测量值。因此，该方法只能在水面较平静时通过多次测量取均值加以修正，同时该方法还必须同步测量水深（D）和水体衰减系数（K）。

6.2.2.2　水下非参考板测量法

　　水下一定深度的下行辐照度还可以利用带有余弦半球接收器的光谱仪直接测得。例如 Holden 和 LeDrew（1999）在采用带有余弦半球接收器的光谱仪测量时，在接近底质一定深度（d）的水底，在短时间间隔内分别将探头垂直向上和向下测量上行辐照度（E_u^d）和下行辐照度（E_d^d），然后取两者的比值作为底质的（辐照度）光谱反射率，这种方法不需要参考板，我们称之为"水下非参考板测量法"。该法建立在两个假设的基础上：其一，测量 E_d^d 和 E_u^d 时，水底光场不变；其二，可忽略探头与底质之间水体的影响，因而 E_u^d 和 E_d^d 分别近似于底质表面的上行辐照度（E_u^S）和下行辐照度（E_d^S）。对于假设一，Holden 和 LeDrew 采取了 4 项措施：①选择晴朗无云的天气；②选择平静的海况；③尽量缩短测量 E_u^d 和 E_d^d 的时间间隔；④多次测量 E_u^d 和 E_d^d，并取平均值。显然第一项措施是为了保证水表入射光的稳定，其他三项措施主要是为了克服水下光场汇聚现象的影响。对于假设二，通过尽可能缩短探头与底质之间距离（如 15cm）来减少水体的影响。另外，带余弦半球接收器的光谱仪探测面积较大，控制探头与底质之间距离也有利于避免四周非目标底质的反射影响。

6.2.2.3　水下参考板测量法

　　除上述两种方法外，还可以采用水下光谱仪分别测量底质和置于底质表面或者临近位置的参考板的反射辐亮度（图 6-3）。如果参考板为朗伯反射面，则可以利用其反射辐亮度推算下行辐照度，并计算底质反射率。下面详细分析该测量方法的各种影响因素和处理方法。

　　在水下观测底质时，传感器探测到的总信号 L_{total}^S 为底质反射和水体散射两部分之和，即

$$L_{total}^S = L_r^S + L_{ws}^S \tag{6-4}$$

式中：L_r^S 为底质表面反射光在水体中传输距离 D^S 后到达传感器的辐亮度；L_{ws}^S 为底质与传感器之间水体散射光到达传感器的辐亮度。

　　假定在测量底质时，到达底质的辐照度为 E_d^S，底质与传感器之间水体的衰减系数为 k^S，根据 Beer 定律，L_r^S 为

$$L_r^S = \frac{E_d^S R^S e^{(-k^S D^S)}}{\pi} \tag{6-5}$$

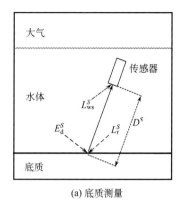
(a) 底质测量

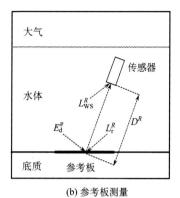
(b) 参考板测量

图 6-3　水下参考板测量法示意图

因此，根据式（6-1）、式（6-4）和式（6-5）有

$$R^S = \frac{\pi(L_{\text{total}}^S - L_{\text{ws}}^S)}{E_{\text{d}}^S \text{e}^{(-k^S D^S)}} \tag{6-6}$$

当观测置于底质表面的参考板时，传感器探测到的总辐亮度为参考板反射和水体散射两部分之和，即

$$L_{\text{total}}^R = L_{\text{r}}^R + L_{\text{ws}}^R \tag{6-7}$$

式中：L_{r}^R 为参考板表面反射光在水体中传输距离 D^R 后到达传感器的辐亮度；L_{ws}^R 为参考板与传感器之间水体散射光到达传感器的辐亮度。

假定在测量参考板时，照射参考板的辐照度为 E_{d}^R，底质与传感器之间水体的衰减系数为 k^R，则根据 Beer 定律，L_{r}^R 为

$$L_{\text{r}}^R = \frac{E_{\text{d}}^R R^R \text{e}^{(-k^R D^R)}}{\pi} \tag{6-8}$$

根据式（6-7）和式（6-8）可得

$$E_{\text{d}}^R = \frac{\pi(L_{\text{total}}^R - L_{\text{ws}}^R)}{R^R \text{e}^{(-k^R D^R)}} \tag{6-9}$$

显然不论是底质反射辐亮度的测量，还是下行辐照度的测量，均包含了水体信息的影响。为了消除这种影响，必须作一定的假设：

假设一：测量底质和参考板时入射光场不变，即有

$$E_{\text{d}}^R = E_{\text{d}}^S \tag{6-10}$$

将式（6-9）和式（6-10）代入式（6-6）得

$$R^S = \frac{(L_{\text{total}}^S - L_{\text{ws}}^S)R^R \text{e}^{(-k^R D^R)}}{(L_{\text{total}}^R - L_{\text{ws}}^R)\text{e}^{(-k^S D^S)}} \tag{6-11}$$

假设二：在测量底质和参考板时，传感器的观测天顶角度和与底面的垂直距离相同，则传感器与被观测面的距离相同，即

$$D^R = D^S \tag{6-12}$$

假设三：在测量底质和参考板时水质不变，即水体的衰减系数相同，即

$$k^R = k^S \tag{6-13}$$

则根据式（6-12）和式（6-13），可以将式（6-11）简化为

$$R^S = R^R \frac{(L_{\text{total}}^S - L_{\text{ws}}^S)}{(L_{\text{total}}^R - L_{\text{ws}}^R)} \tag{6-14}$$

假设四：测量目标与传感器之间水体的散射作用很小，可以忽略不计，即

$$L_{\text{ws}}^S, L_{\text{ws}}^R \to 0 \tag{6-15}$$

于是式（6-14）可以近似简化为

$$R^S \approx R^R \frac{L_{\text{total}}^S}{L_{\text{total}}^R} \tag{6-16}$$

因此，如果上述 4 个假设均满足，则可以忽略水体的影响，并直接应用式（6-16）计算底质的光谱反射因子。但事实上光谱仪的直接观测值不是辐亮度，因此式（6-16）还不能直接通过测量实现。为此还应进一步假设在测量底质和参考板时，传感器的视场角均相同（假设五）。由于测量时传感器的天顶角度 θ 和与底面的垂直距离不变，因此传感器的球面角 $d\Omega$ 和被观测面积 dA 均相同。同时假设传感器的积分时间 dt 不变（假设六），则式（6-16）可以推导为

$$R^S \approx R^R \frac{L_{\text{total}}^S}{L_{\text{total}}^R} = R^R \frac{L_{\text{total}}^S d\Omega dA \cos\theta dt}{L_{\text{total}}^R d\Omega dA \cos\theta dt} = R^R \frac{Q_{\text{total}}^S}{Q_{\text{total}}^R} \tag{6-17}$$

式中：Q_{total}^S 为传感器接收的底质反射总能量；Q_{total}^R 为传感器接收的参考板反射总能量。

式（6-17）说明，如果 6 个假设均满足，且参考板的光谱反射率已知，则只要测得光谱仪对底质和参考板的观测值，就可以简便地得到底质的光谱反射率。

为了满足以上 6 个假设，需要采用相应的测量策略，但实现难度各不相同。对于假设五和假设六，可以通过采用相同的光谱仪和探头，并固定积分时间来实现。对于水质不变的假设（假设三），可以通过缩短底质测量和参考板测量的时间间隔，选择水面平静时进行测量，并通过在测量过程中避免扰动底层水体等加以保证。对于假设二，只需要在测量底质和参考板时保持传感器的探测角度和与底面的垂直距离不变即可。应当指出的是，在陆地光谱测量时，传感器的垂直距离并不需要严格的控制，因为空气的吸收作用在一定距离内是可以忽略的，水体的吸收却强得多。理论上说，根据水体散射可忽略假设（假设四）的要求，在测量中探头应该尽可能接近目标。实际上在珊瑚礁生活的水域，水体一般都比较清洁，水体的散射微弱，因此在测量过程中探头可以离目标较远。但是探测距离还受其他制约因素的影响。首先，由于水体的吸收较强，如果探测距离过远，积分时间不变，则将降低测量信号的信噪比；其次，探测距离越远，探测面积也将越大，越不容易保证被探测范围内目标的均一性，而且对参考板的要求越高。目前测量时一般取用的距离为 10～30cm。不考虑目标形态造成的尺度影响，观测距离在一定范围内的变化对观测结果影响不大，这点在 Goodman 和 Ustin（2002）的实验中得到了验证。在所有的假设中，光场不变假设（假设一）最难满足。造成水下光场变化的因素主要有两个：其一，水表入射光的变化，如太阳高度角的变化，云的遮挡均可能导

致入射光的不同；其二，是前面所述的水表波浪导致水下光场不断变化的"汇聚现象"。对于前者，可以通过选择适当的测量时间（如正午太阳高度角变化缓慢）和天气（如晴朗无云），并减短参考板和目标的测量时间间隔来控制。但是如何克服后者的影响却是一个难题，原因在于水下光场的"汇聚现象"难以避免，且不断快速地变化着。为此，Goodman 和 Ustin（2002）以及 Hochberg 和 Atkinson（2003）均采用了遮阴法，即在测量过程中采用遮挡的办法将参考板和目标底质位于阴影中，从而保证光场的稳定性。

6.2.3　对比分析

通过上节的分析可以发现，无论是"水表测量法"还是"水下非参考板测量法"都无法消除水下光谱仪探头与底质之间水体的影响，只能通过缩短其间距来减弱影响。理论上讲，"水下参考板测量法"在保证观测底质和参考板的角度和距离不变的情况下，可以消除水体的影响。

对于水表波浪造成水下光场"汇聚现象"的影响，"水表测量法"和"水下非参考板测量法"都无法有效地克服，只能通过在水表平静时间多次测量取均值来减弱这方面的影响。"水下参考板测量法"可以采用遮阴法来消除"汇聚现象"，保证水下光场的稳定性。但是遮阴法遮挡了太阳的直射光，底质的照射光实际上是完全的散射光，这种水下光场不同于实际遥感的水下光场。这种差异对于测量结果及其在遥感影像信息提取中的影响还有待研究。

从操作的简易程度看，"水下非参考板测量法"最简单，"水表测量法"最复杂，"水下参考板测量法"居于两者之间（表 6-2）。在实际测量过程中应根据设备和人员条件选择适当的方法。

表 6-2　各种珊瑚礁反射率光谱测量方法的对比

比较内容	水表测量法	水下非参考板测量法	水下参考板测量法
能否消除水体的影响	否	否	是
能否消除汇聚现象的影响	否	否	是（遮阴法）
操作简易程度	复杂	简单	较简单

当前珊瑚礁光谱反射率的测量日益受到重视，许多人员开展了相关的研究。现有的测量方法各有优缺点。对"水表测量法"、"水下非参考板测量法"和"水下参考板测量法"这 3 类方法进行分析对比后可知，"水表测量法"和"水下非参考板测量法"在理论上不能消除水下光谱仪探头和底质之间水体的影响，也无法避免水表波浪造成的水下光场"汇聚现象"的影响。这两方面的影响程度还有待进一步定量研究。"水下参考板测量法"在理论上能够有效地克服水体的影响，并可以通过遮阴法消除水下光场"汇聚现象"的影响。但是遮阴法造成的光场不同于实际遥感时的水下光场，这种差别的影响如何也有待进一步的定量研究。

6.3　珊瑚礁遥感反射率测量与分析

6.3.1　研究地点

现以马来西亚的雕门岛周围海域为研究区（图 3-4），开展不同类型、不同健康状况的珊瑚礁遥感研究。

由于缺乏水下光谱仪，本研究主要利用普通光谱仪在水表测量不同底质的遥感反射率光谱数据，以初步分析珊瑚礁的光谱可分性及水体对珊瑚礁遥感的影响。

6.3.2　遥感反射率

在水表的光谱测量中，光谱仪所接受的入射光包括 5 个部分（图 6-4）：①经水表反射直接进入传感器的太阳反射光，通常称之为"太阳耀光"（L_{glt}）；②经水表反射直接进入传感器的天空光（L_{r_sky}）；③经水面折射而直接进入传感器的水体后向散射光（L_{wsc}）；④经水面折射而直接进入传感器的底质反射光（L_{sub}）；⑤经大气分子散射而进入传感器的大气散射光（L_{path}）。

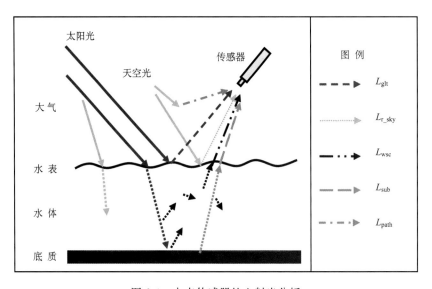

图 6-4　水表传感器的入射光分析

实际上，只有透过水体进入传感器的底质反射光才携带有底质的信息。其他 4 部分光线对于直接珊瑚礁遥感而言都是"噪声"，需要去除。在水表测量时，大气的贡献非常微弱，可以忽略。当太阳高度角较小时，通过选择适当的观测角度，可以有效地避免太阳耀光进入传感器。遗憾的是，在水表的光谱测量中，水体的后向散射光和天空光的反射光难以避免。因此，在采用适当的光测角度避免太阳耀光后，光谱仪所测量的水表辐亮度（L_{srf}）可以近似地表达为

$$L_{srf} = L_{r\_sky} + L_{wsc} + L_{sub} \tag{6-18}$$

由于在水表测量中 L_{wsc} 和 L_{sub} 难以分离，通常将这两者之和称为"离水辐亮度（L_w）"，这样式（6-18）可以简化为

$$L_{srf} = L_{r\_sky} + L_w \tag{6-19}$$

假设水表反射的天空光可以计算，那么将其从水表测量值中除去则可以得到只反映底质和水体信息的遥感反射率（remote sensing reflectance，R_{rs}）（Mobley，1999）

$$R_{rs} = \frac{L_w}{E_d} \tag{6-20}$$

式中：E_d 是水表的入射辐照度。

6.3.3　水表天空光反射光剥离

在水表遥感反射率的测量中，最大的难点在于如何从观测数据中剥离天空光的反射光 L_{r_sky}。理论上，L_{r_sky} 可以通过以下公式计算（Mobley，1999）

$$L_{r\_sky}(\theta_v, \phi_v \in \Omega_{FOV}) =$$

$$\frac{1}{\Omega_{FOV}} \int_{\Omega_{FOV}} \left[\int_{2\pi_d} L_{sky}(\theta_{sky}, \phi_{sky}) \times r(\theta_{sky}, \phi_{sky} \to \theta_v, \phi_v) d\Omega(\theta_{sky}, \phi_{sky}) \right] d\Omega(\theta_v, \phi_v) \tag{6-21}$$

式中：$2\pi_d$ 为下行半球照射方向；$r(\theta_{sky}, \phi_{sky} \to \theta_v, \phi_v)$ 表示入射方向为 $(\theta_{sky}, \phi_{sky})$，反射方向为 (θ_v, ϕ_v) 的水表反射率；θ_v 为观测天顶角；ϕ_v 为相对方位角；Ω_{FOV} 为传感器视场角。但是式（6-21）在实际测量工作中难以运用。

为了从水表测量数据中剥离天空光反射光，目前有两种方法。

（1）偏振法：当入射光以布儒斯特角照射水表时，其反射光为完全线性偏振光，可以用偏振片将其完全阻挡。根据该原理，可以在光谱仪探头前增置一偏振片，在测量过程中直接剥离水表的反射光。Fougnie 等（1999）的研究表明，当观测天顶角为 45°（接近布儒斯特角）、方位角大于 90°（相对太阳入射方位角而言）时，这种方法的测量结果对水面状况不敏感，而且残余的水表天空光的反射光很少，在蓝光和绿光波段不足 1%。虽然这种方法测得的是偏振反射率，但是如果采用上述观测角度，该值与总体反射率差别很小。

（2）天空光法：该方法首先测量水表观测角（θ_v，$\phi_v \in \Omega_{FOV}$）在镜面反射方向（θ_{sky}，$\phi_{sky} \in \Omega'_{FOV}$）的天空光，然后根据以下公式估算水表反射的天空光：

$$L_{r\_sky}(\theta_v, \phi_v \in \Omega_{FOV}) = \rho L_{sky}(\theta_{sky}, \phi_{sky} \in \Omega'_{FOV}) \tag{6-22}$$

式中：ρ 为天空光水表反射系数。需要指出的是，与式（6-22）中的 r 不同，ρ 不是水表的固有光学性质，它不仅取决于观测角度、波长和风速，而且还受探测器的视场角（FOV）和天空光分布的影响。ρ 可以理解为如下函数：

$$\rho = \rho(\theta_{sky}, \phi_{sky}, \theta_v, \phi_v, \lambda, \Omega_{FOV}, 风速, 天空光分布) \tag{6-23}$$

假如上述参数已知，则 ρ 可以用辐射传输的方法计算得到［如运用水体辐射模拟软件 Hydrolight（Mobley，1999）］。但是在实际测量中，很难获得上述所有参数的准确值，需要有更可行的方法。

估算 ρ 的一种常用近似计算方法是：假设近红外的离水辐射为 0，则光谱仪所测得

的近红外辐亮度均为水面反射光，可以通过以下公式计算水表的近红外反射率：

$$\hat{\rho} = \frac{L_{\mathrm{t}}(\lambda_{\mathrm{r}};\theta_{\mathrm{sky}},\phi_{\mathrm{sky}}\in\Omega_{\mathrm{FOV}};\theta_0)}{L_{\mathrm{sky}}(\lambda_{\mathrm{r}};\theta_{\mathrm{sky}},\phi_{\mathrm{sky}}\in\Omega_{\mathrm{FOV}};\theta_0)} \tag{6-24}$$

进一步假设水表反射率在各波段相同，则利用 $\hat{\rho}$ 可计算各波段的离水辐亮度，即

$$\hat{L}_{\mathrm{w}}(\lambda) = L_{\mathrm{t}}(\lambda;\theta_{\mathrm{sky}},\phi_{\mathrm{sky}}\in\Omega_{\mathrm{FOV}};\theta_0) - \hat{\rho}L_{\mathrm{sky}}(\lambda;\theta_{\mathrm{oly}},\phi_{\mathrm{sky}}\in\Omega_{\mathrm{FOV}};\theta_0) \tag{6-25}$$

在有些情况下，水表测量中太阳耀光难以完全避免。由于太阳耀光在各波段的辐亮度不同，式（6-24）与式（6-25）描述的方法不再适用时可以采用以下方法：首先通过以下公式估算各波段太阳耀光的贡献量：

$$\Delta L(\lambda) = \left[L_{\mathrm{srf}}(\lambda_{\mathrm{r}}) - \rho^*L_{\mathrm{sky}}(\lambda_{\mathrm{r}})\right]\frac{E_{\mathrm{d}}(\lambda)}{E_{\mathrm{d}}(\lambda_{\mathrm{r}})} \tag{6-26}$$

式中：$\Delta L(\lambda)$ 为测量数据中太阳耀光的辐亮度；$L_{\mathrm{srf}}(\lambda_{\mathrm{r}})$、$L_{\mathrm{sky}}(\lambda_{\mathrm{r}})$ 和 $E_{\mathrm{d}}(\lambda_{\mathrm{r}})$ 分别表示近红外波段的水表反射辐亮度、天空光辐亮度和水表下行辐照度；$E_{\mathrm{d}}(\lambda)$ 为可见光水表下行辐照度；ρ^* 为水表反射率。显然，该方法隐含两个假设：其一，ρ^* 已知，且在各波段均相等；其二，近红外离水辐射为 0。根据式（6-26），离水辐亮度的计算式为

$$L_{\mathrm{w}}(\lambda) = L_{\mathrm{srf}}(\lambda) - \rho^*L_{\mathrm{sky}}(\lambda) - \Delta L(\lambda) \tag{6-27}$$

6.3.4　数据测量与处理

由于仪器设备的限制，本小节采用"天空光法"测量遥感反射率，即用光谱仪直接测量水表反射光辐亮度 L_{srf}、天空光辐亮度 $L_{\mathrm{r\_sky}}$，并通过测量水平放置的参考板反射辐亮度来间接推算水表下行辐亮度 E_{d}。

用于测量的光谱仪器为"UniSpec^{TM} 光谱分析系统"，其波谱测量范围为 $350\sim1100\mathrm{nm}$，采样间隔为 $3.35\mathrm{nm}$。为了尽量减少船体和测量人员的影响，测量过程中船头始终朝向太阳入射方向，并在船头进行测量（图 6-5）。所有的观测都在晴空状况下进行，且太阳高度角（θ_0）为 $50°\sim70°$。假定太阳直射光的方位角（ϕ_0）为 $0°$。在传感器

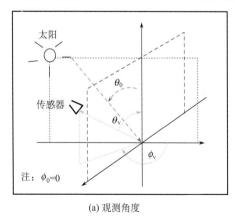

(a) 观测角度　　　　　　　　　　　　　(b) 船体朝向和观测方向

图 6-5　遥感反射率测量的观测方法

向下测量海面辐亮度时，观测天顶角（θ_v）大致为 $40°$，方位角（ϕ_v）为 $90°\sim270°$（图 6-5）。在传感器朝上测量天空光辐亮度时，其方位角（ϕ_v^*）不变，天顶角（θ_v^*）大致为 $140°$。除了光谱测量外，还利用 Hydrolab Data Sonde 4a 测量了各点的水深和混浊度。

　　在 2005 年 4 月 12 日至 15 日期间，在雕门岛周围 20 个点进行了调查。由于经常有云遮挡太阳，导致部分测点无法开展光谱测量，因此总共测量了 12 个点（包括 Teluk Nipah、Batu Malang Tikus、Teluk Bakau、Teluk Asah、Batu Malang Tikus 等）的光谱数据。各点的底质类型、水深和混浊度如表 6-3 所示。

表 6-3　马来西亚雕门岛周围各光谱测量点的基本信息

标号	混浊度	水深	底质类型	描述
P42	1.6	$<1m$		粗沙
P15	0.7	$\sim3.5m$	沙	细沙
P12-3	—	$<1m$		泥沙
P13	—	$<1m$		
P12-2	—	$<1m$	珊瑚碎石	珊瑚碎石和泥沙混合
P12-1	—	$<1m$		主要是珊瑚碎石
P34	2.8	$\sim3m$		死亡珊瑚礁（覆盖有海藻）
P41	2.4	$\sim1m$	死亡珊瑚礁（覆盖有海藻）	死亡珊瑚礁（覆盖有海藻），伴有沙
P38	1.1	$\sim2m$		死亡珊瑚礁（覆盖有海藻），伴有少量沙和健康珊瑚礁
P16	0	$\sim2.5m$		
P45	1.7	$\sim3m$	健康珊瑚礁	健康珊瑚礁
P14	0	$\sim6m$		

　　对于未受到太阳耀光污染的数据，我们采用式（6-24）、式（6-25）计算离水辐射率，即首先假定 $875\sim900nm$ 的离水辐亮度为 0，利用以下公式估算 $\hat{\rho}$：

$$\hat{\rho} = \frac{\sum_{\lambda=875nm}^{900nm} S_w(\lambda)}{\sum_{\lambda=875nm}^{900nm} S_{sky}(\lambda)} \tag{6-28}$$

式中：S_w 为光谱仪观测水面的测量值；S_{sky} 为光谱仪观测天空的测量值。然后将 $\hat{\rho}$ 代入下式：

$$R_{rs} = \frac{\rho_{grey}}{\pi S_{grey}}(S_{srf} - \hat{\rho}S_{sky}) \tag{6-29}$$

式中：ρ_{grey} 为参考板的反射率；S_{grey} 为光谱仪观测参考板的测量值；S_{srf} 为光谱仪观测水面的测量值。

　　对于受到太阳耀光污染的数据，可采用式（6-26）和式（6-27）估算离水辐亮度 L_w，其中 ρ^* 的取值可用相应的太阳高度角、观测角和风速藉助水体辐射传输模拟软件 Hydrolight 计算得出（Mobley，1999）。

6.3.5　结果分析

6.3.5.1　实测数据分析

图 6-6 给出了各测量点的平均遥感反射率光谱曲线。分析这些测量数据可以发现，在 400～900nm 的光谱范围可分为 3 个明显的波谱区：低反射区（720～900nm）、快速衰减区（580～720nm）和高反射区（400～580nm）。这 3 个区段的形成与海水的吸收作用和散射作用密切相关。在 400～580nm，海水的吸收系数很小，散射系数较大（Mobley，1994）。因此较深水域的 R_{rs} 依然较高，如在 P14 号点（表 6-3），尽管水深达6m，但是该波谱区域的遥感反射率依然较大。在快速衰减区，海水的散射微弱，吸收

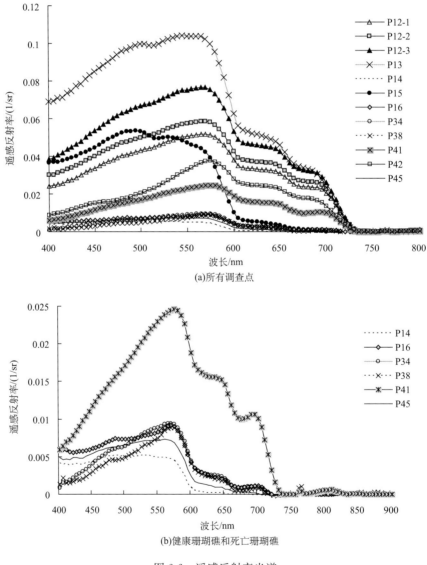

(a)所有调查点

(b)健康珊瑚礁和死亡珊瑚礁

图 6-6　遥感反射率光谱

系数随波长的增长而迅速增加，导致该波段范围内 R_{rs} 随取值波长的增长而迅速降低。当波长大于 720nm 时，海水的散射系数接近于 0，吸收强烈，在不足 1m 的浅水区，R_{rs} 也将接近于零（如 P13）。因此只有高反射区（或者快速衰减区）的遥感反射率可能提供较好的浅水区底质信息。

珊瑚礁底质与非珊瑚礁底质（包括沙质底质和珊瑚礁碎石底质）的反射率大小存在明显的差异。P41 号点的底质为覆盖有海藻的死亡珊瑚礁，该点测量时的水深不到 1m，P15 号点底质为细沙，测量时水深达 3.5m，但是在高反射波谱区 P41 的 R_{rs} 依然明显低于 P15。同样，P45 号点的底质为健康的珊瑚礁，测量时水深约 3m，其在高反射波谱区的 R_{rs} 同样远低于 P15 号点。可见忽略水体的影响，高反射波谱区的珊瑚礁底质的反射率将远低于细沙。

健康珊瑚礁底质的 R_{rs} 光谱与覆盖有海藻的死亡珊瑚礁 R_{rs} 光谱在高反射波谱区存在明显区别（图 6-6b）。P34 和 P45 号点在测量时的水深都约为 3m，两者的底质分别为覆盖有海藻的死亡珊瑚礁和健康珊瑚礁。P34 号点的 R_{rs} 值在 400～580nm 明显地单调递增，但 P45 号点的 R_{rs} 值在该波段范围只有微弱的增长。上述特点是所有健康珊瑚礁底质 R_{rs} 光谱（P14、P16、P45 号点）与覆盖有海藻的死亡珊瑚礁底质（P34、P36、P41 号点）R_{rs} 光谱的共同区别。根据水下相片判断死亡珊瑚礁上所覆盖的藻类为绿藻（图 6-7）。Albert 和 Mobley（2003）提供了绿藻的反射率波谱（图 6-8）。可以看出在 400～550nm 绿藻反射率逐渐上升。这与覆盖有海藻的死亡珊瑚礁底质 R_{rs} 值在 400～580nm 的单调递增基本吻合。由此可以推测，死亡珊瑚礁底质区别于健康珊瑚礁底质的 R_{rs} 波谱特征是由绿藻造成的。

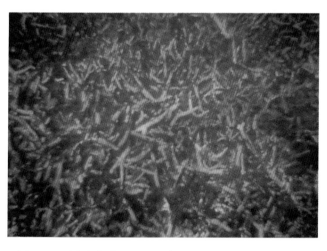

图 6-7　覆盖有海藻的死亡珊瑚礁的水下照片（P34 号点）

通过上述分析可以看出，400～550nm 波段范围的遥感反射率能够用于识别珊瑚礁底质和珊瑚礁健康状况。但是需要指出，遥感反射率也同时反映了水体的信息。例如，在 P12-3、P13 和 P15 三个号点的沙质底质相似，P12-3 和 P13 号点的水深均小于 1m，P15 号点的水深约 3.5m。从图 6-6a 可见 P15 号点的 R_{rs} 明显低于 P12-3 和 P13 号点的

R_{rs}，其反射峰向短波方向移动，说明可见水深对 R_{rs} 具有重要影响。此外，R_{rs} 还能反映水质的信息。例如，P38 和 P34 号点的底质同样是死亡的珊瑚礁，且 P34 号点的水深深于 P38 号点。但是 P34 号点的 R_{rs} 光谱却高于 P38 号点（图 6-6a），其原因在于 P34 号点的混浊度明显高于 P38 号点（表 6-1）。总之，水深和水质对 R_{rs} 具有明显的影响。因此，为了能够更精确、更可靠地分析波谱特征与底质类型和珊瑚礁健康状况的关系，必须剥离 R_{rs} 中的水体信息。

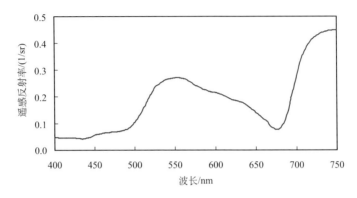

图 6-8　绿藻的反射率波谱（Albert and Mobley，2003）

6.3.5.2　模拟数据分析

ETM$^+$、SPOT5 和 IKONOS 3 种遥感影像数据具有中高空间分辨率，是目前常用的多光谱被动光学遥感数据。为了分析这 3 种影像在珊瑚礁制图中的光谱分辨能力，现以野外实测的遥感反射率光谱为基础，根据 3 种传感器的光谱响应函数模拟它们在 400～900nm 各波段（表 6-4）的响应值（图 6-7～图 6-9）。

表 6-4　ETM$^+$、SPOT5 和 IKONOS 在 400～900nm 各波段的波谱范围

（单位：nm）

波段	ETM$^+$ 的波谱范围	SPOT5 的波谱范围	IKONOS 的波谱范围
蓝光	450～520		450～530
绿光	520～600	500～590	520～610
红光	630～690	610～680	640～720
近红外	750～900	780～890	770～880

可以看出对于 ETM$^+$（图 6-9）和 IKONOS（图 6-10）的蓝光和绿光波段以及 SPOT5（图 6-11）的绿光波段，珊瑚礁底质和非珊瑚礁底质（包括沙质底质和珊瑚礁碎石底质）反射率值差异明显，因此通过这 3 种影像有可能区分这两种底质。

在 ETM$^+$ 和 IKONOS 模拟结果中，覆盖有海藻的死亡珊瑚礁的 R_{rs} 值在绿色波段明显高于蓝色波段，而健康珊瑚礁底质的 R_{rs} 在蓝绿两波段的差异不大，因此利用 ETM$^+$ 5 和 IKONOS 的 R_{rs} 光谱特征区分健康珊瑚礁底质与覆盖有海藻的死亡珊瑚礁。SPOT5 由于缺乏蓝光波段，没有上述特征，仅从绿光波段的 R_{rs} 值难以区分健康珊瑚礁底质与

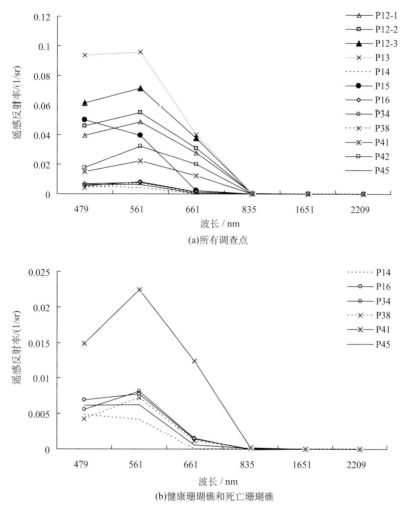

(a)所有调查点

(b)健康珊瑚礁和死亡珊瑚礁

图 6-9 ETM⁺ 模拟遥感反射率光谱

覆盖有海藻的死亡珊瑚礁。

　　此外，在马来西亚雕门岛海面测量了不同底质的遥感反射率，通过对这些反射率数据的初步分析发现：在 400～720nm 光谱范围内，沙质/珊瑚礁碎石底质的反射率明显高于珊瑚礁底质；在 580～720nm 光谱范围内，覆盖有海藻的死亡珊瑚礁与健康珊瑚礁底质的光谱特征存在明显差异。说明利用被动光学遥感识别珊瑚礁底质，判断珊瑚礁健康状况在一定程度上是可能的。

　　由于遥感反射率不仅包含底质信息，还包含水体的信息，因此为了更细致更可靠地分析不同底质的光谱区分性，有必要对遥感反射率进行水体校正或者直接在水下测量底质的反射率。

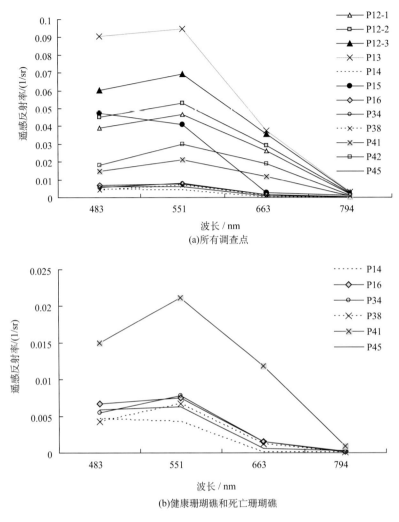

(a)所有调查点

(b)健康珊瑚礁和死亡珊瑚礁

图 6-10　IKONOS 模拟遥感反射率光谱

6.4　本 章 小 结

　　本章比较全面地介绍了珊瑚礁遥感的目的、特点，回顾了近几年来国际上珊瑚礁遥感的研究进展，并分析比较了现有几种珊瑚礁反射率测量方法的优缺点和存在的问题。通过对马来西亚雕门岛周围海域珊瑚礁海面遥感反射率光谱测量及对其结果的初步分析，表明被动光学遥感用于识别珊瑚礁底质和评价珊瑚礁类型是可行的。

　　珊瑚对生长条件要求苛刻，海水温度、盐度、泥沙含量等环境因素的细微变化都可能导致珊瑚大范围的白化或死亡。由于珊瑚礁是在全球尺度上对气候变化响应最迅速的生态系统，及时掌握珊瑚礁的健康状况对于气候变化研究、海洋生态资源的利用保护等都具有非常重要的意义。近年来，随着全球变化研究的深入，国际上在珊瑚礁遥感领域的研究也非常活跃，但我国的珊瑚礁遥感研究还未系统地展开，据统计，受到人类活动直接或间接的严重破坏，我国海南省及南海诸岛的珊瑚礁已有至少50％发生退化，应该从建立我国的珊瑚礁栖底物质光谱库着手，尽快开展珊瑚礁遥感研究工作。

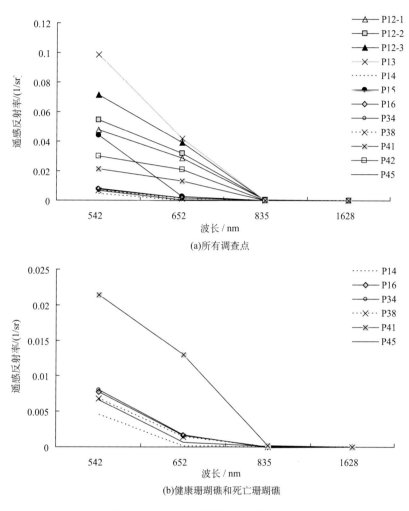

图 6-11　SPOT5 模拟遥感反射率光谱

参 考 文 献

王国忠 . 2004. 全球气候变化与珊瑚礁问题 . 海洋地质动态，20（1）：8～13

王圆圆，刘志刚，李京等 . 2007. 珊瑚礁遥感研究进展 . 地球科学进展，22（4）：396～402

张晓龙，李培英，李萍等 . 2005. 中国滨海湿地研究现状与展望 . 海洋科学进展，23（1）：87～95

Andréfouet S，Riegl B. 2004. Remote sensing：a key tool for interdisciplinary assessment of coral reef process. Coral Reefs，23（1）：1～4

Ahmad W，Neil D. 1994. An evaluation of Landsat Thematic Mapper（TM）digital data for discriminating coral reef zonation：Heron Reef（GBR）. International Journal of Remote Sensing，15（13）：2583～2597

Albert A，Mobley C D. 2003. An analytical model for subsurface irradiance and remote sensing reflectance in deep and shallow case-2 waters . Optics Express, 11 (22): 2873～2890

Barnes R S K, Hughes R N. 1999. An Introduction to Marine Ecology: 3rd ed. Oxford: Blackwell Science Ltd

Cal K A, Hardy J T, Wallin D O. 2003. Coral reef habitat discrimination using multivariate spectral analysis and satellite remote sensing. International Journal of Remote Sensing, 24 (13): 2627～2639

Chou L M. 2006. Managing coral reefs of the Asia-Pacific region: moving ahead through improved coordination, cooperation and collaboration. Asia Pacific Coral Reef Symposium, The Chinese University of Hong Kong

Fougnie B, Frouin R, Lecomte P et al. 1999. Reduction of skylight reflection effects in the above-water measurement of diffuse marine reflectance . Applied Optics, 38 (18): 3844～3856

Goodman J A, Ustin S L. 2002. Underwater Spectroscopy: Methods and Application in a Coral Reef Environment. Presented at the Seventh International Conference on Remote Sensing for Marine and Coastal Environments, Miami, Florida, 20～22 May

Heather H, LeDrew E. 2002. Measuring and modeling water column effects on hyperspeetral in a coral reef environment. Remote Sensing of Environment, 81 (2): 300～308

Hedley J D, Mumby P J. 2003. A remote sensing method for resolving depth and subpixel composition of aquatic benthos . Limnology and Oceanography, 48 (I, part2): 480～488

Hochberg E J, Atkinson M J. 2003. Capabilities of remote sensors to classify coral, algae, and sand as pure and mixed spectra. Remote Sensing of Environment, 85 (2): 174～189

Holden H, Ledrew E. 1999. Hyperspectral identification of coral reef features. International Journal of Remote Sensing, 20 (13): 2545～2563

Karpouzli E, Malthus T J, Place C J. 2004. Hyperspectral discrimination of Coral Reef Benthic Communities in the Western Caribbean. Coral Reefs, 23: 141～151

Lalli C M, Parsons T R. 1995. Biological Oceanography: an Introduction. Oxford: Butterworth-Heinemann Ltd

LeDrew E, Holden H, Wulder M A et al. 2004. A spatial statistical operator applied to multidate satellite imagery for identification of coral reef stress . Remote Sensing of Environment, 91 (3～4), 271～279

Levinton J S. 2002. Marine Biology: Function, Biodiversity, Ecology. New York: Oxford University Press

Lubin D, Wei L, Dustan P et al. 2001. Spectral signatures of coral reefs: features from space. Remote Sensing of Environment, 75 (1): 127～137

Maeder J, Narumlani S, Rundquist D C et al. 2002. Classifying and mapping general coral-reef structure using Ikonos data. PE and RS, 68 (12): 1297～1305

Mobley C D. 1994. Light and Water: Radiative Transfer in Natural Waters. New York: Academic Press

Mobley C D. 1999. Estimation of remote-sensing reflectance above-water measurements . Applied Optics, 38 (36): 7442～7455

Mumby P J, Clark C D, Green E P. 1998. Benefits of water column correction and contextual editing for mapping coral reefs. International Journal of Remote Sensing, 19 (1): 203～210

Mumby P J, Edwards A J. 2002. Mapping marine environments with IKONOS imagery: enhanced spatial resolution can deliver greater thematic accuracy. Remote Sensing of Environment, 82 (2～3): 248～257

Mumby P J, Skiving W, Strong A E et al. 2004. Remote sensing of coral reefs anti their physical environment. Marine Pollution Bulletin, 48 (1): 219～228

Palandro D, Andréfou et S, Dustan P et al. 2003. Change detection in coral reef communities using IKONOS satellite sensor imagery and historic aerial photographs. International Journal of Remote Sensing, 24 (4): 873～878

Sumich J L. 1996. An Introduction to the Biology of Marine Life. Dubuque: Wm C Brown

Yamano H, Tamura M. 2004. Detection limits of coral reef bleaching by satellite remote sensing: simulation and data analysis . Remote Sensing of Environment, 90 (1): 86～103

第7章 红树林遥感监测

红树林（mangrove）是一种稀有的木本胎生植物，它生长于陆地与海洋交界带的滩涂浅滩，是陆地向海洋过渡的特殊生态系统。"红树林"这一名称源于一种红树科植物——红茄的特征。红茄的树干、枝条、花朵都是红色的，其树皮可用于提炼红色染料。事实上，红树林泛指像红茄这类，生长在热带、亚热带地区潮间带的耐盐性常绿灌木或乔木树林。为了适应潮间带这种特殊的生存环境，红树林植物形成了一系列独特的生理功能：胎生苗繁殖、具有排盐和保水功能的叶片、支持根与呼吸根等。

红树林滩涂地形复杂，有大量的河口支流、潮水沟，往往呈沼泽化。红树林特殊的生境条件使常规的地面调查作业方式十分艰苦并充满危险，需要耗费大量的人力物力，时间周期也很长。为了对红树林资源进行及时有效的监测和管理，必须寻求一种快速、准确、成本合理的红树林制图技术，而遥感技术使快速获取大范围内红树林信息成为可能。但是如何提高遥感影像制图的精度和自动化程度一直是人们研究的重点。

7.1 红树林简介与红树林遥感研究现状

7.1.1 红树林简介

全球红树林大体上可分为东、西方两大类群。西方类群有：美洲西岸区、美洲东岸区、非洲西岸区。东方类群有：非洲东岸区、亚洲沿岸和东太平洋群岛区、大洋洲区。目前全世界的红树林面积分布密度最高的地区在印度洋和西太平洋的沿海地带（如越南、泰国、马来西亚）。这些区域的红树林面积约占全世界红树林的20%。我国的红树林分布于海南、广东、台湾、福建、广西、浙江等省区，北起浙江瓯江口，南至海南岛。其中广西的红树林资源最丰富，其面积占全国红树林面积的1/3。

红树林是高生产力、高归还率、高分解率的海岸带生态区，具有重要的生态、环境及社会经济价值（林敏基，1991）。

（1）红树林的一个重要生态效益是它能够捕沙促淤、防浪护岸。由于红树林大量繁殖，盘根错节的发达根系能有效地滞留陆地来沙，有效阻滞水流、潮汐和风浪作用于海岸滩涂的能量，从而减少这些水动力因素对岸线和滩涂的侵蚀冲刷。

（2）造陆功能。红树林的阻滞作用，使进入红树林区的风浪、流、潮汐的动能大为降低，这种低能的海域环境非常有利于水中悬浮物的沉积。因此，红树林区的沉积速率一般明显高于周围水域，从而使红树林区的滩涂升高，逐渐露出水面，甚至逐渐演化成稳定的陆地。一些沿海国家很重视红树林培植造陆，以得到新的养殖区和陆地。

（3）红树林可以过滤陆地径流所排放的有机物和污染物，通过红树林独特的湿地生态系统净化空气和海水，减轻海洋污染，保护海洋生态环境。

（4）红树林特有的商业价值促进沿海地区可持续发展。红树林滩涂可造就周围海域的高营养区，形成特殊的红树林生态系统，使其附近海域成为高生产力区，形成有商业价值的渔场和虾场。这对于一些低洼的沿海国家的经济至关重要。例如，南亚次大陆恒河三角洲（Ganges Delta）的孟加拉国，沿海地势低平，全国约有 1/8 的地区是红树林区，形成了世界上最大的红树林区之一。全国总人口中的 1/3 直接或间接地依靠红树林及红树林生态系统为生，如发展渔业、养殖业、种植业与农业等。

（5）红树林可为海洋动物提供栖息和觅食的理想生境，维护生物多样性。调查研究表明，红树林是至今世界上少数几个物种最多样化的生态系统之一，生物资源量非常丰富。这是因为红树林以凋落物的方式通过食物链转换，可为海洋动物提供良好的生长发育环境。同时红树林区内潮沟发达，吸引深水区的动物来到红树林区内栖息觅食。又由于红树林生长于亚热带和温带，并拥有丰富的鸟类食物资源，因此红树林区是候鸟的越冬场和迁徙中转站，更是各种海鸟觅食栖息、生产繁殖的场所。

（6）红树林植物本身也是宝贵的自然资源，可以成为木材、薪炭、食物、药材和其他化工原料等。另外，红树林的独特景观也是宝贵的旅游资源。

然而，人们对沿海地区的污染以及不合理的开发和破坏，使红树林面积剧减、环境恶化，红树林湿地资源濒危。据统计，20 世纪 50 年代以来，我国的天然红树林面积已减少约 73%（张晓龙，2005）。开展红树林的监测与保护已经是当务之急。

7.1.2　红树林遥感研究现状

早期用于红树林调查的遥感数据是航空照片，主要依赖于人工的判读。20 世纪 80 年代后，Landsat 卫星影像和 SPOT 卫星影像成为红树林研究中最常用的卫星遥感数据。为了能够获得理想的分类精度，人们进行了各种探索。近年来，随着 Landsat ETM$^+$、SPOT5、IKONOS 和 QuickBird 等新型遥感影像数据的出现，遥感影像的空间分辨率明显提高，为红树林遥感测量精度的提高提供了契机。Wang 等（2004a）对比 IKONOS 和 QuickBird 影像来区分黑、白、红 3 种红树林的分类性能。其研究表明：一阶纹理特征能够在一定程度上改进分类精度；而仅用二阶纹理特征进行分类的精度远低于基于波谱的分类精度；比较对象级分类与像素级分类，在分类精度上没有明显的改进。此外，Wang 等（2004b）还提出了一种方法可将对象级分类和像素级分类结合，提高了基于 IKONOS 影像的红树林分类精度。

除了高空间分辨率的遥感影像外，高光谱影像也有助于提高红树林的精细分类。Green 等（1998）利用空间分辨率 1m 且具有 8 个窄波段的 CASI 机载遥感影像，对 6 类红树林树和 3 类非红树林树进行了分类，精度为 78.2%。Held 等将机载高光谱影像和 SAR 影像结合，运用层次神经网络分类法对 9 类红树林树和非红树林树进行了分类，精度可达 75%～80%（Alex et al.，2003）。

利用被动光学遥感区分不同类型红树林的机理，在于不同红树林的反射率光谱存在差异。由于测量红树林波谱（尤其是冠层波谱）非常困难，目前的红树林高光谱数据非常少。Held 等（2001）利用吊车和缆车测量了有限范围内的红树林冠层光谱，而在实验室内测量红树林的叶片光谱，也是认识红树林光谱特征的重要手段。

7.2　实验数据与数据处理

7.2.1　研究区

以马来西亚的马当红树林保护区为研究区，该保护区位于马来半岛西岸，北纬 4°15′~5°1′，东经 100°2′~100°45′，对其系统化管理始于 1904 年，是目前全世界管理最好的红树林保护区之一。马当红树林保护区由北向南共分为 4 个子区：North Kuala Sepetang、South Kuala Sepetang、Kuala Trong 和 Sungai Kerang。其中 Sungai Kerang 以一个岛屿为主体，岛的内部是陆生植物，四周分布着不同类型的红树林，种类较其他 3 个子区丰富，是我们选定的重点研究区（图 7-1）。

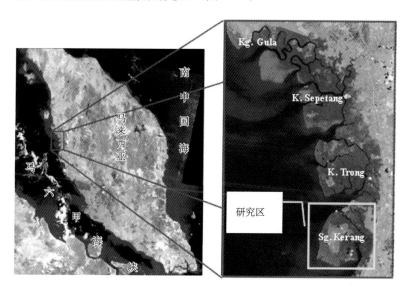

图 7-1　马来西亚马当红树林保护区

7.2.2　遥感影像数据

研究工作采用 SPOT5 和 ETM$^+$ 两种卫星影像（图 7-2），其获取日期分别为 2005 年 1 月 30 日和 2001 年 4 月 15 日。SPOT5 多光谱影像的空间分辨率为 10m，全色影像的分辨率为 2.5m。ETM$^+$ 的多光谱影像和全色影像的空间分辨率分别为 30m 和 10m。

影像在几何校正时，采用由细到粗的方法：首先根据实测的 DGPS 控制点和电子地形图中的特征点，对 SPOT5 融合影像进行校正；然后以该校正后的影像为基准分别校正 SPOT5 多光谱影像和 ETM$^+$ 的融合影像及多光谱影像，各影像的几何校正误差均保持在一个像素之内（表 7-1）。

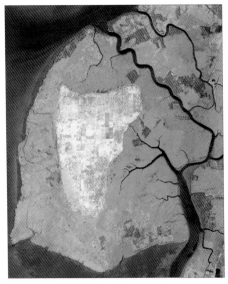
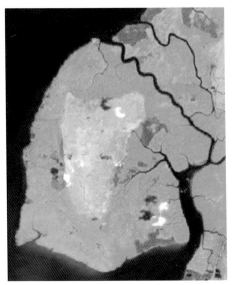

(a) SPOT5假彩色合成影像　　　　　　　　　(b) ETM⁺假彩色合成影像

图 7-2　Sungai Kerang 遥感影像

表 7-1　**Sungai Kerang 遥感影像的几何校正精度**

影像类型	控制点数	多项式阶数	重采样方法	RMSE
SPOT5 融合影像	22	1	最邻近点法	$1.455\ 95\times10^{-4}$
SPOT5 多光谱影像	23	1	最邻近点法	$3.852\ 01\times10^{-5}$
ETM⁺ 融合影像	16	1	最邻近点法	$3.500\ 36\times10^{-5}$
ETM⁺ 多光谱影像	18	1	最邻近点法	$4.800\ 00\times10^{-5}$

7.2.3　类别定义及样本选取

　　根据马当红树林保护区规划规定的森林分类方案，结合野外调查资料，将研究区中的地物分为 9 类，详情如表 7-2 所示。同时分别为各类地物选取训练样本和测试样本（表 7-3）。由于 SPOT 影像和 ETM⁺ 影像获取的日期不同，且 ETM⁺ 影像上有少量云，因此样本区均选在类型未发生变化且无云遮盖的区域，以确保样本的一致性和可比性。

表 7-2　**Sungai Kerang 中各地类的定义**

类名	简写	类型描述
新生白骨壤林 (accreting avicennia forest)	Avic	分布于邻海区域，是新生的森林区，主要包括海榄雌和白骨壤，某些地区间生有海桑、红树和木榄

续表

类名	简写	类型描述
过渡新林 (transitional new forest)	T-New	位于白骨壤林和正红树林或木榄林之间，由更老的新生白骨壤林组成，其中以不同比例间生有红树和木榄树种
柱果木榄林 (bruguiera cylindrica forest)	B-Cyl	马来语称该类林为 Berus，在马当主要分布于邻海区域，以柱果木榄为主，掺杂有少量的红树和其他类型的木榄
小花木榄林 (bruguiera parviflora forest)	B-Par	马来语称该类林为 Lenggadai，在邻陆地区该林为小花木榄和红树的混合体，在邻海地区该林为小花木榄和柱果木榄的混合体
正红树林 (rhizophora forest)	Rhiz	马当红树林保护区主要培植类型，占全区面积的85%，主要树种为正红树和红茄苳
旱地林 (dryland forest)	Dryland	对应于马当红树林保护区规划中的"过渡旱地林"和"旱地林"，由于两类在该实验区分布面积少，且相邻，因此合并为一类。前者以较老的木榄为主，包括木榄和海莲，间生有少量红树，林地底层有浓密的蕨类。后者则为更为成熟的树林，具有顶层、主冠层和林下叶层三层结构
内陆植被	Inland	分布于岛内部，不被海水淹没，主要有椰树、菠萝以及少量水椰
河流	River	河流
其他	Others	主要包括砍伐后的裸地和居民地

表 7-3　**Sungai Kerang 遥感影像的训练样本数和测试样本数**（单位：像素）

类别	SPOT XS		SPOT Fused		ETM+ XS		ETM+ Fused	
	训练样本数	测试样本数	训练样本数	测试样本数	训练样本数	测试样本数	训练样本数	测试样本数
Avic	203	4 354	2 277	48 426	22	465	98	1 927
T-New	140	540	1 588	6 003	16	63	67	235
B-Cyl	254	2 358	2 899	26 330	30	259	116	1 054
B-Par	151	955	1 692	10 689	19	104	71	442
Dryland	302	939	3 301	10 323	28	90	129	389
Rhiz	276	5 208	3 090	57 724	25	546	121	2 122
Inland	306	1 368	3 403	15 214	30	149	109	619
River	131	318	1 347	3 530	15	42	45	150
Others	122	337	1 279	3 669	23	34	92	140

注：XS 表示为光谱影像；Fused 表示融合后的影像。

7.3　分　类　方　法

分类方法的差异主要体现在 3 个方面：分类方式、分类特征和分类算法。本小节在这 3 方面分别进行了不同的尝试，以寻求相对最优的分类方案。

7.3.1　分类方式

采用两种分类方式：基于像素的分类和基于对象的分类。前者以单个像素作为分类单元，根据每一个像素所对应的波谱特征和纹理特征（以当前像素为中心的一定范围内的影像所表现出来的纹理特征）判断其所属类别，从而实现整个遥感影像的分类。后者首先根据遥感影像局部的光谱均一性，将遥感影像分割为一系列内部均一的斑块（对象），这些斑块往往与某一类地块相对应；然后，分别计算各斑块的波谱特征和空间特征；最后设计分类器，对各斑块进行分类。

7.3.2　分类特征

7.3.2.1　波谱特征

除了直接利用各像素在不同波段的响应值作为波谱特征外，还选用两个常有的波段比值：植被指数（normalized difference vegetation index，NDVI）和水分指数（normalized difference water index，NDWI）（Gao，1996）

$$NDVI = \frac{R_{NIR} - R_{red}}{R_{NIR} + R_{red}} \tag{7-1}$$

$$NDWI = \frac{R_{green} - R_{NIR}}{R_{green} + R_{NIR}} \tag{7-2}$$

式中：R_{green}、R_{red}、R_{NIR}分别为绿光波段、红光波段与近红外波段反射率。

7.3.2.2　空间特征

1）纹理特征

本节中同时采用了一阶纹理特征（Anys et al.，1994）和二阶纹理特征（Baraldi and Parmiggiani，1995）作为纹理特征。其中，一阶纹理特征只选用熵（entropy），而二阶纹理特征则选用了均一性（homogeneity，简称 homo）、对比度（contrast）、能量（energy）和熵（entropy）。它们的定义如下。

（1）均一性

$$H = \sum_i \sum_j \frac{P_{d,r}^{(i,j)}}{1 + (i-j)^2} \tag{7-3}$$

式中：i 和 j 表示灰度共生矩阵（GLCM）中的灰度级；$P_{d,r}^{(i,j)}$ 表示以方向为 d、步长为 r 的 GLCM 中 (i, j) 灰度对的出现概率。该统计量反映 GLCM 中各元素的分布与对角线的邻近程度。当各元素的分布集中于对角线附近时，影像在局部范围内是相对均一的，此时"均一性"的取值将较高。

（2）对比度

$$C = \sum_i \sum_j (i-j)^2 P_{d,r}^{(i,j)} \tag{7-4}$$

该统计量与"均一性"的含义相反，用以度量影像局部的变异程度，其取值越高说明影像的局部对比越明显。

（3）能量

$$E = \sum_i \sum_j (P_{d,r}^{(i,j)})^2 \tag{7-5}$$

该统计量又被称为"均一性（uniformity）"或者"角度二阶力矩（angular second moment）"。

（4）熵

$$E_2 = \sum_i \sum_j P_{d,r}^{(i,j)} (-\ln(P_{d,r}^{(i,j)})) \tag{7-6}$$

如果 GLCM 各元素的概率值大小越均匀，则该统计量取值越大。

在基于像素的分类中，各像素的纹理特征是通过以其为中心一定大小的正方形核窗口内的局部影像计算得出。在基于对象的分类中，则是根据每个对象内的所有像素计算得出。

2）局部空间统计特征

上述常用的纹理特征值计算方法都把各像素平等看待。与此不同，局部空间统计特征方法不仅度量了一个中心像素与周围各像素之间的相互关系，而且考虑了两个像素间的距离差异。Getis 和 Ord（1992）以及 Anselin（1995）提出了如下局部空间统计特征的计算式

$$\Gamma_i = \sum_{j=1}^{N} \omega_{ij} \xi_{ij} \tag{7-7}$$

式中：Γ_i 为第 i 号像素的空间统计特征值；ξ_{ij} 为第 i 和第 j 号像素之间的某种作用值；ω_{ij} 为加权系数。通过定义不同的 ω_{ij} 和 ξ_{ij}，可以得到不同的统计特征。通常 ω_{ij} 被定义为第 i 和第 j 号像素之间距离的倒数。但是，ξ_{ij} 的定义却各种各样。在本研究中采用了"局部Moran-I 系数"（简称 Moran）（Getis and Ord，1992），ξ_{ij} 的定义为

$$\xi_{ij} = (x_i - \overline{x})(x_j - \overline{x}) \tag{7-8}$$

式中：$\overline{x}$ 为一定窗口范围内所有像素属性的平均值；x_i、x_j 分别为第 i 和第 j 号像素值。Moran 可以用于识别像素的聚集现象。如果该系数为正值，则说明局部范围内的像素之间的属性值近似；如果该系数为负值，则说明局部范围内的像素之间的属性值差异较大，不存在聚集现象。

7.3.3　分类算法

在遥感影像分类时既采用了最大似然法（maximum likelihood classification，MLC）和 eCognition 所带有的最邻近法（nearest neighbor classifier，NNC），还采用了支撑向量机（support vector machine，SVM）法（Cortes and Vapnik，1995）。SVM 是在 20 世纪 90 年代中后期，依据统计学习理论发展起来的新型机器学习算法，已被成功运用于手写体识别（Bahlmann et al.，2002）、文本识别（Tong and Koller，2000）、人脸识别（Lu et al.，2001）等领域，在遥感影像分类中也日益得到重视（Foody and

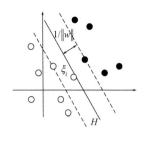

图 7-3　最优分类超平面

Ajay，2004；Farid and Lorenzo，2004；刘志刚，2004）。

　　本质上，SVM 是一种广义的线性分类器。对于一个两类分类问题，SVM 通过构建一个最优线性分类面将两类的训练样本尽可能以最大的间隔分开（图 7-3）。假设训练样本集为 $\{x_i，y_i\}$，$i＝1，2，\cdots，n$，n 为样本的数量，$\boldsymbol{x}_i \in R^m$ 为 m 维特征向量，$y_i \in \{-1，1\}$ 为类别标号，构造最优超平面就是要求解如下最优化问题

$$\min_{w,b,\xi_i}\frac{1}{2}\boldsymbol{w}^\mathrm{T}\boldsymbol{w}+C\sum_{i=1}^{n}\xi_i \tag{7-9}$$

$$\text{s.t}\quad y_i(\boldsymbol{w}\cdot\boldsymbol{x}_i-b)-1+\xi_i\geqslant 0，\quad i=1,2,\cdots,n$$

式中：$1/\|\boldsymbol{w}\|$ 为分类面之间的间隔；ξ_i 为松弛变量（图 7-3）；C 为常量，是对越界样本点施加的惩罚系数，体现了算法的复杂度和样本的错分率之间进行某种程度的折中。通过引入拉格朗日乘子 α_i，上述最优化问题可以转化为如下对偶问题

$$\max_{\alpha}\sum_{i=1}^{n}\alpha_i-\frac{1}{2}\sum_{i,j=1}^{n}\alpha_i\alpha_jy_iy_j\langle x_i,x_j\rangle \tag{7-10}$$

$$\text{s.t}\quad \sum_{i=1}^{n}\alpha_iy_i=0 \tag{7-11}$$

$$0\leqslant\alpha_i\leqslant C$$

　　解上述优化问题可得到分类函数

$$f(x)=\mathrm{sgn}(\langle w,x\rangle-b)=\mathrm{sgn}(\sum_{i=1}^{n}\alpha_iy_i\langle x_i,x\rangle-b) \tag{7-12}$$

　　然而很多分类问题并不能通过线性分类面获得很好的分类精度，必须构造分类曲面。SVM 采用了一种间接构造分类曲面的方法：通过某种非线性映射 $\varPhi$ 将数据映射到一个高维空间，并在其中构造分类超平面，该超平面对应着原始数据空间的曲面。此时原优化问题式（7-10）就变成

$$\max_{\alpha}\sum_{i=1}^{n}\alpha_i-\frac{1}{2}\sum_{i,j=1}^{n}\alpha_i\alpha_jy_iy_j\langle\varPhi(x_i),\varPhi(x_j)\rangle \tag{7-13}$$

　　相应的分类函数（7-12）变为

$$f(x)=\mathrm{sgn}(\sum_{i=1}^{n}\alpha_iy_i\langle\varPhi(x_i),\varPhi(x)\rangle-b) \tag{7-14}$$

　　由于式（7-13）、式（7-14）均只与特征空间中输入向量的像 $\varPhi(x_i)$ 之间的内积有关，因此如果能够找到输入空间的某个函数等同于特征空间中的内积，则不需要显示地计算输入向量的像之间的内积，可减少计算量。满足上述条件的函数被称为"核函数"：

$$k(x,x')=\langle\varPhi(x),\varPhi(x')\rangle \tag{7-15}$$

　　实际上，我们甚至可以不需要知道非线性映射的具体形式，只要能够证明映射 $\varPhi$

理论上存在即可。这里 SVM 算法采用了高斯径向基核函数：

$$K(x,x') = \exp(-\lambda \parallel x - x' \parallel^2) \tag{7-16}$$

式中：λ 为高斯核宽度。

7.4　分 类 实 验

研究中共做了三组实验：前两组为基于像素的分类（这里称为像素级分类），其中第一组只利用不同的光谱特征，而第二组则同时利用光谱特征、纹理特征和局部空间统计特征；第三组采用基于对象的分类（这里称为对象级分类），同时利用光谱特征和纹理特征。

7.4.1　利用光谱特征的像素级分类

这组试验的目标是比较不同波谱特征对像素级分类精度的影响。为此分别利用了最大似然法和支撑向量机法对 SPOT5 和 ETM⁺ 的多光谱影像和融合影像进行分类，分类特征包括多光谱各波段的值、NDVI、NDWI 以及融合后的各波段值，具体的特征组合方式如图 7-4 所示。

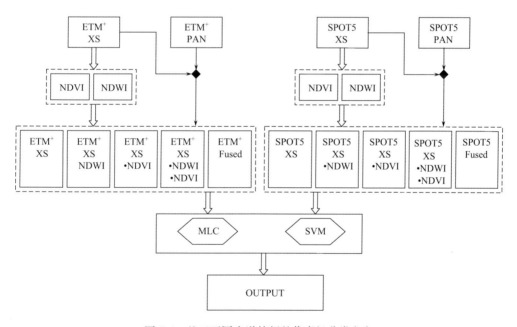

图 7-4　基于不同光谱特征的像素级分类方案

7.4.2　利用光谱、纹理和空间统计特征的像素级分类

这组分类实验的目标是比较不同波谱、纹理和空间统计特征的组合对像素级分类精度的影响。实验中利用 SPOT5 的多波段影像（SPOT5 XS）和全色影像（SPOT5

PAN)。纹理特征包括一阶纹理特征（熵 1 _ entropy）和二阶纹理特征（熵 2 _ entro-py）、能量（energy）和均一性（homo）。局部空间统计特征则采用了 Moran 系数。在计算 SPOT5 XS 和 SPOT5 PAN 纹理特征和空间统计特征时，采用了 3 种大小的核窗口：3×3、5×5 和 7×7，SPOT5 PAN 则采用了 3 种更大的核窗口：5×5、9×9 和 13×13。各组分类中分别利用了 MLC 和 SVM 作为分类器。具体的特征组合方式如图 7-5 所示。

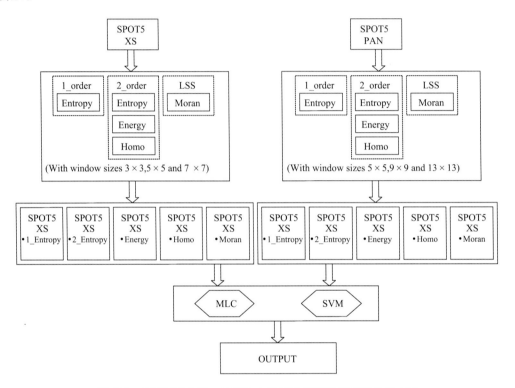

图 7-5　基于不同光谱、纹理和空间统计特征的像素级分类方案

7.4.3　对象级分类

在对象级分类中，利用 SPOT5 融合影像，影像的分割利用 eCognition 软件完成。在分割过程中通过逐渐增大尺度参数，得到由细到粗的 9 个逐级分割结果。其中，有些分割过于细碎，难以体现地物的纹理信息；有些则过粗，不同的地物被合并到同一个对象中。根据实地调查和影像判读，我们选用第四和第七级分割结果作为对象级分类。图 7-6 给出了这两级分割的局部结果。每个对象内所有像素在各波段的均值、方差、对比度、熵、均一度和能量等光谱和纹理特征值被作为分类特征。在分类中不仅采用了 eCognition 软件自带的标准 NNC 分类器，而且也采用 MLC 和 SVM。特征组合方式如图 7-7 所示。

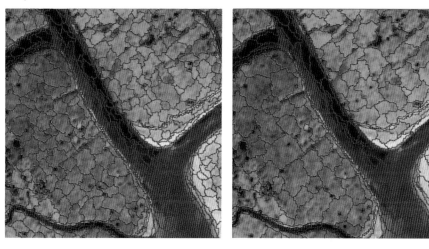

(a)第四级分割结果　　　　　　　　　　　　　　(b)第七级分割结果

图 7-6　分割结果（局部）

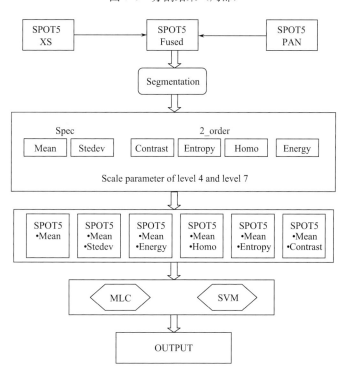

图 7-7　基于不同光谱、纹理特征的对象级分类方案

7.5　分类结果与分析

通过不同分类方式、不同分类特征和不同分类器之间的组合，共进行了 116 种分类实验，其分类精度如表 7-4 至表 7-7 所示，其中几个分类精度较高的图像如图 7-8 和图

7-9 所示。

表 7-4　利用光谱特征的像素级分类精度

分类特征	总体精度/%	
	MLC	SVM
ETM$^+$ XS	61.8	71.2
ETM$^+$ Fused	63.1	67.3
ETM$^+$ NDVI	58.9	62.8
ETM$^+$ NDWI	61.0	65.5
ETM$^+$ NDVI & NDWI	60.0	66.3
SPOT5 XS	68.3	73.9
SPOT5 Fused	64.9	71.1
SPOT5 NDVI	65.3	74.2
SPOT5 NDWI	65.7	74.0
SPOT5 NDVI & NDWI	62.0	74.3

表 7-5　利用 SPOT5 XS 光谱特征、纹理特征和局部空间统计特征的像素级分类精度

核窗口大小	分类特征	总体精度/%	
		MLC	SVM
3×3	SPOT5 XS Entropy 1	69.1	72.1
	SPOT5 XS Entropy 2	67.6	67.2
	SPOT5 XS Homo	69.3	64.2
	SPOT5 XS Energy	65.7	62.6
	SPOT5 XS Moran	73.3	75.5
5×5	SPOT5 XS Entropy 1	71.0	70.1
	SPOT5 XS Entropy 2	69.7	69.4
	SPOT5 XS Homo	70.4	69.5
	SPOT5 XS Energy	66.6	67.6
	SPOT5 XS Moran	74.1	76.8
7×7	SPOT5 XS Entropy 1	71.0	72.2
	SPOT5 XS Entropy 2	70.0	67.0
	SPOT5 XS Homo	70.3	69.2
	SPOT5 XS Energy	67.4	67.6
	SPOT5 XS Moran	75.2	77.5

表 7-6 利用 SPOT5 XS 光谱特征与 SPOT5 Pan 纹理特征和局部空间统计特征的像素级分类精度

核窗口大小	分类特征	总体精度/%	
		MLC	SVM
W5	SPOT5 XS + SPOT5 PAN Entropy 1	69.6	71.3
	SPOT5 XS + SPOT5 PAN Entropy 2	68.8	72.5
	SPOT5 XS + SPOT5 PAN Homo	69.0	73.3
	SPOT5 XS + SPOT5 PAN Energy	67.9	72.8
	SPOT5 XS + SPOT5 PAN Moran	69.1	75.8
W9	SPOT5 XS + SPOT5 PAN Entropy 1	69.2	72.1
	SPOT5 XS + SPOT5 PAN Entropy 2	69.1	73.2
	SPOT5 XS + SPOT5 PAN Homo	70.4	71.5
	SPOT5 XS + SPOT5 PAN Energy	69.3	71.8
	SPOT5 XS + SPOT5 PAN Moran	69.1	76.1
W13	SPOT5 XS + SPOT5 PAN Entropy 1	69.7	72.5
	SPOT5 XS + SPOT5 PAN Entropy 2	69.1	73.0
	SPOT5 XS + SPOT5 PAN Homo	70.4	71.7
	SPOT5 XS + SPOT5 PAN Energy	69.3	71.8
	SPOT5 XS + SPOT5 PAN Moran	69.1	76.1

表 7-7 利用 SPOT5 融合影像的对象级分类精度

分割等级	分类特征	总体精度/%		
		NNC	MLC	SVM
Level 4	SPOT5 Fused Mean	71.3	76.8	78.9
	SPOT5 Fused Mean Stadev	67.2	73.4	77.8
	SPOT5 Fused Mean Contrast	72.9	73.7	79.1
	SPOT5 Fused Mean Entropy	66.6	77.7	76.1
	SPOT5 Fused Mean Energy	57.9	74.7	73.8
	SPOT5 Fused Mean Homo	70.2	77.5	79.2
Level 7	SPOT5 Fused Mean	75.1	76.7	80.1
	SPOT5 Fused Mean Stadev	69.8	77.9	76.6
	SPOT5 Fused Mean Contrast	78.5	78.5	80.0
	SPOT5 Fused Mean Entropy	70.6	79.1	77.6
	SPOT5 Fused Mean Energy	67.4	77.9	75.7
	SPOT5 Fused Mean Homo	72.6	76.4	81.0

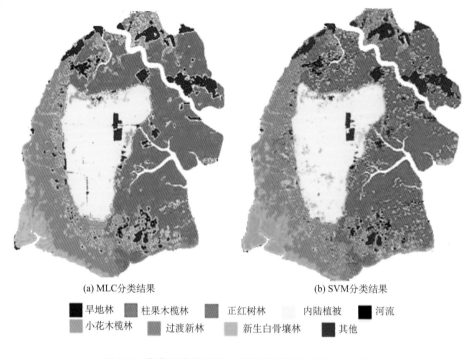

(a) MLC分类结果　　　　　　　　　　　　　(b) SVM分类结果

■ 旱地林　　■ 柱果木榄林　　■ 正红树林　　□ 内陆植被　　■ 河流

■ 小花木榄林　　■ 过渡新林　　□ 新生白骨壤林　　■ 其他

图 7-8　像素级分类结果（SPOT5 XS ＋ Moran7×7）

7.5.1　精度分析

当仅利用 ETM⁺ 和 SPOT5 各波段的响应值作为分类特征时，无论是采用 MLC 还是 SVM，ETM⁺ 的分类精度均低于 SPOT5（图 7-10）。这说明尽管 ETM⁺ 的波段数多于 SPOT5，但是其光谱信息的优势未能弥补其空间分辨率低的不足。用高分辨率的全色影像和低分辨率的多光谱影像融合是提高 ETM⁺ 和 SPOT5 多光谱影像空间分辨率的一种常用方法。但是实验结果表明，除了利用 MLC 对 ETM⁺ 的融合后影像分类对精度有所改善外，其他 3 种情况的分类精度均有所下降。这说明融合尽管可以在视觉上提高多光谱影像的空间分辨率，但不一定能够改善红树林的分类精度。

图 7-11 显示了 NDVI 和 NDWI 这两种指数对 ETM⁺ 和 SPOT5 影像分类的影响。采用 SVM 对 SPOT5 影像分类时，NDVI 和 NDWI 对分类精度没有明显影响，而在其他的分类中，NDVI 和 NDWI 的引入均导致分类精度明显下降。

图 7-12 显示了以 SPOT5 多光谱影像各波段响应值与由其派生的各种纹理特征和局部空间统计特征组合后的分类结果。可以看出，一阶和二阶纹理特征在多数情况下略微改善了 MLC 的分类精度，但是所有纹理信息的引入却又导致 SVM 分类精度降低。不过，局部空间统计特征 Moran 对 MLC 和 SVM 的分类精度均有明显的改进，如仅采用多光谱信息，总体分类精度仅 68.3％（MLC）/73.9％（SVM），如果加入 Moran（5×5）特征，则总体分类精度上升到 74.1％（MLC）/ 76.8％（SVM）。

当采用 SPOT5 全色影像计算的纹理特征和局部空间统计特征辅助 SPOT5 多光谱

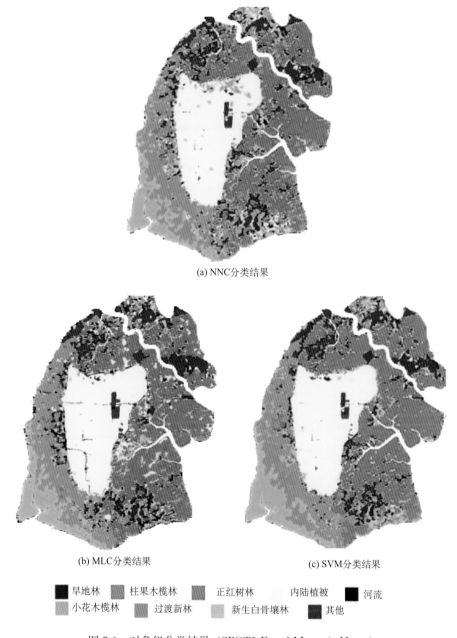

(a) NNC分类结果

(b) MLC分类结果　　　　　　　　　　　　　(c) SVM分类结果

■ 旱地林　　■ 柱果木榄林　　■ 正红树林　　　内陆植被　　■ 河流

■ 小花木榄林　　■ 过渡新林　　　新生白骨壤林　　■ 其他

图 7-9　对象级分类结果（SPOT5 Fused Mean ＋ Homo）

影像分类时，其结果与采用 SPOT5 多光谱影像计算的纹理特征和局部空间统计特征辅助 SPOT5 多光谱影像分类的结果类似（图 7-13）。

　　为了进一步分析 Moran 对分类精度的影响，我们分别利用 SPOT5 的多光谱影像和融合影像以不同的核窗口计算 Moran 值，将其与 SPOT5 多光谱影像各波段的响应值一起进行分类。结果发现（图 7-14），利用 SPOT5 多光谱影像计算出来的 Moran 值对

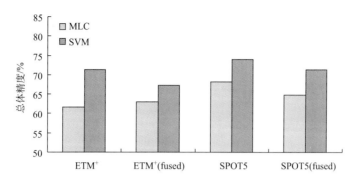

图 7-10　基于 ETM$^+$ 和 SPOT5 XS 的像素级分类精度对比

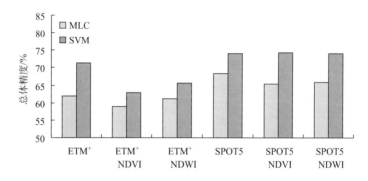

图 7-11　基于 ETM$^+$ 和 SPOT5 XS 光谱特征的像素级分类精度对比

SVM 和 MLC 的分类精度均有较明显的改进。改进的幅度起初随着核窗口的增大而增大，当核窗口达到 7×7 后分类精度趋于稳定。利用 SPOT5 融合影像计算出来的 Moran 值对分类精度的影响与 SPOT5 多光谱影像计算出来的 Moran 值相似，但是改进幅度较小。

　　从所有像素级分类的结果可以发现，SVM 的分类精度在大多数情况下明显高于 MLC 的分类精度。但是 SVM 对于纹理特征的类型较 MLC 更为敏感。

　　图 7-15 显示了基于分类特征的对象级分类的总体精度。在 MLC 和 SVM 的分类中，无论采用何种分类特征，对象级的分类精度均明显高于像素级的分类精度，如在第四级分类的分割结果中，当仅采用各对象在各波段的均值作为分类特征时，SVM 和 MLC 的分类精度分别为 78.9% 和 76.8%，比仅采用各波段响应值为分类特征的像素级分类精度分别高 5% 和 8.5%。相对于仅采用各对象在各波段的均值作为分类特征的分类精度而言，无论采用何种分器，引入纹理特征未必能改进分类精度。其中 NNC 的分类精度对纹理特征的类型最为敏感，如在 NNC 的分类中，对象对比度的加入可以提高分类精度，但是方差和熵的引入却又大大降低分类精度。此外，对比第四级和第七级分割的分类结果可以看出，分割结果对分类精度有直接影响。

　　从上述对象级分类结果可以看出，总体而言，SVM 的分类精度最高，MLC 其次，

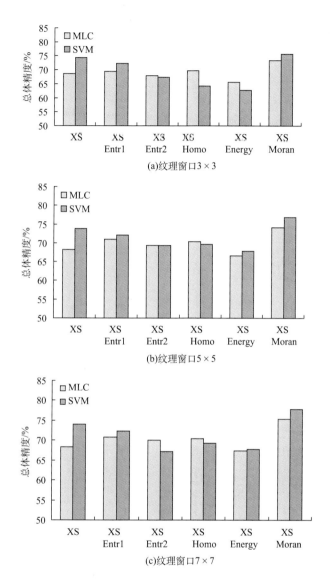

图 7-12 基于 SPOT5 的光谱与多光谱纹理特征的像素级分类精度对比

NNC 的分类精度最低。这说明 eCognition 虽然可以对影像进行分割，但是其自带的 NNC 分类器明显地制约了对象级分类的精度，因此，有必要引入其他的分类器。

　　就 3 种分类器的可操作性而言，MLC 和 NNC 优于 SVM。原因有两个方面：①MLC 和NNC 均不需要用户设置额外的参数，而 SVM 则需要设定适当惩罚系数和核参数，这不但很费时间，还需要用户了解 SVM 的原理；②MLC 和 NNC 的训练和分类速度均高于 SVM。SVM 的训练和分类速度很大程度上取决于不同类型样本间的可分性。而在本研究中，不同类型的红树林之间的可分性较差，因此 SVM 的训练和分类速度均较慢。

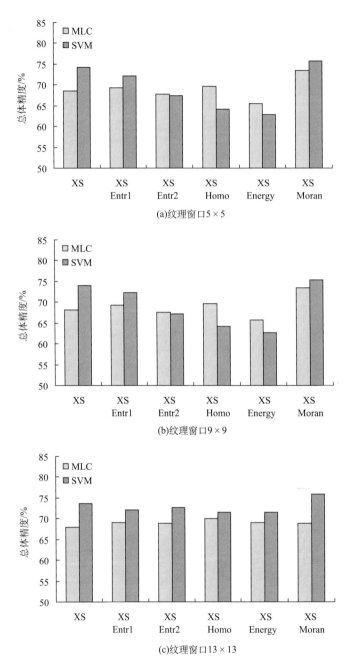

图 7-13　基于 SPOT5 光谱与全色纹理特征的像素级分类精度对比

7.5.2　可分性分析

在误差矩阵中，非对角线上的任一元素代表某一地类的样本中被错误分类为其他地类的样本的比例。比例越高，说明这两类地物的可分性越差。因此可以通过误差矩阵分

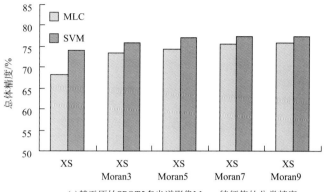

(a)基于原始SPOT5多光谱影像Moran特征值的分类精度

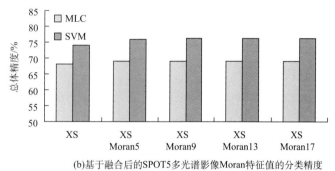

(b)基于融合后的SPOT5多光谱影像Moran特征值的分类精度

图 7-14　利用不同 Moran 特征值的分类精度

析不同地类之间的可分性。

　　图 7-16 给出了分类精度最高的 7 种分类方案的分类误差矩阵，误差矩阵右侧的框图为混淆示意图，箭头类 A 指向类 B，是说明类 A 有多余 10% 的样本被误分为类 B，如在图 7-16（a）的误差矩阵中，有 40.31%（＞10%）的新生白骨壤林（Avic）被误分为过渡新林，在右边的框图中有一个由"Avic"指向"T-New"的箭头。

　　根据图 7-16 可以看出，"内陆植被"和"正红树林"以 90% 以上的精度与其他地类分开。而"柱果木榄林"与"小花木榄林"、"过渡新林"、"旱地林"混淆严重。"旱地林"与"柱果木榄林"、"小花木榄林"混淆严重。"新生白骨壤林"与"过渡新林"之间可分性差。

7.6　结 果 分 析

　　ETM+ 的波谱信息比 SPOT5 丰富，但空间分辨率则较低。在马当红树林分类中，基于 ETM+ 的分类精度低于基于 SPOT5 的分类精度。这在一定程度上说明空间分辨率对红树林分类的重要性。

　　无论是 ETM+ 数据还是 SPOT5 数据，加入植被指数 NDVI 和水分指数 NDWI 对分类精度均无改进，甚至可能降低分类精度。这说明对于马当地区 NDVI 和 NDWI 与

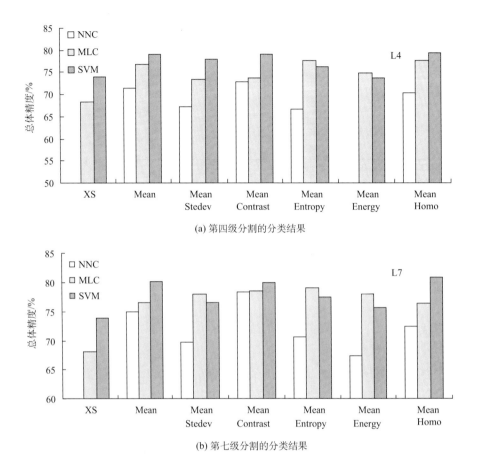

(a) 第四级分割的分类结果

(b) 第七级分割的分类结果

图 7-15　对象级分类精度

类别	真值/%									
	Avic	T-New	B-Cyl	B-Par	Rhiz	Dryland	Inland	Others	River	合计
None	0	0	0	0	0	0	0	0	0	0
Avic	51.38	8.15	0.38	0	0	0.53	0.15	0	0	14.03
T-New	40.31	66.48	17.13	2.51	0.02	1.06	0.37	0	0	15.62
B-Cyl	5.14	12.04	40.08	16.96	2	10.65	1.61	0	0	9.9
B-Par	0.85	5.19	13.32	57.8	3.34	15.87	8.41	0	0	8.36
Rhiz	0.32	0	6.87	3.04	89.92	4.58	0	0	0	30.11
Dryland	2	8.15	21.76	16.44	3.97	66.24	5.19	0	0	10.39
Inland	0	0	0.13	3.14	0.75	1.06	83.19	0	0	7.45
Others	0	0	0.34	0.1	0	0	1.1	100	0.94	2.22
River	0	0	0	0	0	0	0	0	99.06	1.92
合计	100	100	100	100	100	100	100	100	100	100

(a) 基于SPOT5 XS的像素级分类（MLC）

类别	真值/%									合计
	Avic	T-New	B-Cyl	B-Par	Rhiz	Dryland	Inland	Others	River	
None	0	0	0	0	0	0	0	0	0	0
Avic	63.4	11.85	0.51	1.99	0.06	2.66	0	0	0	17.6
T-New	21.7	43.52	8 91	0	0	0	0.15	0	0	8.5
B-Cyl	11.9	39.44	66.37	42.3	1.31	22.9	2.12	0	0	18.39
B-Par	0.3	1.11	0.98	25.03	0.25	2.98	7.97	0	0	2.63
Rhiz	0.37	0	10.22	3.14	93.72	5.01	0	0	0	31.84
Dryland	2.04	4.07	12.3	18.32	4.67	65.71	5.56	0	0	9.23
Inland	0.32	0	0.59	9.21	0	0.75	83.77	0	0	7.75
Others	0	0	0.08	0	0	0	0.44	100	0	2.11
River	0	0	0.04	0	0	0	0	0	100	1.95
合计	100	100	100	100	100	100	100	100	100	100

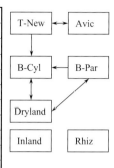

(b) 基于SPOT5 XS的像素级分类（SVM）

类别	真值/%									合计
	Avic	T-New	B-Cyl	B-Par	Rhiz	Dry	Inland	Others	River	
None	0	0	0	0	0	0	0	0	0	0
Avic	60.84	3.89	2.21	0.21	0.06	0.11	0.07	0	0	16.66
T-New	29.03	68.33	15.78	9.01	0.02	0.96	0.15	0	0	12.84
B-Cyl	7.12	14.81	57.34	18.74	0.46	10.01	0.58	0	0	12.5
B-Par	0.05	0	1.31	42.41	1.15	9.37	7.02	0	0	4.16
Rhiz	0.07	0	3.14	1.05	96.2	0.53	0	0	0	31.15
Dryland	2.89	12.96	19.64	27.43	1.63	78.59	7.82	0	0	11.3
Inland	0	0	0.3	1.15	0.48	0.43	83.04	0	0	7.22
Others	0	0	0.3	0	0	0	1.32	100	0	2.21
River	0	0	0	0	0	0	0	0	100	1.94
合计	100	100	100	100	100	100	100	100	100	100

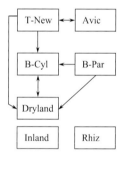

(c) 基于SPOT5 XS + Moran7×7的像素级分类（MLC）

类别	真值/%									合计
	Avic	T-New	B-Cyl	B-Par	Rhiz	Dryland	Inland	Others	River	
None	0	0	0	0	0	0	0	0	0	0
Avic	62.66	14.26	0.59	2.41	0.15	2.98	0.15	0.3	0	17.59
T-New	24.6	50.56	11.83	0	0	0	0.07	0	0	9.92
B-Cyl	10.13	28.52	72.31	34.14	0.98	22.9	4.9	0	0	18.07
B-Par	0.39	0.37	0.68	33.4	0.19	3.62	5.26	0	0	2.87
Rhiz	0.23	0	7.63	2.93	97.02	3.94	0.29	0	0	32.44
Dryland	1.91	6.3	6.7	20.63	1.65	66.24	5.99	0	0	7.71
Inland	0.09	0	0.13	6.49	0	0.32	83.04	0	0	7.38
Others	0	0	0.13	0	0	0	0.29	99.7	0	2.09
River	0	0	0	0	0	0	0	0	100	1.94
合计	100	100	100	100	100	100	100	100	100	100

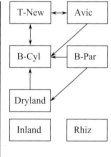

(d) 基于SPOT5 XS + Moran7×7的像素级分类（SVM）

类别	真值/%									
	Avic	T-New	B-Cyl	B-Par	Rhiz	Dryland	Inland	Others	River	合计
None	0	0	0	0	0	0	0	0	0	0
Avic	65.71	0.34	0.19	0	0	3.36	3.46	0	0	17.99
T-New	29.83	74.7	12.79	2.47	0	0	0	0	0	12.38
B-Cyl	2.8	21.69	52.3	32.63	5.68	8.63	0	0	0	13.2
B-Par	0.94	0	0.05	34.54	2.13	4.77	4.07	0	0	3.56
Rhiz	0.7	0	8.94	0	85.18	0.91	0	0	0	28.61
Dryland	0.01	3.28	24.8	20.86	7	82.33	1.07	0	0	11.94
Inland	0.01	0	0.68	9.5	0	0	90.15	8.1	0	8.35
Others	0	0	0.25	0	0	0	1.26	91.9	0	2.03
River	0	0	0	0	0	0	0	0	100	1.94
合计	100	100	100	100	100	100	100	100	100	100

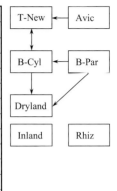

(e) 基于SPOT5 XS + Mean-Homogeneity (L7)对象级分类（NNC）

类别	真值/%									
	Avic	T-New	B-Cyl	B-Par	Rhiz	Dryland	Inland	Others	River	合计
None	0	0	0	0	0	0	0	0	0	0
Avic	72.26	17.18	0.27	0.18	0.27	0	0	0	0	19.91
T-New	20.57	70.72	4.34	4.42	0	0	0	0	0	8.68
B-Cyl	6.43	12.11	69.41	31.3	0.27	17.61	0.49	0	0	15.06
B-Par	0	0	0	35.88	2.55	3.1	0	0	0	3.08
Rhiz	0.7	0	4.22	1.22	82.77	0.23	0	0	0	27.2
Dryland	0	0	19.98	24.01	8.01	78.46	3.44	0	0	11.61
Inland	0.04	0	1.12	2.09	6.13	0.61	94.81	0	0	10.2
Others	0.01	0	0.34	0.91	0	0	1.26	100	0.51	2.28
River	0	0	0.32	0	0	0	0	0	99.49	1.98
合计	100	100	100	100	100	100	100	100	100	100

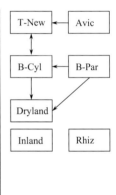

(f) 基于SPOT5 XS + Mean-Homogeneity (L7)对象级分类（MLC）

类别	真值/%									
	Avic	T-New	B-Cyl	B-Par	Rhiz	Dryland	Inland	Others	River	合计
None	0	0	0	0	0	0	0	0	0	0
Avic	76.54	0.34	0.41	0.18	0	1.38	0	0	0	20.51
T-New	19.23	64.83	12.31	0	0	0	0	0	0	9.02
B-Cyl	3.44	34.84	72.42	38.63	0.14	9.64	0	0	0	15.34
B-Par	0	0	0.06	18.56	0	0	0.7	0	0	1.15
Rhiz	0.7	0	9.28	3.54	95.91	2.02	0	0	0	32.35
Dryland	0.1	0	5.26	23.12	3.95	86.96	7.62	0	0	9.01
Inland	0	0	0	15.98	0	0	90.42	0	0	8.48
Others	0	0	0.25	0	0	0	1.26	100	0	2.2
River	0	0	0	0	0	0	0	0	100	1.94
合计	100	100	100	100	100	100	100	100	100	100

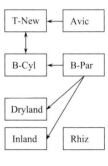

(g) 基于SPOT5 XS + Mean-Homogeneity (L7)对象级分类（SVM）

图 7-16　基于误差矩阵的地类可分性分析

红树林种类之间没有密切的联系。

　　无论采用基于像素的分类方式还是基于对象的分类方式，大多数情况下常用的一阶和二阶纹理特征并不能改进红树林的分类精度，而且不同的纹理特征对分类精度的影响因分类器的不同而不同。NNC 似乎对纹理特征最为敏感，其次是 SVM。然而，在基于像素的分类中，对于 ETM$^+$ 数据和 SPOT5 数据，无论是采用 SVM 还是 MLC，局部空间统计特征均能明显改进分类精度，这说明影像的空间信息有助于改进红树林的分类精度，但是必须具有合适的空间特征。

　　基于对象的分类精度明显高于基于像素的分类精度。但是 eCognition 所提供的最邻近分类器（NNC）明显低于 MLC 和 SVM。因此为了得到较理想的分类精度，需要综合运用 eCognition 的分割功能和其他软件提供的分类算法。就分类精度而言，SVM 优于 MLC 和 NNC，但是 SVM 也存在两个缺点：第一，SVM 的分类精度受两个参数（C 和 λ）取值的影响，本小节采用互检验的方式从一定的取值范围内选取最佳的参数用于分类，该过程需要一定的经验；第二，类别间的可分性差，这一方面导致训练速度慢，另一方面使得 SVM 的支撑向量数量大，进而影响分类速度。MLC 的训练速度和分类速度均快于 SVM。

　　在分类精度方面，利用 ETM$^+$ 数据和 SPOT5 数据只能将"内陆植被"和"正红树林"以 90% 以上的精度与其他地类分开，但是其他红树林之间的分类精度并不理想。因此，为了实现红树林的高精度精细分类，必须利用更高分辨率的遥感数据进行实验研究。

7.7　本 章 小 结

　　红树林是海岛与海岸带一种重要的生态系统，本章以马来西亚的马当红树林保护区为研究区，采用 SPOT5 和 ETM$^+$ 两种卫星影像，结合野外调查资料，分别基于支持向量机法与最大似然分类器对红树林进行了遥感分类研究。利用红树林的光谱、纹理和空间统计特征进行了像素级分类，利用 SPOT 高分辨率影像实现了对象级分类，最后探讨了不同分类方法对分类精度的影响。

参 考 文 献

林敏基. 1991. 海洋与海岸带遥感应用. 北京：海洋出版社

刘志刚. 2004. 支撑向量机在光谱遥感影像分类中的若干问题研究. 武汉大学博士学位论文

张晓龙，李培英，李萍等. 2005. 中国滨海湿地研究现状与展望. 海洋科学进展，23（1）：87～95

Alex H，Catherine T，Leo L et al. 2003. High resolution mapping of tropical mangrove ecosystems using hyperspectral and radar remote sensing. International Journal of Remote Sensing，24（13）：2739～2759

Anselin L. 1995. Local indicators of spatial association-LISA. Geographical Analysis，27（2）：93～115

Anys H，Bannari A，He D C et al. 1994. Texture analysis for the mapping of urban areas using airborne MEIS-Ⅱ images. Proceedings of the First International Airborne Remote Sensing Conference and Exhibition，Strasbourg，France，（3）：231～245

Bahlmann C, Haasdonk B, Burkhardt H. 2002. On-Line Handwriting recognition with support vector machines-a kernel approach. In Proc of the 8th IWFHR, Ontario Canada: 49~54

Baraldi A, Parmiggiani F. 1995. An investigation of the Textural Characteristics Associated with Gray Level Cooccurrence Matrix Statistical Parameters, IEEE Trans. On Geoscience and Remote Sensing, 33 (2): 293~304

Cortes C, Vapnik V. 1995. Support Vector networks. Machine Learning, 20 (3): 273~297

Farid M, Lorenzo B. 2004. Classification of hyperspectral remote sensing images with support vector machines. IEEE Transactions on Geoscience and Remote Sensing, 42 (5): 1778~1790

Foody G M, Ajay M. 2004. A relative evaluation of multiclass image classification by support vector machines. IEEE Transactions on Geoscience and Remote Sensing, 42 (6): 1335~1343

Gao B C. 1996. NDWI—a normalized difference water index for remote sensing of vegetation liquid water from space. Remote Sensing of Environment, 58 (3): 257~266

Gao J. 1998. A hybrid method toward accurate mapping of mangroves in a marginal habitat from SPOT multispectral data. International Journal of Remote Sensing, 19 (10): 1887~1899

Gao J. 1999. A comparative study on spatial and spectral resolutions of satellite data in mapping mangrove forests. International Journal of Remote Sensing, 20 (14): 2823~2833

Getis A, Ord J K. 1992. The analysis of spatial association by use of distance statistics. Geographical Analysis, 24 (3): 189~206

Green E P, Clark C D, Mumby P J et al. 1998. Remote sensing techniques for mangrove mapping. Int J Remote Sensing, 19 (5): 935~956

Held A, Ticehurst C, Lymburne L. 2001. Hyperspectral mapping of rainforests and mangroves. IGARSS'01, 6 (1): 2787~2789

Lu J, Plataniotis K, Venetsanopoulos A. 2001. Face recognition using feature optimization and nu-support vector learning. Proceedings of the IEEE International Workshop on Neural Networks for Signal Processing, Falmouth, MA, USA

Tong S, Koller D. 2000. Support vector machine active learning with applications to text classification. Proceedings of the Seventeenth International Conference on Machine Learning

Wang L, Sousa W P, Peng G. 2004a. Integration of object-based and pixel-based classification for mapping mangroves with IKONOS imagery. International Journal of Remote Sensing, 25 (24): 5655~5668

Wang L, Wayne P S, Peng G et al. 2004b. Comparison of ikonos and quickbird images for mapping mangrove species on the caribbean coast of panama. Remote Sensing of Environment, 91 (3~4): 432~440

第 8 章 海岸线遥感监测

海岸线是指海水面与陆地的分界线，它会因海面升降、地壳升降和海陆分布的变化而变动。海岸线所处的海岸带是地质环境、生态环境敏感和脆弱的地带，经常受到海洋动力（波浪、潮流、潮汐）、入海河流与气候等一系列自然因素的作用，承受着侵蚀或淤积。同时，近年来诸如填海造陆、港口建设、军事工程与渔业养殖等人类的活动也极大地影响着其变化速度和方向。

应用卫星遥感技术监测海岸线的变化始于 20 世纪 70 年代末，而 90 年代以来研究进展极为迅速。目前这方面的研究多侧重于对遥感影像进行几何精校正、海岸线的提取及海岸线变化趋势的分析。在国外，White 和 El Asmar（1999）利用 TM 影像监测尼罗河三角洲的岸线变化，发现了海岸线变化最快的区域，并对其进行更为严密的监测，为尼罗河三角洲流域的海岸带管理提供了有力的技术支持。Frihy 等（1998）也对尼罗河三角洲的海岸线侵蚀与增长进行了研究。Komar（1999）则选取尼罗河三角洲、美国西北太平洋海岸、加利福尼亚州南部人工海滩、堰洲岛海岸等区域进行海岸线的侵蚀与增长研究。Marghany（2001）利用 TOPSAR 数据建立了一个波谱模型（wave spectra model）以探测马来群岛 Terengganu 海岸的侵蚀速率、岸线变化及侵蚀最快的地区。

在国内，Chen 和 Rau（1998）等选择了台湾西部海岸来研究海岸线侵蚀与增长。杨金中等（2002）利用 Landsat MSS、TM 等遥感影像对杭州湾地区近 115km 长的海岸进行了研究，跟踪调查自 1955 年以来杭州湾海岸线变迁的规律及其影响因素，并预测了其发展趋势。朱小鸽（2002）基于多时相 Landsat 卫星遥感图像，采用神经网络分类方法研究海岸线的变化并计算扩大的陆地面积，进而总结和提出了一套针对珠江口海岸变化进行长期实时监测的遥感技术手段。王琳等（2005）利用 1989 年、1995 年和 2000 年 3 个时相的 Landsat TM/ETM$^+$ 卫星影像，研究了福建厦门市 1989～2000 年的岸线变化情况。姜义等（2003）在渤海湾西岸泥质海岸带现代地质环境变化的研究中，运用多时相 MSS、TM/ETM$^+$ 遥感数据资料与近百年来的其他相关图件、资料进行对比分析，揭示出近百年来该海岸带经历了"缓变型地质环境变化"中的"相对快速的变化"。常军等（2004）以 1976 年黄河改道以来清水沟流域的 20 景多时相遥感影像为主要数据源，剖析了现行黄河河口地区海岸线演变的时空动态特征；同时，结合利津水文站水文统计资料，探讨了黄河口海岸线演变与黄河来水来沙条件之间的关系，初步预测了黄河口水沙条件的发展演变趋势。

对海岸线变化趋势进行预测不仅向人们展示海岸线近期将形成的轮廓，还使决策者们对海岸带变化有一个宏观的认识，为入海河流的治理和海岸带地区可持续发展战略的实施提供指导作用。但目前国内外对海岸线变化趋势预测的研究比较少，研究主要集中在海岸带灾害预测，海岸河口泥沙淤积预测和海岸带环境演变等方面。这些研究大都局限于定性预测，缺少变化趋势的量化预测结果。本章介绍如何利用一般高潮线法，通过灰色模型 GM（1，1），对海岸线的变化趋势进行相对量化的预测，并对其预测结果进行验证。

8.1　研究区概述

本章以辽河口三角洲为研究区域（图 8-1 为 1997 年 8 月 31 日由 1、2、3 波段合成的 Landsat ETM$^+$ 遥感影像图），选择 1979 年、1985 年、1991 年、1997 年和 2003 年 5 个年份同时期的 Landsat TM、ETM$^+$ 卫星影像数据为数据源（图 8-2 为图 8-1 中黑色方框部分放大的影像）。

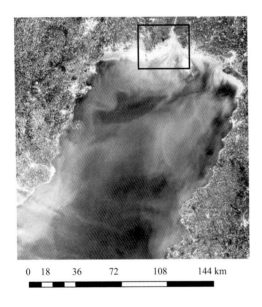
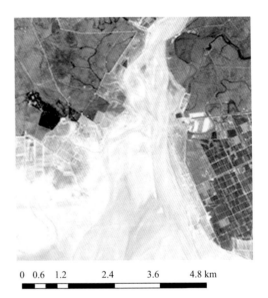

图 8-1　研究区域　　　　　　　　　图 8-2　1997 年 8 月 31 日遥感图像

辽河三角洲是我国四大江河入海口之一，位于 $40°27'\sim40°N$，$120°30'\sim122°48'E$，为退海的冲积平原。在地域构成上东至盖县大清河口，西至锦县小凌河口，由三角洲平原河口湾及毗邻的辽东湾浅海组成。陆地和浅海总面积约 $1.73\times10^4\,km^2$，陆地包括盘锦市的大洼、盘山两县，锦州市的锦县、黑山和北镇三县，鞍山市的台安县以及营口市的盖县、营口县的西部和老边区，共 $1.27\times10^4\,km^2$，海域面积为 $4.40\times10^4\,km^2$。

该区海岸线长 270km 左右，滩涂面积广大，滨海低平原的轮廓清楚地反映出该区第四纪全新世以来的三次海浸，最后一次海浸发生在 5000 年前。随着河流带来的沉积物不断增加，三角洲不断向前推进，海岸线加速南移。12 世纪时营口和盘山尚未成陆，18 世纪初的辽河位于牛庄，而现在该地已距海 40km。辽河口位于渤海辽东湾顶部，海岸线与潮流方向垂直，河口处大潮潮差可逾 4m，是强潮河口，河口呈明显的喇叭形，潮汐类型属于非正规半日混合潮，涨潮历时较短，落潮历时较长。

8.2　海岸线提取方法概述

利用卫星遥感影像研究海岸线的动态变化，首先要解决海岸线如何确定的问题。海岸线的位置受潮汐、海岸地形等因素的影响而变化，而在遥感影像上显现的海岸线是卫星成像瞬时的水边线。为了准确反映海岸线的动态变化，必须有一个统一的参照标准。一般以同月同潮位法作为准则，但完全满足这一准则条件的遥感影像资料很困难（Chen and Rau，1998；Marghany，2001；杨金中等，2002）。一般可选取平均低潮线法或一般高潮线法作为提取海岸线的依据。

8.2.1　平均低潮线法

平均低潮线的计算不仅需要利用遥感图像，还需利用潮汐和沿岸地形资料作为参照。因为潮差和坡度是影响低潮线位置的主要因素。在推求低潮线的位置时，首先要掌握研究区的潮汐特征，确定沿岸潮水位分布曲线，从而求出影像水边线和低潮线之间的潮差；然后要确定滩涂坡度，在没有实测资料时，可利用不同时相的遥感影像资料推求滩涂坡度；最后利用潮差和坡度来推求低潮线（姜义，2003；王琳，2005；朱小鸽，2002）。其具体步骤如下。

首先，确定沿岸当时潮水位分布曲线，用计算机进行潮汐预报，绘出各验潮站潮位过程曲线，查取卫星成像时的潮水位；用潮汐分带法推求沿岸当时潮水位分布曲线，对各验潮站潮水位作统一订正（各基面与海水面的关系如图 8-3 所示）。

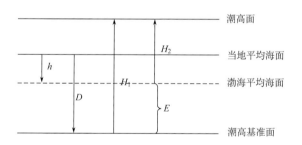

图 8-3　各基面间及与海水面的换算关系图

由各基面换算关系可以得出

$$H_2 = H_1 - E \tag{8-1}$$

$$E = D - h \tag{8-2}$$

式中：H_1 为预报潮高（在潮高基准面上）；H_2 为订正潮高（在渤海基面上）；D 为潮汐表上验潮站潮高基准面的深度；h 为当地平均海面和渤海基面的差值；E 为渤海基面和潮高基准面的差值。

其次，求滩涂坡度。确定两条水边线的高差 Δh，即两景相邻时相遥感影像水边线潮水位的差值；将两幅卫片缩放至相同比例尺，求出两条水边线间的平距 L；求出滩涂坡度（i），根据式 $i = \Delta h / L$（‰）求出各断面的坡度。

最后，推求低潮线。查取平均低潮位，求其与影像水边线的水位差，利用前面所求坡度计算外推平距，从水边线外推连接绘出平滑的低潮线。

在缺乏潮汐实测资料和海岸高程的条件下，平均低潮线法不失为一种简便易行的方法。但要得到精确的海岸线位置很不现实。主要原因在于：

首先，沿岸潮位资料难以获取，如辽河三角洲沿岸缺少验潮站，而目前应用的资料是从附近验潮站潮位资料推算来的。由潮位、坡度归算零米线的误差较大。

其次，辽河三角洲地区地形地貌变化大，有的地形资料现势性较差，给归算结果带来误差（常军等，2004）。

8.2.2　一般高潮线法

一般高潮线是指海洋潮流发生一般高潮时，海水所淹没的平均界线，即通常所说的小潮高潮线。研究表明，一般高潮线法与同月同潮位法相比，两种方法的分析结果基本相近，能够满足宏观分析所需的精度。同时，一般高潮线可以通过对遥感影像的分类处理与目视解译相结合来确定，简单易行，不需要进行修正。并且在不太长的时期内，其平均值受潮汐及海平面的影响较小，可以看作一个常值。

平均低潮线法和一般高潮线法所用资料都基于遥感影像数据，但由于平均低潮线法在提取海岸线时获取地形和潮汐资料困难，计算过程较复杂，以及利用现有潮汐资料在精度上难以满足实用要求，而利用一般高潮线法求解海岸线的动态变化比较简单易行。所以，本研究中在海岸线提取方法上，选择一般高潮线法来提取。

8.3　海岸线专题信息提取

采用 1979 年 8 月至 2003 年 8 月共 5 期遥感影像数据具体见表 8-1。

表 8-1　遥感影像数据列表

成像时间	数据类型	波段数	地面分辨率/m
1979 年 8 月	MSS	4	30
1985 年 8 月	TM	7	30
1991 年 8 月	TM	7	30
1997 年 8 月	ETM⁺	8	30
2003 年 8 月	TM	7	30

使用 ERDAS 图像处理软件来提取海岸线，所有影像数据已经过几何校正。基本步骤包括：首先用非监督分类方法对影像进行预分类；其次选取训练样区，运用监督分类方法解译水体，以预分类后的影像为基础来提取出所需的一般高潮线。通常，一般高潮线介于高潮滩与中潮滩之间，由于潮滩物质成分的差异以及暴露于水上时间长短的不同而导致含水量也不同，必然会反映在光谱特征上，在遥感影像上则表现出不同的灰阶和彩色特征信息，因此潮滩地貌特征和植被的发育程度是重要的解译标志（李四海等，

2005）。图 8-4 为分类结果图，其中蓝色表示水体，黄色代表其他地物。分类后便可提取得到各海岸线边界的栅格与矢量数据。

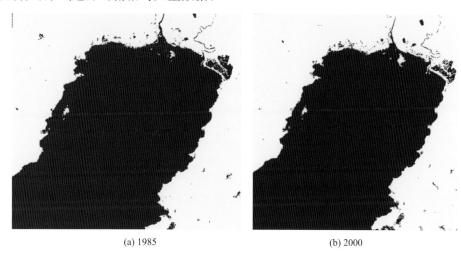

(a) 1985　　　　　　　　　　　　　　(b) 2000

图 8-4　1985 年和 2000 年的分类图

8.4　海岸线变化趋势预测[①]

8.4.1　灰色理论与 GM（1，1）模型

灰色系统理论是我国学者邓聚龙等于 20 世纪 80 年代提出的。灰色系统是指相对于一定的认识层次，系统内部的信息部分已知、部分未知，即信息不完全的系统。灰色系统理论认为，各种环境因素对系统的影响，使得表现系统行为特征的离散数据呈现出离乱，但是这一无规则的离散数列是潜在的有规序列的一种表现，系统总是有其整体功能，也就必然蕴涵着某种内在规律。因而任何随机过程都可看作是在一定时空区域变化的灰色过程，随机量可看作是灰色量，通过生成变换可将无规序列变成有规序列（邓聚龙，1990；刘思峰等，1999）。作为灰色系统理论核心和基础的灰色模型（grey model，GM），概括而言具有以下 3 个特点。

（1）建模所需信息较少，通常只要有 4 个以上数据即可建模；

（2）不必知道原始数据分布的先验特征，对无规则或不服从任何分布的任意光滑离散的原始序列，通过有限次的生成即可转化成为有规序列；

（3）建模的精度较高，可保持原系统的特征，能较好地反映系统的实际状况。

通常的 GM（1，1）模型的建立过程如图 8-5 所示。

设一阶变量 $x_{(0)}$ 原始序列为

$$x_{(0)} = \{x_{(0)}(1), x_{(0)}(2), \cdots, x_{(0)}(k)\} \tag{8-3}$$

为了减小系统的不确定性，用 AGO（accumulated generating operation）生成序列

---

① 陈路遥 . 2008. 基于 RS 与 GIS 的辽河三角洲海岸线动态监测与模拟 . 北京师范大学硕士学位论文 .

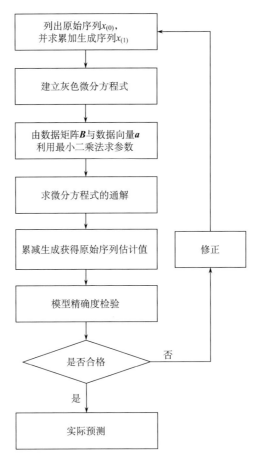

图 8-5　GM（1，1）模型的流程图

一次累加和，表示为

$$x_{(1)} = \{x_{(1)}(1), x_{(1)}(2), \cdots, x_{(1)}(k)\} \qquad (8\text{-}4)$$

其中

$$x_{(1)}(k) = \sum_{j=1}^{k} X_{(0)}(j) \qquad (8\text{-}5)$$

由灰色模块 $x_{(1)}$ 构成的一阶微分方程为

$$\frac{\mathrm{d}x_{(1)}}{\mathrm{d}t} + ax_{(1)} = b \qquad (8\text{-}6)$$

解微分方程，并表示成离散型

$$x_{(1)}(k+1) = \left[x_{(0)}(1) - \frac{b}{a}\right]\mathrm{e}^{-ak} + \frac{b}{a} \qquad (8\text{-}7)$$

式中：a，b 为待定系数，可用向量 $\hat{\boldsymbol{a}} = [a, b]^{\mathrm{T}}$ 来表示，并利用最小二乘法原理求解

$$\hat{\boldsymbol{a}} = [\boldsymbol{B}^{\mathrm{T}}\boldsymbol{B}]^{-1}\boldsymbol{B}^{\mathrm{T}}\boldsymbol{y} \qquad (8\text{-}8)$$

$$B = \begin{bmatrix} -\dfrac{1}{2}\big[x_{(1)}(1)+x_{(1)}(2)\big] & 1 \\ -\dfrac{1}{2}\big[x_{(1)}(2)+x_{(1)}(3)\big] & 1 \\ \vdots & \vdots \\ -\dfrac{1}{2}\big[x_{(1)}(n-1)+x_{(1)}(n)\big] & 1 \end{bmatrix} \tag{8-9}$$

由于计算的是累加后的数据序列，因此计算结果必须通过累减还原成原序列

$$f(x) = \begin{cases} x_{(0)}(1), & i=1 \\ x_{(1)}(i)-x_{(1)}(i-1), & i \geqslant 2 \end{cases} \tag{8-10}$$

8.4.2　辽河三角洲海岸线变化灰色模型

根据灰色数列预测法，海岸线变化过程是一种在一定时空范围内变化的灰色过程。就河口地区变化面积或海岸线形态而言，总体上是随时间做递增变化的，因为海岸线侵蚀可看作陆消海长，符合灰色数列预测的要求。而且，海岸线形态的变化是河流径流、泥沙、海洋动力作用等众多因素综合作用的结果，不易用明确的或白化的数学模型来表达。因此，利用该过程中已知的离散的白化数据（如增长面积、岸线位置）组成原始数列，建立 GM（1，1）模型，用以研究河口海岸线的演变是可能的。

本小节以 1979 年、1985 年、1991 年和 1997 年 4 个时相数据为灰色建模的基础数据，运用灰色系统预测方法建立海岸线变化灰色预测模型，预测了 2003 年海岸线空间分布。

8.4.2.1　模型建立

具体建模步骤如下。

（1）在研究区陆地部分选一点作为原点（O），做放射状侧线 25 条，由西向东分别记为 1，2，…，25，如图 8-6 所示。1~13 号侧线的排列较密集，因为这个区域海岸线变化较大，海岸线轮廓比较复杂，侧线排列紧密可以使预测结果更加准确。

（2）利用遥感图像处理软件 ERDAS 建立拓扑关系后，则可得到原点至各年海岸线的遥感测量距离值，组成每条侧线的原始数据序列，如表 8-2 所示。

表 8-2　通过原始图像得到的原始序列表

侧线	1979 年遥感测量值	1985 年遥感测量值	1991 年遥感测量值	1997 年遥感测量值	2003 年遥感测量值	2003 年预测值	绝对误差	相对误差/%
1 号	4 447.58	4 637.59	5 498.07	5 336.05	6 658.24	6 690.71	−32.47	−0.486
2 号	4 567.65	4 948.72	5 360.50	6 153.78	8 498.53	8 507.70	−9.17	−0.108
3 号	4 648.97	5 412.80	6 147.89	6 325.19	8 026.32	8 038.65	−12.33	−0.154
4 号	4 638.24	5 665.23	8 396.46	6 333.82	8 087.23	8 096.94	−9.71	−0.120
5 号	4 677.97	6 022.67	10 252.30	6 643.88	8 758.03	8 767.03	−9.00	−0.103
6 号	4 672.27	5 997.06	10 225.04	8 606.91	14 412.14	14 415.99	−3.85	−0.027
7 号	4 139.24	6 648.42	10 565.14	9 310.63	15 168.87	15 173.05	−4.18	−0.028

侧线	1979年遥感测量值	1985年遥感测量值	1991年遥感测量值	1997年遥感测量值	2003年遥感测量值	2003年预测值	绝对误差	相对误差/%
8 号	3 992.28	6 910.53	11 501.13	11 523.74	18 898.57	19 018.89	−120.32	−0.635
9 号	4 369.55	6 592.58	11 082.87	9 108.43	14 689.32	14 651.66	37.66	0.258
10 号	3 912.87	7 113.11	10 917.72	9 987.82	16 364.85	16 325.48	39.37	0.241
11 号	4 032.14	6 900.70	10 327.20	9 896.33	16 590.36	16 603.07	−12.71	−0.077
12 号	3 983.32	7 086.54	10 204.34	9 748.38	15 539.53	15 549.58	−10.05	−0.065
13 号	3 919.16	7 549.39	10 260.79	9 673.12	14 098.25	14 111.41	−13.16	−0.093
14 号	3 903.22	8 203.85	10 122.85	10 634.23	15 668.44	15 674.16	−5.72	−0.036
15 号	3 846.10	8 905.85	10 297.78	10 499.43	11 662.45	11 673.68	−11.23	−0.096
16 号	3 863.98	9 084.94	10 220.56	10 626.83	13 514.39	13 505.48	8.19	0.066
17 号	3 878.53	9 337.11	10 065.15	10 669.41	13 048.28	13 043.54	4.74	0.036
18 号	4 109.12	9 341.96	9 944.34	10 899.38	13 691.51	13 699.76	−8.25	−0.060
19 号	4 284.11	9 531.76	9 912.89	11 034.50	13 598.22	13 671.43	−73.21	−0.537
20 号	4 365.63	9 522.89	9 815.29	10 107.69	11 047.68	11 053.21	−5.53	−0.050
21 号	4 516.82	9 490.67	9 700.60	9 929.16	10 703.84	10 622.62	81.22	0.762
22 号	4 565.67	9 262.86	9 130.94	9 957.89	11 023.94	10 968.84	55.10	0.501
23 号	4 629.45	9 024.12	8 936.97	10 003.04	11 501.41	11 535.60	−34.19	−0.297
24 号	4 865.91	8 581.41	8 666.51	9 900.54	12 081.24	12 157.36	−76.12	−0.628
25 号	4 989.31	8 334.26	8 558.64	9 724.83	12 052.11	12 171.28	−119.17	−0.984

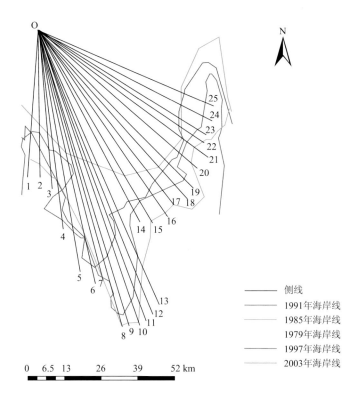

图 8-6　1979～2003 年海岸线分布图

（3）对 1 号侧线的原始序列 $x_{(0)} = \{4447.58 \quad 4637.59 \quad 5498.07 \quad 5336.05\}$ 按式（8-3）作 1-AGO 序列，并取相邻两项的平均值，生成如式（8-6）所示的矩阵，可求得待定系数 a 和 b，由此可确定最终的预测值 $x_{(1)}(k+1)$，利用此模型求出预测值并按照式（8-7）还原原始序列值，可得到 $\hat{x}_{(0)}(5)(1) = 6690.71$。

同理分别建立每条侧线的原始数据 GM（1，1）灰色模型，并求得 $\hat{x}_{(0)}(5)(i)$，$(i-1, 2, \cdots, 25)$，即 2003 年的预测值，列入表 8-2。

（4）将 1～25 条侧线 2003 年的预测值点标绘于图 8-7 中，并将同年各点先连接成折线后再平滑，即可得到 2003 年的海岸线，从而完成了对辽东湾局部海岸线形态的演变预测（图 8-7）。

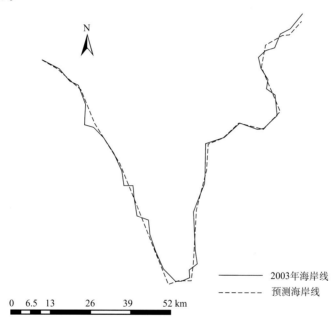

图 8-7　预测海岸线与 2003 年遥感提取海岸线的叠加图

8.4.2.2　模型检验

对模型结果的检验可采用两种方法：一是后验差检验法；二是以 2003 年遥感解译的海岸线数据来验证预测数据。具体做法如下。

（1）求原始数列的方差与标准差

$$s_1^2 = \frac{1}{n-1} \sum_{t=1}^{n} \left[x_{(0)}(t) - \overline{x}_{(0)} \right]^2, s_1 = \sqrt{s_1^2} \tag{8-11}$$

其中

$$\overline{x}_{(0)} = \frac{1}{n} \sum_{t=1}^{n} x_{(0)}(t) \tag{8-12}$$

（2）求残差的方差与标准差

残差：
$$\varepsilon_{(0)}(t) = x_{(0)}(t) - \hat{x}_{(0)}(t) \tag{8-13}$$

式中：$t=1,2,\cdots,n$，记残差的方差与标准差为 s_2^2 和 s_2。

（3）求后验差比值与小误差概率

后验差比值 $C=\dfrac{s_2}{s_1}$，小误差概率 $P=P\{|\varepsilon_{(0)}-\bar{\varepsilon}_{(0)}|<0.6745s_1\}$，如果满足

$$|\varepsilon_{(0)}(t)-\bar{\varepsilon}_{(0)}|<0.6745s_1,(t=1,2,\cdots,n) \tag{8-14}$$

的 $\varepsilon_{(0)}$ 的个数为 r，则 $P=\dfrac{r}{n}$。

当 $C\leqslant0.35$，$P\geqslant0.95$ 时，预测模型精度为一级（好），当 $0.35\leqslant C\leqslant0.5$，并且 $0.8\leqslant P\leqslant0.95$ 时，预测模型精度为二级（合格）。

将各模型的计算值还原计算后，作残差检验，所得的相对误差值较小，可以认为各个模型是合理的。

为了进一步检验利用 GM（1，1）模型进行海岸线变化预测的可靠性，我们通过 2003 年 Landsat TM 卫星影像数据提取的海岸线进行了叠加分析，发现预测海岸线与真实海岸线基本重合，25 条测线遥感测量值与预测值的相对误差如表 8-2 所示，最大误差为 -0.984%，最少误差为 -0.027%，如图 8-7 所示，说明基于 GM（1，1）模型的海岸线变化预测方法是合理有效的。

应该指出利用灰色系统理论的 GM（1，1）模型预测海岸线变化趋势时，测线的多少影响着预测结果的精确程度。测线数越多，预测的结果就越精确，相应的运算量也会增大。因此在进行海岸线预测时，对于海岸线变化比较明显的区域，应选取较多的测线；对于海岸线变化趋势不明显的区域，可选取较少的测线。但是随着预测时间的增长，被忽略的影响海岸线变化的自然因素和人为因素会增多，会使预测值的可靠性降低，因此该方法适用于中短期的海岸线形态变化预测。

8.5　本章小结

本章在前人研究的基础上采用一般高潮线方法来确定海岸线，用非监督分类方法对影像进行预分类，然后选取训练样区，运用监督分类方法提取水体，以分类后的影像为基础提取所需的一般高潮线。在海岸线变化趋势预测中，以 1979 年、1985 年、1991 年和 1997 年 4 个时期遥感数据为灰色建模的基础数据，根据灰色系统预测方法，建立海岸线变化灰色预测模型，对 2003 年的海岸线进行预测，得到该年海岸线空间分布的预测值。最后用后验差检验和交叉检验两种方法对模型预测结果的合理性与准确性进行了检验。

参 考 文 献

常军 .2001. 基于 RS 和 GIS 的黄河三角洲海岸线动态变化监测与模拟预测研究 . 山东师范大学硕士学位论文

常军，刘高焕，刘庆生 .2004. 黄河三角洲海岸线遥感动态监测 . 地球系统科学，6（1）：94～98

陈路遥，蒋卫国，陈云浩等 .2008. 基于灰色模型 GM（1，1）的海岸线变化趋势预测——以辽河三角洲地区为例 . 应用基础与工程科学学报，16（4）：513～517

邓聚龙 . 1990. 灰色系统理论教程 . 武汉：华中理工大学出版社

姜义，李建芬，康慧等 . 2003. 渤海湾西岸近百年来海岸线变迁遥感分析 . 国土资源遥感，15（4）：54～58

李四海，刘振民，何广顺等 . 2005. 天津海域遥感图像解译应用系统 . 海洋测绘，25（4）：13～15

刘思峰，郭天榜，党耀国 . 1999. 灰色系统理论及应用 . 北京：科学出版社

王琳，徐涵秋，李胜 . 2005. 厦门岛及其邻域海岸线变化的遥感动态监测 . 遥感技术与应用，20（4）：404～410

杨金中，李志中，赵玉灵 . 2002. 杭州湾南北两岸海岸线变迁遥感动态调查 . 国土资源遥感，（1）：23～28

朱小鸽 . 2002. 珠江口海岸线变化的遥感监测 . 海洋环境科学，21（2）：19～22

Chen L C，Rau J Y. 1998. Detection of shoreline changes for tideland areas using multi-temporal images. Remote Sensing，19（17）：3383～3397

Komar P D. 1999. Coastal change-scales of processes and dimensions of problems［conference keynote address］. Coastal Sediments '99-Proceedings of the 4th International Symposium on Coastal Engineering and Science of Coastal Sediment，1～17

Marghany M M. 2001. Topsar wave spectra model and coastal erosion detection. International Journal of Applied Earth Observation and Geoinformation，3（4）：357～365

White K，El Asmar H M. 1999. Monitoring changing position of coastlines using thematic mapper imagery，an example from the Nile Delta. Geomorphology，29（1～2）：93～105

第9章　海洋溢油遥感监测

在众多的海洋污染中，海上溢油无论在发生频率、分布广度还是在危害程度上均居首位。海上溢油是由轮船的碰撞、翻船、各种船舶的废油排放、海上油井和输油管道的破裂、海底油田开采泄漏等事故引起。随着世界海洋运输业的蓬勃发展和海上油田不断投入生产，溢油事故时有发生，大面积的海面石油污染使海洋环境、大气环境与生态资源受到破坏，造成海洋生物的大量死亡，影响人类的生产和生活，还可能引发国际争端等。溢油对海洋环境的严重影响在短期内是难以恢复的，有时甚至是永远不能恢复的。因此，开展海洋溢油监测对保护海洋环境以及海洋和海岸带生态系统是非常重要的。

海洋溢油，已引起各沿海国政府的高度重视，特别是发达国家投入了大量资金，建立监测系统，对近海专属经济区和领海海域进行巡视、监测和管理。溢油发生后，通常要迅速掌握其发生的位置、溢油量和扩散趋势。在已投入的监测系统中，航空和航天遥感是最重要和最有效的技术手段，在溢油发现和应急响应中发挥着越来越重要的作用。

9.1　海洋溢油遥感监测研究现状

本节主要介绍目前常用的海洋溢油遥感监测技术手段，并对不同方法之间的优劣进行比较分析，进而指出国内外溢油遥感技术的发展趋势（Mervin and Brown，2008；李四海，2004）。

9.1.1　常用海洋溢油遥感

9.1.1.1　光学遥感

1）可见光遥感

光学技术是一种最常用的遥感技术。可见光溢油探测的机理是传感器垂直观测时，溢油在可见光波段具有比水体更高的反射率。但油面的反射强度也与传感器的观测角有关，而且溢油在可见光谱区域缺乏有效的区别于水体背景信息的特征光谱。Taylor（1992）对原油光谱进行了实验室和现场观测，发现其光谱曲线平直，没有可以用于原油信息提取的特征光谱，而且太阳耀斑和海面亮斑、海面水草或水下海藻等干扰或虚假信息，往往会与溢油发生混淆。此外，海岸上的溢油也往往难与海草等物质区分开来。目前，高光谱数据也被用于溢油探测，通过光谱波段的细分可以提高溢油的探测和识别能力。总体而言，可见光溢油探测能力是有限的，但它在对溢油进行定性描述和提供相对位置等信息方面具有较为经济实用的优势。

2）红外遥感

光学厚度较大的油类物质吸收太阳辐射后，将其中部分吸收辐射以热能的形式重新释放出去，其发射波长为 $8\sim14\mu m$。在热红外图像中，厚油层"热"，中等厚度油层"冷"，薄油层或油膜则难以探测。目前尚不能很好地确定在什么厚度出现这种差异的转换，但 Fingas 等（1998）研究表明，发生"冷"、"热"转换的厚度在 $50\sim150\mu m$，最小探测厚度在 $20\sim70\mu m$。出现"冷"油层的原因目前还不十分清楚，最合理的解释是水面上中等厚度油层会对水体发射的热辐射波产生破坏性干扰，或以其他形式削弱该信号，从而减少了水体的热辐射量。

3）紫外遥感

紫外传感器可以对甚薄油层（$<0.05\mu m$）进行探测，因为即使是甚薄油层也会产生很高的紫外辐射。通过紫外与红外图像的叠加分析，可以估算溢油层的相对厚度。紫外遥感易受外界环境因素如太阳耀斑、海表亮斑以及生物的干扰而产生虚假信息。由于这些干扰因素在紫外波段产生的效果不同于红外波段，因此，将红外和紫外图像进行复合分析，可以得到比单一类型传感器探测更好的效果。

9.1.1.2 激光荧光遥感

激光荧光探测仪是一种主动式传感器，其工作原理是：油类中的某些成分吸收紫外光，并激发内部电子，通过荧光（主要在可见光区）发射可以将激发能迅速释放。由于很少有其他物质成分具有该种特性，因此荧光可以作为油类的探测特征。叶绿素 a 与黄色物质等自然荧光物质所发出荧光的波长与油类差异较大而且易于区分。大多数用于溢油探测的激光荧光器的工作波长为 $300\sim355nm$，而叶绿素 a 的荧光峰为 $685nm$，黄色物质的荧光区的中心波长为 $420nm$，原油的荧光区在 $400\sim600nm$，其中心波长为 $480nm$。又由于不同油类产生的荧光强度和光谱信号强度都不相同，因此，利用该特性可以进行油类的遥感识别。

激光荧光器的缺点是体积大、笨重且价格昂贵，但它可能是目前唯一能够区别海草油污染和探测海滩溢油的传感器，能解决其他传感器遇到的混淆识别问题，也是目前唯一能够探测冰、雪油污染的可靠手段，因此具有巨大的应用潜力。

9.1.1.3 微波遥感

1）微波辐射计

海面油层与水体本身具有不同的发射率，微波辐射计能够探测这种差异，故可以用于海面溢油探测。另外，由于微波信号随油层厚度而变化，因此，理论上可以用来估算油层厚度。但由于探测厚度必须知道多个环境参数和油层的特定参数，加之通常微波辐射计的空间分辨率较低，因此该方法在实际应用中受到一定的限制。

微波辐射计是一种具有应用潜力的全天候溢油探测器，但在探测油层厚度方面还存在一些不确定因素，而且目前的研究还相当薄弱。目前人们正在研究新型微波辐射计，即在两个正交极化方向上测量极化对比强度，以确定油层厚度。

　　2）雷达

　　海洋毛细波可以反射雷达波，产生一种叫做海面杂波的"亮"图像。既然海面油层可以压抑毛细波，则在有油层的地方会由于缺少杂波而呈现"暗区"。但并不只有溢油才会产生上述现象，如在淡水层、波浪阴影与平静海面等条件下也会发生上述情形，这给雷达溢油探测带来了不确定性。因此，雷达在岛屿密集海域、河口及冰面等易产生干扰信息的区域，探测效果会受到相当大的影响。同时，雷达探测也受海况的限制。当海面过于平静，则难以与有油海面形成对比；海面过于粗糙，雷达波受到散射，从而影响探测效果。适于溢油雷达探测的风速为 $1.5 \sim 6\mathrm{m/s}$，这在一定程度上限制了雷达在海洋溢油探测中的应用。尽管如此，雷达仍是溢油探测中十分重要的传感器，它可以大范围搜索目标，能够在夜间或有云雾的恶劣天气条件下工作。

9.1.1.4　油层厚度探测

　　油层厚度的探测可为清污方案的制订和实施提供依据。目前不管是实验室还是现场，都没有精确量测油层厚度的可靠方法。油层厚度探测器现仍处于研制阶段，微波传感器虽已研究了多年，但由于空间分辨率低，还难以实用化和业务化。而通过红外图像定量估算油层厚度是不可行的，因为红外图像上显示的溢油温度与油的类型、太阳角和天气条件等多种因素有关。

　　激光声学技术是一种新型探测技术。目前正在研发的激光-声学仪器是唯一可以探测油膜绝对厚度的遥感探测器。这是一种十分可靠并具有发展前景的测量油层厚度的技术。目前加拿大皇家石油公司和环境署、美国矿产管理局等单位正联合开发这种技术。实验研究表明这种方法是完全可行的，目前正在进行业务化研究。

9.1.2　海洋溢油遥感监测研究

　　为了保护海洋环境、防止海洋污染和生态破坏、促进海洋经济的可持续发展，许多国家出台了海洋环境保护法，并成立了相应的执法机构，建立了相应的海洋监测系统（李栖筠等，1994；张永宁等，2000；赵冬至和丛丕福，2000）。海洋溢油遥感监测的目的在于发现事故，进而对其扩散趋势进行监视、估算溢油量、清除油污、评估清除效果和损害程度。目前，溢油监测手段主要有船舶跟踪、航空遥感监测与卫星遥感监测等。

9.1.2.1　航空遥感监测

　　航空遥感监测具有灵活、机动的优势，是事故监测工作中使用最多而且有效的技术手段，前文介绍的传感器多为机载遥感设备。

　　虽然航空溢油监测时效性强，可以对事故的发展动态过程进行跟踪监视，但航空遥感费用高，对远离海岸地区无能为力，很难达到业务化监测要求，同时也受到天气条件的限制，并且大多数事故都是在天气条件恶劣的情况下发生的，这对飞行安全造成了威胁。

9.1.2.2　卫星遥感监测

与航空遥感相比，卫星遥感具有监测范围大、全天候、影像数据易于处理和解译等优点，因而日益受到重视。虽说可见光和红外卫星遥感具有资金投入少、适时、同步、快速大范围监测的优势。但正如前面所述，可见光和红外遥感存在诸多限制，如云、雾、大气湿度等都会影响遥感信息的接收效果，不能进行全天候与全天时监测。另外，溢油量是非常重要的一项监测内容，关系到责任认定和油污处理方案的制定，但污染量的大小决定于油膜面积和厚度，这是可见光和红外遥感所不能解决的。利用 SAR 数据进行溢油探测是目前国际上较为常用的手段。

目前卫星遥感的最大不足是重复观测周期较长，不利于对突发事件过程的动态监测；空间分辨率较低，对小规模溢油监测难以发挥有效作用。相信随着航天遥感技术的快速发展，这些问题将会逐步得到解决，使之成为低成本、高效的海洋溢油监测手段。

9.1.2.3　海洋溢油遥感监测发展趋势

海洋溢油遥感监测的发展趋势可归纳如下（Mervin and Brown，2008；李四海，2004）。

（1）航空遥感仍是目前重要的海洋溢油监测手段。无需制冷设备的热红外探测器不仅使仪器小型化，同时复杂程度和成本也降低了，探测灵敏度更高，并逐步商品化。从性能和成本等方面综合考虑，在今后一段时间内航空红外遥感仍将为航空溢油探测的主要手段。

（2）随着激光技术，尤其是二极体激发式固态激光技术的发展，将大大减小仪器的尺寸和能耗，使其能在运行费较低的小型飞机上得到应用。激光传感器能够区别溢油污染和水生植物及海岸，还能辨别溢油的种类和估算油层厚度，是溢油监测业务化发展方向之一。

（3）星载雷达 SAR 遥感可以进行大范围全天候溢油监测。但目前的应用局限是卫星重覆周期长、分辨率偏低，因而监测的实时性差，难以监测小范围溢油。

（4）未来的发展趋势是充分利用传感器和计算机技术，形成多传感器实时数据的收集与融合，并与地理信息系统和数值模拟等技术相结合，建立数据综合处理与分析预测的应急反应集成系统，为溢油事故的分析、应急反应方案的制订，以及损害评估等提供依据和技术支持。

9.2　研究区选择

马六甲海峡位于印度尼西亚苏门答腊岛东海岸与马来西亚半岛西海岸之间，其东南角与新加坡海峡相连。马六甲海峡是重要的海上贸易通道，每年有超过 10 万艘油轮或货轮通过，每天有 3000 万桶原油由此通过。由于马六甲海峡水浅和通道狭窄，海上交通事故频繁发生。此外，海峡周围几乎所有油田都位于苏门答腊岛的东岸，石油的开采和运输成为发生溢油的主要因素。研究区域选择为马六甲海峡的东南部，如图 9-1 所示，该区域交通最繁忙，经常有溢油事件发生。

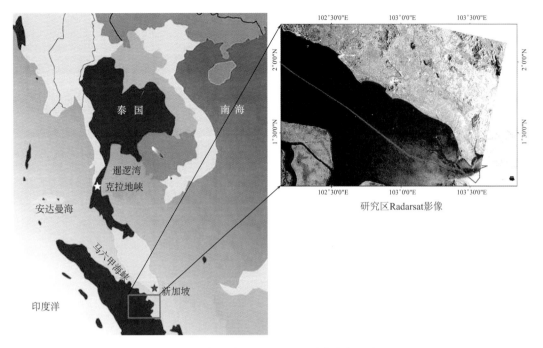

图 9-1　研究区域——马六甲海峡东南部示意图

　　溢油对于海峡沿岸脆弱的生态系统产生严重的破坏，特别是在潮间带区域。被溢油破坏的红树林至少需要 50～80 年才能恢复。溢油同时还对渔业、海洋养殖业、旅游业和农业生产等造成影响。因此，进行马六甲海峡的溢油监测非常重要。

　　近几十年来，遥感已成为溢油监测的主要手段，特别是 SAR 遥感。SAR 具有全天候、全天时和高空间分辨率的特点，可以监测到溢油发生的位置及溢油面积。此外，溢油监测还应该跟踪和预测溢油的运移，为溢油清理服务。由于遥感的局限性（同一区域重访周期长和传感器连续工作能力差），利用遥感进行动态溢油跟踪和预测还有困难。因此，利用计算机数值模拟溢油运动轨迹，已成为跟踪和预测溢油运动的重要手段。

　　许多学者已开展了溢油运动的数值模拟研究，并研发了一些溢油模拟软件，如 OSIS系统（由 BMT 和 AEA Technology 开发）、GULFSPILL 系统［由 King Fahd University of Petroleum and Minerals（KFUPM/RI）水环境研究中心的水动力学和环境模拟小组开发］和 GNOME（general NOAA oil modeling environment）等。但不同区域的溢油运动规律，因其水动力环境的不同而不同。因此，基于溢油运动一般原理的溢油轨迹模拟，对溢油移动跟踪和预测是非常重要的。

　　众所周知，溢油运动主要是由海流（一般为潮流）和海面风引起的。因此，溢油轨迹数值模拟的主要工作是海流的数值模拟和海流与风场作用下的溢油漂移模拟。POM（princeton ocean model）是一个三维海洋数值模式，已被广泛应用在海流的数值模拟中。下面介绍的溢油轨迹数值模拟正是采用 POM 模式来进行潮流数值模拟。

9.3　研　究　方　法

在研究中，建立了溢油轨迹数值模拟模型，该模型包括海流数值模拟模型和溢油漂移速度模型。溢油轨迹数值模拟的整体流程如图 9-2 所示。

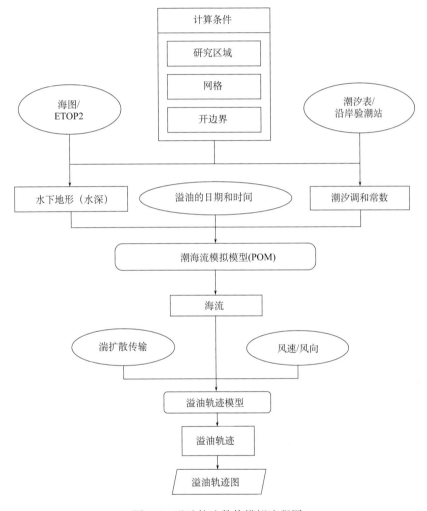

图 9-2　溢油轨迹数值模拟流程图

9.3.1　数据收集及准备

溢油轨迹数值模拟需要研究区域的水深、开边界处的潮汐调和常数和当地海面风速、风向数据。

9.3.1.1　水深数据

水深（水下地形）是潮流模拟的基本数据，该数据可以通过两种方式获取。一种是利用 ArcGIS 软件数字化海图得到水深数据（表 9-1），另一种方法是从 ETOP2 数据中读取所需的水深数据。本小节利用第一种方式获取水深数据。

表 9-1　ArcGIS 水深读取模型所需要的数据表

序号	数据	描述
1	海图	利用线或有效区域内包含水深信息的多边形数字化的海图
2	输出范围（研究区域）	用以控制模型输出数据范围并描述研究区域范围的多边形
3	行政边界（亚洲）	在有效区域内包含陆地信息的多边形（code＝1）

该水深读取模型包括 7 个过程，即 Feature to Raster、Reclassify、Feature Vertices to Points、IDW Interpolation、Times、Round Up 和 Raster to ASCII。每一过程功能含义如表 9-2 中所列。

表 9-2　水深数据读取过程表

序号	过程	功能
1	Feature to Raster	将线性特征转换为栅格
2	Reclassify	对栅格进行重新分类，陆地为 0，海洋为 1
3	Feature Vertices to Points	将水深等值线转换为点
4	IDW Interpolation	实际水深点数据插值得到栅格水深图
5	Times	水深图中的陆地掩模
6	Round Up	对浮点型数值进行截断取整
7	Raster to ASCII	将栅格数据转换为 POM 模式需要的 ASCII 格式

将海图水深数据读入后，进一步做插值处理，以得到潮流数值模拟所需网格点上的水深数据（图 9-3），水深插值结果的精度依赖于读入的水深数据的个数及分布状况。

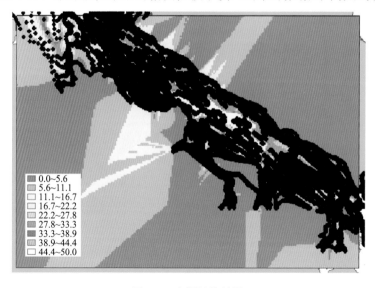

图 9-3　水深插值结果

利用陆地边界进行水陆掩模（图 9-4），将海水用 1 来标记，陆地用 0 来标记。然后将水陆掩模层与插值后的水深数据相乘即可得到掩模后的水深数据，如图 9-5 所示。该数据即为潮流数值模拟所需要的水深数据。

图 9-4　水陆掩模示意图

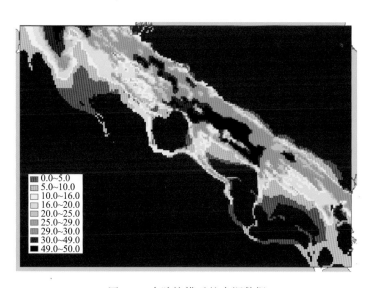

图 9-5　水陆掩模后的水深数据

9.3.1.2　潮汐调和常数

溢油的扩散漂移运动是在海流和海面风的共同作用下产生的，而海流主要以潮流为主，因此溢油轨迹模型中的海流数值模拟实际上就是潮汐潮流数值模拟。

　　开边界处的潮汐调和常数是潮流数值模拟的主要输入数据。这种潮汐调和常数可以从《潮汐表》或沿岸验潮站得到。在本研究中，潮汐调和常数是基于《潮汐表》和参考文献（Anselin，1995）得到的。

　　研究区域开边界处主要分潮的潮汐调和常数是用于潮汐潮流数值模拟的。本研究区域共有北、东两个开边界，因此需要准备北、东两个开边界4个主要潮汐分潮的调和常数。对于区域的北开边界，由于苏门答腊岛沿岸缺少潮汐调和常数，在研究时不得不参考有关文献（Anselin，1995）中的调和常数数据（表9-3），而马来西亚沿岸的潮汐调和常数由《潮汐表》得到。这样可根据马来西亚沿岸的潮汐调和常数与苏门答腊岛M_2分潮的调和常数，利用线性插值的方法得到研究区域北开边界的调和常数（表9-4）。

表 9-3　苏门答腊岛沿岸的 M_2 分潮调和常数

振幅/cm		相位/Deg	
T. Tiram	P. Kelang	T. Tiram	P. Kelang
71.0000	136.0000	243.0000	289.0000

表 9-4　研究区域北开边界调和常数表

分潮	振幅/cm		相位/Deg	
	T. Tiram	P. Kelang	T. Tiram	P. Kelang
O_1	1.5662	3.0000	122.2567	145.4000
K_1	7.8831	15.1000	4.2042	5.0000
M_2	76.9515	147.4000	107.0377	127.3000
S_2	35.8132	68.6000	142.4367	169.4000

　　由于研究区域的东开边界较窄，可假定东开边界上各计算网格点上的潮汐调和常数是相同的，并统一由《潮汐表》查得（表9-5）。

表 9-5　东开边界 Jeti Kukup 站点潮汐调和常数

分潮	振幅/cm	相位/Deg
O_1	19.0000	108.1000
K_1	21.6000	149.0000
M_2	99.4000	299.3000
S_2	42.1000	344.1000

　　通过上述方法得到研究区域两个开边界——北、东开边界，4个主要分潮在潮汐潮流数值计算网格点上的潮汐调和常数，并分别保存到相应的数据文件中，以用于潮汐潮流计算。

9.3.1.3　风速风向数据

　　风速、风向是溢油漂移速度计算的基本参数。风场数据可以通过气象站、船只或遥感等手段测量得到。

9.3.2　潮汐潮流数值模拟

潮汐潮流数值模拟采用的 POM 模型是由普林斯顿大学大气和海洋科学项目组开发并应用于海洋研究的（Vapnik，1999）。该模型是建立在 σ 坐标上，σ 坐标系与笛卡儿坐标系的关系为

$$x'' = x, y^* = y, \sigma = \frac{z - \eta}{H + \eta}, t^* = t \tag{9-1}$$

式中：x、y、z 为笛卡儿坐标；$D = H + \eta$；H 为水深；η 为海表面起伏；t 为初始时间。

从式（9-2）至式（9-8）构成了经坐标转换后的 POM 模式方程组（为方便起见，用 x、y、t 代表 x^*、y^*、t^*）：

$$\frac{\partial DU}{\partial x} + \frac{\partial DV}{\partial y} + \frac{\partial \omega}{\partial \sigma} + \frac{\partial \eta}{\partial t} = 0 \tag{9-2}$$

$$\frac{\partial UD}{\partial t} + \frac{\partial U^2 D}{\partial x} + \frac{\partial UVD}{\partial y} + \frac{\partial U\omega}{\partial \sigma} - fVD + gD\frac{\partial \eta}{\partial x} + \frac{gD^2}{\rho_0}\int_\sigma^o \left[\frac{\partial \rho'}{\partial x} - \frac{\sigma'}{D}\frac{\partial D}{\partial x}\frac{\partial \rho'}{\partial \sigma'}\right]\mathrm{d}\sigma'$$

$$= \frac{\partial}{\partial \sigma}\left[\frac{K_M}{D}\quad\frac{\partial U}{\partial \sigma}\right] + F_x \tag{9-3}$$

$$\frac{\partial VD}{\partial t} + \frac{\partial UVD}{\partial x} + \frac{\partial V^2 D}{\partial y} + \frac{\partial V\omega}{\partial \sigma} + fUD + gD\frac{\partial \eta}{\partial y} + \frac{gD^2}{\rho_0}\int_\sigma^o \left[\frac{\partial \rho'}{\partial y} - \frac{\sigma'}{D}\frac{\partial D}{\partial y}\frac{\partial \rho'}{\partial \sigma'}\right]\mathrm{d}\sigma'$$

$$= \frac{\partial}{\partial \sigma}\left[\frac{K_M}{D}\frac{\partial V}{\partial \sigma}\right] + F_y \tag{9-4}$$

$$\frac{\partial TD}{\partial t} + \frac{\partial TUD}{\partial x} + \frac{\partial TVD}{\partial y} + \frac{\partial T\omega}{\partial \sigma} = \frac{\partial}{\partial \sigma}\left[\frac{K_H}{D}\frac{\partial T}{\partial \sigma}\right] + F_T - \frac{\partial R}{\partial z} \tag{9-5}$$

$$\frac{\partial SD}{\partial t} + \frac{\partial SUD}{\partial x} + \frac{\partial SVD}{\partial y} + \frac{\partial S\omega}{\partial \sigma} = \frac{\partial}{\partial \sigma}\left[\frac{K_H}{D}\frac{\partial S}{\partial \sigma}\right] + F_S \tag{9-6}$$

$$\frac{\partial q^2 D}{\partial t} + \frac{\partial Uq^2 D}{\partial x} + \frac{\partial Vq^2 D}{\partial y} + \frac{\partial \omega q^2}{\partial \sigma} = \frac{\partial}{\partial \sigma}\left[\frac{K_q}{D}\frac{\partial q^2}{\partial \sigma}\right] + \frac{2K_M}{D}\left[\left(\frac{\partial U}{\partial \sigma}\right)^2 + \left(\frac{\partial V}{\partial \sigma}\right)^2\right]$$

$$+ \frac{2g}{\rho_0}K_H\frac{\partial \tilde{\rho}}{\partial \sigma} - \frac{2Dq^3}{B_1\ell} + F_q \tag{9-7}$$

$$\frac{\partial q^2 \ell D}{\partial t} + \frac{\partial Uq^2 \ell D}{\partial x} + \frac{\partial Vq^2 \ell D}{\partial y} + \frac{\partial \omega q^2 \ell}{\partial \sigma} = \frac{\partial}{\partial s}\left[\frac{K_q}{D}\frac{\partial q^2 \ell}{\partial \sigma}\right]$$

$$+ E_1\ell\left(\frac{K_M}{D}\left[\left(\frac{\partial U}{\partial \sigma}\right)^2 + \left(\frac{\partial V}{\partial \sigma}\right)^2\right] + E_3\frac{g}{\rho_0}K_H\frac{\partial \tilde{\rho}}{\partial \sigma}\right)\widetilde{W} - \frac{Dq^3}{B_1} + F_\ell \tag{9-8}$$

式中：f 为科氏参数；g 为重力加速度；F_x、F_y 分别为 x、y 方向的水平黏性扩散项；F_T 为水平温度黏性扩散项；F_S 为水平盐度黏性扩散项；F_q 为水平湍动能黏性扩散项；K_q 为湍动能混合系数；$\tilde{\rho} = \rho - \rho_0$；$\widetilde{W} = 1 + E_2(1 + KL)$ 为固壁近似函数（wall approximation function），K 为 von Karman 常数，$L^{-1} = (\eta - z)^{-1} + (H + z)^{-1}$，$E_2$ 为经验参数；q^3 为湍动能的三次方。T、S、ρ 分别为海水的温度、盐度和密度；ρ_0 为海水参考密度；U，V 和 ω 分别为潮流流速在三个坐标轴上的分量；K_M 和 K_H 分别为

垂直运动黏性系数和垂直扩散系数；q^2 为湍动能的平方；l 为湍流的长度尺度。

初始条件为：$u=v=0$ 和 $z=0$。

边界条件为：

$V_n=0$（固边界，即陆地边界），潮流沿着固边界法线方向的分量为 0。

$\zeta=\sum_{i=1}^{4}H_i\cos(\omega_i t+\eta_i)$（开边界，即水边界），开边界处输入由潮汐调和常数得到的水位数据，ω_i（$i=1$，2，3，4）分别为 M_2、S_2、K_1 和 O_1 分潮的角速度，H_i 和 η_i（$i=1$，2，3，4）分别为 M_2、S_2、K_1 和 O_1 分潮的潮汐调和常数（振幅和相位）。

9.3.3　海上溢油漂移速度模型

溢油漂移主要是由潮流和海面风场作用而引起的。溢油漂移速度模型综合考虑了潮流和风的作用，应用拉格朗日离散质点扩散原理模拟溢油漂移。在拉格朗日离散质点原理中，溢油油膜被看作许多小的网格面元并对应于一个平面坐标集。在溢油发生的地域，按照溢油量的多少引入一定数量的网格面元，每个网格面元所代表的溢油油膜在每一时间步都按照一定的溢油漂移速度 V_t 运动。溢油油膜漂移速度公式为

$$V_t=V_a+V_d \tag{9-9}$$

式中：V_t 为溢油油膜质点漂移的速度；V_a 为海面风和潮流共同作用引起的溢油漂移平动速度；V_d 为由溢油油膜水平扩散时湍流扰动引起的溢油油膜漂移速度。

溢油漂移平动速度 V_a 可利用下式计算：

$$V_a=\alpha_w DV_w+\alpha_c V_c \tag{9-10}$$

式中：V_w 为海面以上 10m 高度处的风速；V_c 为海面表层流速度，可由 POM 模式计算得到；α_w 为海面风引起的漂移速度因子，通常情况下风引起的表面流速度在风速的 1%～6%变化，在溢油漂移速度模型中大多数情形下取值为 3%；α_c 为海表面由于海流引起的溢油漂移速度因子，一般取值为 1.1；D 为受海面风作用引起溢油漂移方向偏移的变换矩阵。

$$D=\begin{bmatrix}\cos\theta & \sin\theta \\ -\sin\theta & \cos\theta\end{bmatrix} \tag{9-11}$$

其中，

$$\theta=\begin{cases}40°-8\sqrt{V_w}, & 0\leqslant V_w\leqslant 25\mathrm{m/s} \\ 0°, & V_w>25\mathrm{m/s}\end{cases} \tag{9-12}$$

湍流扩散漂移速度一般由随机游走过程计算得到。湍流扩散扰动速度 V_d 的计算公式为

$$V_d=(4E_T/\delta t)^{1/2} \tag{9-13}$$

$$V_d=V_d R_n e^{i\theta'} \tag{9-14}$$

式中：E_T 为湍扩散系数，其一般取值为 5～19 $\mathrm{m^2/s}$；h 为水深；δt 为溢油扩散漂移数值模拟的时间步长；R_n 是 0～1 的随机数；方向角 θ' 为均匀分布于 0～π 之间的随机值。

9.4　马六甲海峡潮汐潮流研究

　　潮汐潮流数值模拟区域包括整个马六甲海峡，该区域的网格大小为 $1'$，网格总数为 200×150。利用 Visual FORTRAN 编程实现基于 POM 模式的潮汐潮流数值模拟。

9.4.1　潮位模拟结果

　　图 9-6 是研究区域中某一网格点一定时间序列潮位值的数值模拟。众所周知，潮汐潮流具有周期性，即某一区域的潮位在一定时间间隔后会重复出现。从数值模拟结果可以看出，该区域的潮汐潮流周期为 12.5 小时。图 9-7 所示为研究区某一时刻的潮位分布状况。

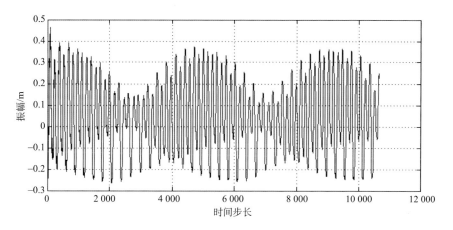

图 9-6　研究区域某一网格点一定时间序列的潮位

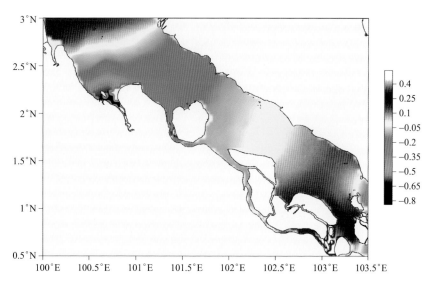

图 9-7　研究区域某一时刻的潮位分布图

9.4.2 潮流模拟结果

同潮汐一样，潮流也具有周期性，图 9-8 是研究区域某一时刻的潮流分布图。从潮汐潮流数值模拟结果可以看出，马六甲海峡潮汐潮流为半日潮，其主流为沿着海峡的往复流。

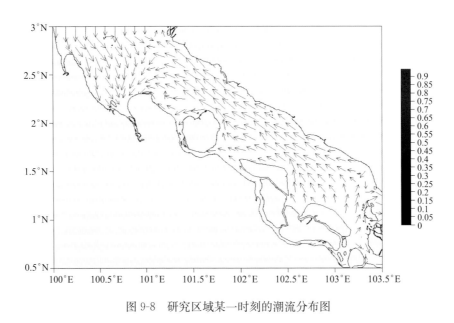

图 9-8　研究区域某一时刻的潮流分布图

9.5　风和潮流对溢油漂移的影响

在马六甲海峡潮汐潮流数值模拟的基础上，利用溢油漂移轨迹模型模拟不同风速、不同风向、无风、无潮流和不同潮时发生溢油等情况下的溢油漂移轨迹，以研究风、潮流等对溢油漂移的影响。

9.5.1 不同风速的情况

利用溢油漂移轨迹模型模拟研究区域中某一位置溢油，在相同风向 3 种不同风速情形下的漂移轨迹，结果如图 9-9 和图 9-10 所示。其风向均为 120°，风速分别为 1.0m/s、2.0m/s 和 3.0m/s。

从上述模拟结果可以看出：

（1）同一溢油在不同风速条件下漂移到达的沿岸区域不同；

（2）同一溢油在不同风速条件下漂移到达陆地岸线所需的时间长短不同；

（3）不同风速条件下的溢油轨迹是不同的，其运动主方向随风速的增大而越来越接近风向。

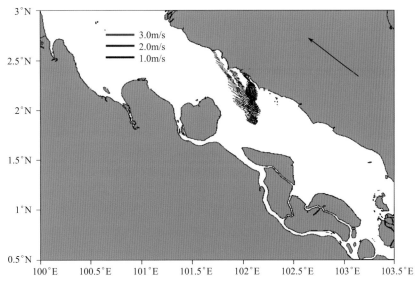

图 9-9　不同风速条件下的溢油漂移轨迹图

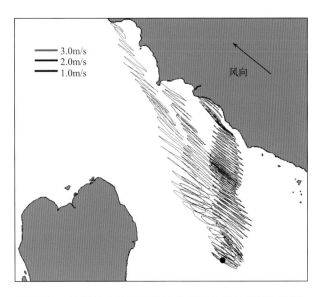

图 9-10　局部放大的不同风速条件下的溢油漂移轨迹图

9.5.2　不同风向的情况

利用溢油漂移轨迹模型模拟研究区域中某一位置溢油，在相同风速、3 种不同风向情形下的漂移轨迹，结果如图 9-11 和图 9-12 所示。其风速为 2.0m/s，风向分别为 90°、120° 和 150°。

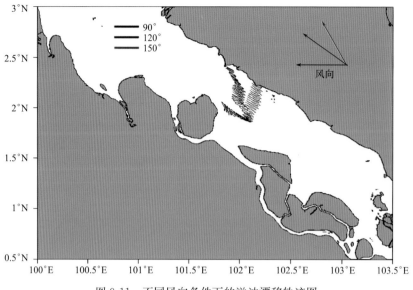

图 9-11　不同风向条件下的溢油漂移轨迹图

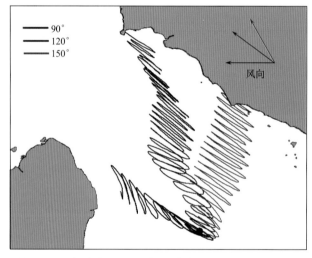

图 9-12　局部放大后的不同风向条件下的溢油漂移轨迹图

从上述相同风速、不同风向条件下的溢油漂移轨迹模拟结果可以看出：

（1）同一溢油在不同风向条件下漂移到达的沿岸区域不同；

（2）不同风向条件下的溢油漂移轨迹是不同的，漂移轨迹的主方向一般为风向右偏 $20°\sim30°$。

9.5.3　无风的情况

利用溢油漂移轨迹模型，模拟研究区域中某一位置溢油在无风情况下的漂移轨迹。图 9-13 是溢油发生 200 小时后溢油的漂移轨迹图，图 9-14 是该溢油轨迹的放大图。在图 9-14 中，红点代表溢油发生点，蓝点代表溢油发生 200 小时后漂移到达的位置。

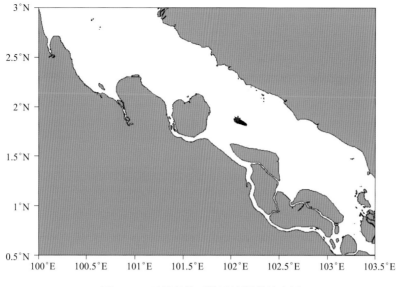

图 9-13　无风条件下的溢油漂移轨迹图

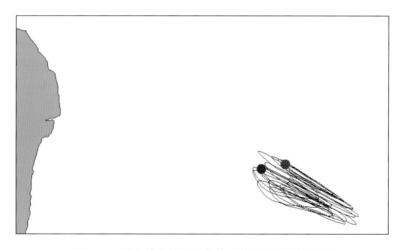

图 9-14　局部放大的无风条件下的溢油漂移轨迹图

从图 9-14 可以看出，溢油只是在一个小的区域内往复移动，这是因为该区域潮流为周期性的往复流，并且没有风的作用。

9.5.4　无潮流的情况

为了研究风对溢油运动的影响，利用溢油漂移轨迹模型模拟研究区域内某一位置溢油在无潮流作用条件下的溢油轨迹。图 9-15 是在风速 2.0m/s、风向 120° 和无潮流作用条件下的溢油漂移轨迹图。

从图 9-15 可以看出，由于没有潮流的作用且风速、风向是固定不变的，因此溢油漂移轨迹大体上是一条直线。

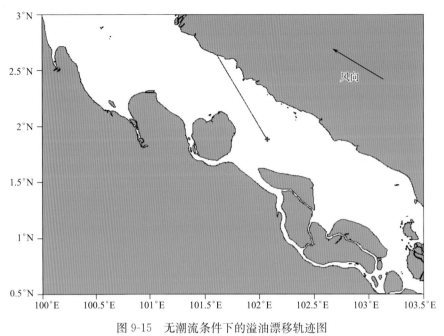

图 9-15　无潮流条件下的溢油漂移轨迹图

9.5.5　不同潮流时发生溢油的情况

不同时间对应的潮流是不同的，因此在不同时刻发生的溢油因其发生时刻潮流场的不同会使得溢油漂移轨迹不同。为了研究不同潮时发生溢油的漂移轨迹，利用溢油漂移轨迹模型模拟研究区域中某一位置溢油在不同潮汐发生后的漂移轨迹，结果如图 9-16 和图 9-17 所示。

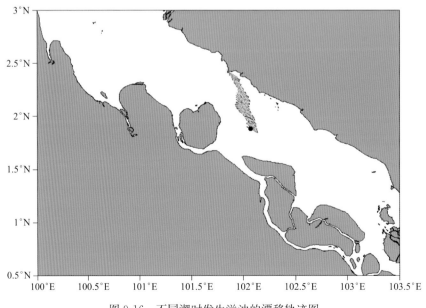

图 9-16　不同潮时发生溢油的漂移轨迹图

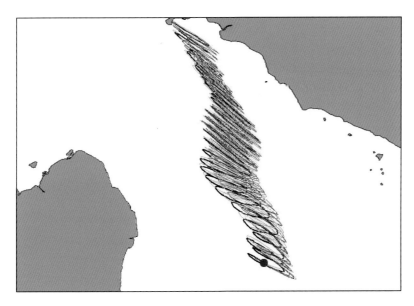

图 9-17　局部放大的不同潮时发生溢油的漂移轨迹图

从图 9-17 可以看出，不同潮时发生溢油对应的轨迹是不同的，但溢油到达沿岸的位置是邻近的，即不同潮时发生的溢油在相同海面风作用下到达相同的沿岸区域。

9.6　溢油扩散模拟研究

在上述研究中，只是研究潮流和风对溢油漂移轨迹的影响，并且只使用了一个质点表示溢油油膜，显然不足以反映出溢油移动中的整个扩散过程。一般情况下，若在溢油漂移轨迹数值模拟中将溢油油膜看作许多质点，则能够在模拟结果中看到溢油在运动中的扩散过程。图 9-18 是在风速 2.5m/s、风向 120°条件下溢油扩散过程的模拟结果，在该模拟研究中溢油油膜被分为 70 个质点。

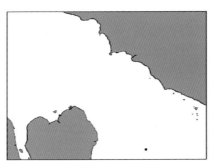

(a) T=0小时

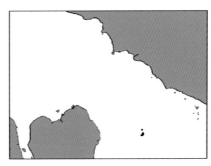

(b) T=100小时

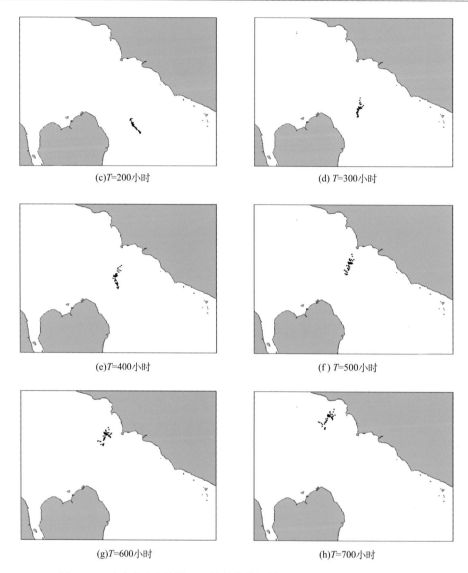

图 9-18　溢油移动中扩散过程的数值模拟结果图（T 为溢油漂移历时）

从图 9-18 可以看出，溢油在漂移过程中扩散到更大的区域。

9.7　海上溢油漂移扩散研究实例

应用 RADARSAT SAR 影像上发现的马六甲海峡溢油轨迹数据，进行溢油漂移轨迹模型的数值模拟研究。

1997 年 7 月 17 日，马六甲海峡发生了因油轮碰撞引起的溢油污染。图 9-19 和图 9-20 分别是 1997 年 10 月 26 日获取的该海峡溢油污染的 RADARSAT SAR 影像整景图和局部图。

图 9-19 1997 年 10 月 26 日获取的马六甲海峡 RADARSAT SAR 影像

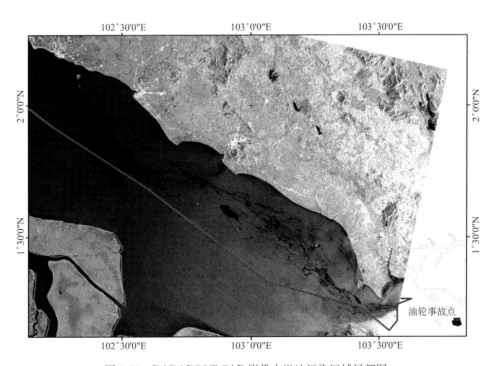

图 9-20 RADARSAT SAR 影像中溢油污染区域局部图

　　虽然油轮碰撞事故发生地点在本研究区域之外，但溢油事故发生后，逐步漂移到研究区域，因此假设溢油是在研究区域的东开边界附近发生的。首先，利用溢油漂移轨迹模型模拟在无风情况下溢油的漂移轨迹，结果如图 9-21 和图 9-22 所示。从图中可以看出，溢油在无风情况下只停留在海峡东南入口处漂移运动，没有进入海峡内部。

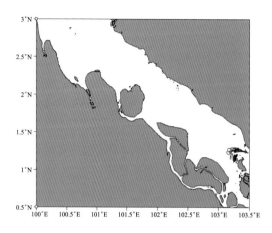 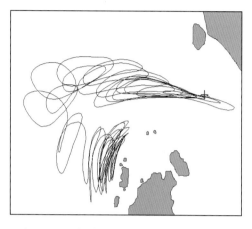

图 9-21　无风情况下溢油的漂移轨迹图　　　　图 9-22　局部放大无风情况下的溢油轨迹图

其次，假设在溢油的整个漂移过程中，海面的风速、风向是变化的。利用溢油漂移轨迹模型模拟溢油在 5 种不同风速、风向情形下的漂移轨迹，模拟结果如图 9-23 和图 9-24所示，图中的红十字代表溢油开始漂移的位置。

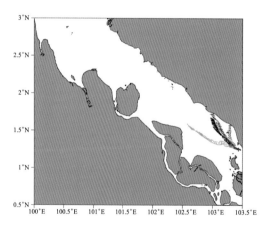 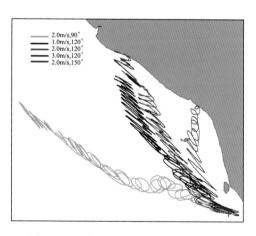

图 9-23　溢油在不同风场条件下的漂移　　　　图 9-24　局部放大后的溢油在不同风场
　　　　　轨迹模拟结果　　　　　　　　　　　　　　　条件下的漂移轨迹模拟结果

从溢油漂移运动整个过程中海面风场的观测可知，海面风速、风向是变化的。因此，应选取变化的风场数据用于溢油漂移轨迹的数值模拟。假定在溢油漂移运动的整个过程中，风速固定不变而风向是变化的，此时的溢油漂移轨迹模拟结果如图 9-25 和图 9-26所示。

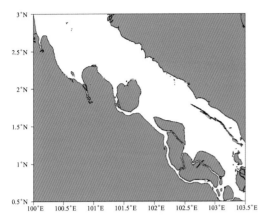

图 9-25　溢油在变化风场条件下的漂移
轨迹模拟结果

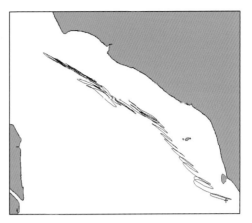

图 9-26　局部放大后的溢油在变化风场
条件下的漂移轨迹模拟结果

在变化风场条件下的溢油漂移轨迹模拟结果与 RADARSAT SAR 影像中的溢油轨迹非常相似，这表明研发的溢油轨迹模拟模型可以有效地模拟溢油漂移轨迹，也说明风的作用在溢油漂移运动中是至关重要的。

在上述研究中，溢油油膜只是被离散成一个质点进行漂移轨迹模拟研究。为了研究溢油在漂移运动中的扩散过程，将 RADARSAT SAR 影像中的溢油油膜离散成 80 个质点，其扩散漂移过程的模拟结果见图 9-27。从该图中可以看出，溢油在漂移运动过程中扩散到更大的区域中。

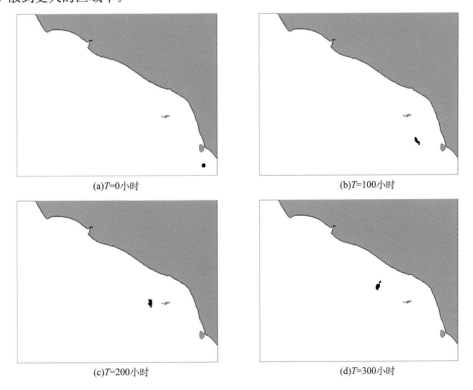

(a)T=0小时　　　　　　　　　　(b)T=100小时

(c)T=200小时　　　　　　　　　(d)T=300小时

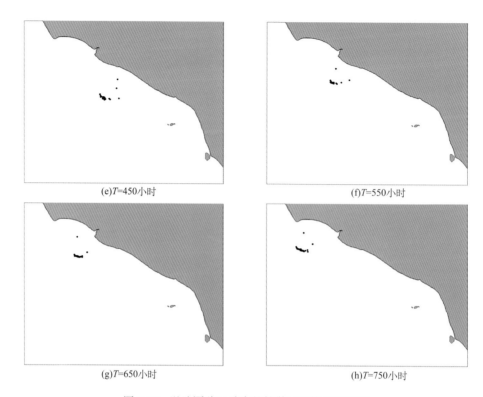

(e)T=450小时　　　　　　　　　　(f)T=550小时

(g)T=650小时　　　　　　　　　　(h)T=750小时

图 9-27　溢油漂移运动中的扩散过程模拟结果图

9.8　本章小结

　　以马六甲海峡区域的遥感数据进行了溢油漂移轨迹数值模拟研究，建立了相应的模型，该模型包括潮汐潮流数值（POM）模型和溢油漂移速度模型两部分。在此基础上，利用溢油漂移轨迹模型进行了海面风和潮流对溢油漂移轨迹的影响和溢油漂移运动中扩散过程的模拟研究。以在 RADARSAT SAR 影像数据中的溢油轨迹为例，开展了溢油漂移轨迹模型的实际应用研究。

　　马六甲海峡潮汐潮流计算结果表明，该海峡潮汐为半日潮，潮流主要为沿着海峡的往复流。风与潮流对溢油轨迹影响的研究结果表明，溢油漂移的主方向一般为风向偏右 $20°\sim30°$，偏移的角度随着风速的增大而变小；RADSARSAT SAR 影像中溢油轨迹的模拟结果表明，提出的溢油轨迹模型在具有足够的风场数据条件下可有效地模拟溢油漂移的轨迹。

参 考 文 献

李栖筠，陈维英，肖乾广．1994．老铁山水道漏油事故卫星监测．环境遥感，9（4）：256～262

李四海．2004．海上溢油遥感探测技术及其应用进展．遥感信息，（2）：53～57

张永宁，丁倩，高超等 . 2000. 油膜波谱特征分析与遥感监测溢油 . 海洋环境科学，19（3）：5～10

赵冬至，丛丕福 . 2000. 海面溢油的可见光波段地物光谱特征研究 . 遥感技术与应用，15（3）：160～164

Anselin L. 1995. Local indicators of spatial association-LISA. Geographical Analysis，27（2）：93～115

Fingas M F，Brown C E. 2008-05-10. Review of oil spill remote sensing. http：//www. ecy. wa. gov/programs/spills/response/taskforce/Oil%20Spill%20Remote%20Sensing%20Spillcon%202000. pdf

Fingas M F，Brown C E，Mullin J V. 1998. The visibility limits of oil on water and remote sensing thickness detection limits. Proceedings of the Fifth Thematic Conference on Remote Sensing for Marine and Coastal Environments，Environmental Research Institute of Michigan，Ann Arbor，Michigan. Ⅱ 411～418

Mansor S B，Assilzadeh H，Ibrahim H M et al. 2008-05-06. Oil spill detection and monitoring from satellite image. http：//www. gisdevelopment. net/application/miscellaneous/misc027. htm

Mussetto M S，Yujiri L，Dixon D P et al. 1994. Passive millimeter wave radiometric sensing of oil spills. A in Proceedings of the Second Thematic Conference on Remote Sensing for Marine and Coastal Environments：Needs，Solutions and Applications，ERIM Conferences，Ann Arbor，Michigan，35～46

Pantani L，Cecchi G，Bazzani M. 1995. Remote sensing of marine environments with the high spectral resolution fluorosensor. FLIDAR 3″，SPIE，2586：56～64

Taylor S. 1992. 0. 45 to 1. 1 μm Spectra of prudhoe crude oil and of beach materials in prince william sound, Alaska. CRREL Special Report No. 92～95，Cold Regions Research and Engineering Laboratory，Hanover，New Hampshire. 14

Vapnik V. 1999. Learning theory and its applications. IEEE Trans. Neural Networks，10（5）：985～987

附录 到 2020 年可用于海洋研究的卫星及其参数列表

名称	发射日期	应用	传感器	轨道参数
ADM-Aeolus (Atmospheric Dynamics Mission (Earth Explorer Core Mission)) ESA	2010-10-07	提供大气动力方面的全球 3D 风剖面产品,包括全球能量、水、气溶胶和化学的传输	ALADIN	类型: 太阳同步 高度: 408km 重复周期: 7 天 URL: www.esa.int/export/esaLP/aeolus.html
Aqua (Aqua (formerly EOS PM-1)) NASA	2002-05-04	大气动力/水和能量循环、云的构成、降水科辐射构成、大气/海面间的能量和湿度流动、海冰扩张和与大气的热交换	AIRS、 AMSR-E、 AMSU-A、CERES、 HSB、 MODIS	类型: 太阳同步 高度: 705km 重复周期: 16 天 URL: eos-pm.gsfc.nasa.gov
COSMO-SkyMed (COnstellation of small Satellites for Mediterranean basin Observation) ASI (1, 2 已分别于 2007 年 6 月 8 日和 2007 年 12 月 8 日成功发射,最后一颗 2010 年发射)	2006-12-31	环境监测、资源管理、海事管理、地形图制图、法律执行和情报/科学应用	SAR 2000	类型: 太阳同步 高度: 619km 重复周期: 16 天 URL: www.alespazio.it/program/tlr/cosmo/cosmo.htm
CRYOSAT (CryoSat (Earth Explorer Opportunity Mission)) ESA (第一次发射在 2005 年 10 月发射失败,重造卫星预计在 2010 年发射)	2005-03-31	雷达测高,用于判断地球陆地冰川和海洋冰面覆盖的变化	DORIS-NG、Laser reflectors (ESA)、SIRAL	类型: 倾斜、非太阳同步 高度: 717km 重复周期: 369 天 URL: www.esa.int/export/esaLP/cryo-sat.html

名称	发射日期	应用	传感器	轨道参数
DMSP F-13 (Defense Meteorological Satellite Program F-13) NOAA	1997-03-01	美国国防部长期气象计划、收集每天全球范围的大气、海洋、地球物理以及云覆盖盖数据	OLS, SSB/X-2, SSIES-2, SSJ 4, SSM, SSM/1, SSM/T-1, SSM/T-2, SSZ	类型：太阳同步 高度：833km 重复周期：101分 URL: dmsp.ngdc.noaa.gov/dmsp.html
Envisat (Environmental Satellite) ESA	2002-03-01	物理海洋学、环境监测	AATSR, ASAR, ASAR (image mode), ASAR (wave mode), DORIS-NG, ENVISAT Comms, GOMOS, MERIS, MIPAS, MWR (BNSC), RA-2, SCIAM-ACHY	类型：太阳同步 高度：782km 重复周期：35 天 URL: envisat.esa.int/
ERS-2 (European Remote Sensing satellite-2) ESA	1995-04-21	资源环境监测	AMI/SAR/Image, AMI/SAR/wave, AMI/scatterometer, AT-SR/M, ATSR-2, ERS Comms, GOME, MWR (BNSC), RA	类型：太阳同步 高度：782km 重复周期：35 天 URL: www.esa.int/export/esaEO/SEMGWH2VQUD_index_0_m.html
GCOM-W (Global Climate Observation Mission-W) JAXA	2011-01-09	海海表面观测	AMSR follow-on, Scatterometer (JAXA)	类型：太阳同步 高度：800km 重复周期：46 天 URL: http://www.jaxa.jp/projects/sat/gcom/index_e.html
GOCE (Gravity Field and Steady-State Ocean Circulation Explorer (Earth Explorer Core Mission)) ESA	2009-02-06	海洋循环、地球重力场研究	EGG, GPS (ESA), Laser reflectors (ESA)	类型：太阳同步 高度：250km URL: www.esa.int/export/esaLP/goce.html

名称	发射日期	应用	传感器	轨道参数
HY-1B (Ocean color satellite B) CAST	2007-02-11	叶绿素、悬浮泥沙、可溶有机物及海洋表面温度等	COCTS、CZI	类型：太阳同步 高度：798km 重复周期：7天 URL：www.cast.cn
Hyperspectral Mission (Hyperspectral Earth Observer) ASI	2009-01-01	农林业、区域地质、土地利用、水资源等	CIA、HYC	类型：太阳同步 高度：620km 重复周期：16天 URL：www.ifac.cnr.it/ot/hyperspectral_workshop_2004.html
ICESat (Ice, Cloud, and Land Elevation Satellite) NASA	2003-01-12	极地监测、云/气溶胶、地表环境监测	GLAS	类型：倾斜、非太阳同步 高度：600km 重复周期：183天 URL：icesat.gsfc.nasa.gov/
IRS-P4 (OCEANSAT-1) ISRO	1999-05-26	海洋生态学、物理海洋学	MSMR、OCM、WiFS	类型：太阳同步 高度：720km 重复周期：2天 URL：www.isro.org/
Jason (Ocean surface topography) NASA	2001-11-07	物理海洋学	DORIS-NG、JMR、LRA、POSEIDON-2 (SSALT-2)、TRSR	类型：倾斜、非太阳同步 高度：1336km 重复周期：10天 URL：topex-www.jpl.nasa.gov/mission/mission.html

名称	发射日期	应用	传感器	轨道参数
Jason-2 (also known as OSTM) (Ocean Surface Topography Mission) NASA	2007-07-19	物理海洋学	DORIS-NG, JMR, LRA, PO-SEIDON-3, TRSR	类型: 倾斜、非太阳同步 高度: 1336km 重复周期: 10 天 URL: topex-www. jpl. nasa. gov/mission/mission. html
KOMPSAT-1 (Korea Multi-Purpose Satellite 1) KARI	1999-11-21	地图制图, 土地利用与规划, 灾害监控, 全球海洋资源与环境监控等	EOC, OSMI	类型: 太阳同步 高度: 685km 重复周期: 1050 天 URL: kompsat. kari. re. kr/english/index.asp
METEOR-3M N1 ROSHYDROMET	2001-11-10	水文气象学, 物理海洋学等	KGI-4C, Klimat, MIVZA, MR-2000M1, MSTE-5E, MSU-E, MSU-SM, MTVZA, SAGE Ⅲ, SFM-2	类型: 太阳同步 高度: 1018km 重复周期: 10 天 URL: sputnik1. infospace. ru
METEOR-3M N2 ROSHYDROMET	2008-02-27	水文气象学, 物理海洋学等	DCS (ROSHYDROMET), IKFS-2, MSGI-MKA, MSU-MR, MTVZA, SAR (ROSHYDROMET)	类型: 太阳同步 高度: 1024km 重复周期: 10 天 URL: sputnik1. infospace. ru
NOAA-12 (National Oceanic and Atmospheric Administration-12) NOAA	1991-05-14	气象学, 农林业, 环境监测, 物理海洋学等	ARGOS, AVHRR/2, HIRS/2, MSU, NOAA Comms, SEM (POES), SSU	类型: 太阳同步 高度: 850km 重复周期: 11 天 URL: www. oso. noaa. gov/poes

名称	发射日期	应用	传感器	轨道参数
NOAA-14 (National Oceanic and Atmospheric Administration-14) NOAA	1994-11-30	气象学、农林业、环境监测、物理海洋学等	ARGOS, AVHRR/2, HIRS/2, MSU, NOAA Comms, S&R (NOAA), SBUV/2, SEM (POES), SSU	类型: 太阳同步 高度: 850km 重复周期: 11天 URL: www. oso. noaa. gov/poes
NOAA-15 (National Oceanic and Atmospheric Administration-15) NOAA	1998-05-01	气象学、农林业、环境监测、物理海洋学等	AMSU-A, AMSU-B, ARGOS, AVHRR/3, HIRS/3, NOAA Comms, S&R (NOAA), SBUV/2, SEM (POES)	类型: 太阳同步 高度: 813km 重复周期: 11天 URL: www. oso. noaa. gov/poes
NOAA-16 (National Oceanic and Atmospheric Administration-16) NOAA	2000-09-21	气象学、农林业、环境监测、物理海洋学等	AMSU-A, AMSU-B, ARGOS, AVHRR/3, HIRS/3, NOAA Comms, S&R (NOAA), SBUV/2, SEM (POES)	类型: 太阳同步 高度: 870km 重复周期: 11天 URL: www. oso. noaa. gov/poes
NOAA-17 (National Oceanic and Atmospheric Administration-M) NOAA	2002-06-24	气象学、农林业、环境监测、物理海洋学等	AMSU-A, AMSU-B, ARGOS, AVHRR/3, HIRS/3, NOAA Comms, S&R (NOAA), SBUV/2, SEM (POES)	类型: 太阳同步 高度: 833km 重复周期: 11天 URL: www. oso. noaa. gov/poes
NOAA-N (National Oceanic and Atmospheric Administration-N) NOAA	2005-02-11	气象学、农林业、环境监测、物理海洋学等	AMSU-A, ARGOS, AVHRR/3, HIRS/4, MHS, NOAA Comms, S&R (NOAA), SBUV/2, SEM (POES)	类型: 太阳同步 高度: 870km 重复周期: 5天 URL: www. oso. noaa. gov/poes

名称	发射日期	应用	传感器	轨道参数
NOAA-N′ (National Oceanic and Atmospheric Administration-N′) NOAA	2008-11-30	气象学、农林业、环境监测、物理海洋学等	AMSU-A, ARGOS, AVHRR/3, HIRS/4, MHS, NOAA Comms, S&R (NOAA), SBUV/2, SEM (POES)	类型：太阳同步 高度：870km 重复周期：5 天 URL: www.oso.noaa.gov/poes
NPOESS-1 (National Polar-orbiting Operational Environmental Satellite System-1) NOAA	2009-11-30	气象、海洋、环境监测等	A-DCS, APS, CMIS, SAR-SAT, VIIRS	类型：太阳同步 高度：833km 重复周期：2130 天 URL: www.npoess.noaa.gov
NPOESS-2 (National Polar-orbiting Operational Environmental Satellite System-2) NOAA	2011-06-30	气象、海洋、环境监测等	A-DCS, ATMS, CERES, CMIS, CrIS, OMPS, S&R (NOAA), SARSAT, SESS, VIIRS	类型：太阳同步 高度：833km 重复周期：1330 天 URL: www.npoess.noaa.gov
NPOESS-3 (National Polar-orbiting Operational Environmental Satellite System-3) NOAA	2013-06-04	气象、海洋、环境监测等	A-DCS, ALT, CMIS, ERBS, S&R (NOAA), SARSAT, SESS, TSIS, VIIRS	类型：太阳同步 高度：833km 重复周期：1730 天 URL: www.npoess.noaa.gov
NPOESS-4 (National Polar-orbiting Operational Environmental Satellite System-4) NOAA	2015-11-01	气象、海洋、环境监测等	A-DCS, APS, CMIS, SAR-SAT, SESS, VIIRS	类型：太阳同步 高度：833km 重复周期：2130 天 URL: www.npoess.noaa.gov
NPOESS-5 (National Polar-orbiting Operational Environmental Satellite System-4) NOAA	2018-01-01	气象、海洋、环境监测等	A-DCS, ATMS, CERES, CMIS, CrIS, OMPS, S&R (NOAA), SARSAT, SESS, VIIRS	类型：太阳同步 高度：833km 重复周期：1330 天 URL: www.npoess.noaa.gov

名称	发射日期	应用	传感器	轨道参数
NPOESS-6 (National Polar-orbiting Operational Environmental Satellite System-4) NOAA	2019-05-09	气象、海洋、环境监测等	A-DCS, ALT, CMIS, ERBS, S&R (NOAA), SARSAT, SESS, TSIS, VIIRS	类型: 太阳同步 高度: 833km 重复周期: 1730 天 URL: www.npoess.noaa.gov
OCEANSAT-2 (Ocean satellite-2) ISRO	2007-01-01	海洋与大气研究	OCM, Scatterometer (ISRO)	类型: 太阳同步 高度: 720km 重复周期: 2 天 URL: www.isro.org
QuikSCAT (Quick Scatterometer) NASA	1999-06-19	气象学、物学海洋学	SeaWinds	类型: 太阳同步 高度: 803km 重复周期: 4 天 URL: winds.jpl.nasa.gov/missions/quikscat/index.cfm
RADARSAT-1 (Radar satellite-1) CSA	1995-11-04	环境监测、物理海洋学	RADARSAT DTT, RADARSAT TTC, SAR (RADARSAT)	类型: 太阳同步 高度: 798km 重复周期: 24 天 URL: www.space.gc.ca/csa_sectors/earth_environment/radarsat/default.asp
RADARSAT-2 (Radar satellite-2) CSA	2007-11-14	环境监测、物理海洋学	SAR (RADARSAT-2)	类型: 太阳同步 高度: 798km 重复周期: 24 天 URL: www.space.gc.ca/csa_sectors/earth_environment/radarsat2/default.asp

续表

名称	发射日期	应用	传感器	轨道参数
RISAT-1 (Radar Imaging Satellite) ISRO	2001	农林业、地质、土地利用、水资源	SAR (RISAT)	类型：太阳同步 高度：586km 重复周期：60? 天 URL：www.sro.org
SAC-D/Aquarius CONAE	11 Sep 09	地球观测研究、海洋盐度测量	Aquarius、HSC、ICARE、MWR (CONAE)、NIRST、ROSA、SODAD	类型：太阳同步 高度：705km 重复周期：9 天 URL：www.conae.gov.ar
SAC-E/SABIA CONAE	21 Nov 09	环境监测	MOC	类型：太阳同步 高度：705km 重复周期：9 天 地方时：10:15 URL：www.conae.gov.ar
SMOS (Soil Moisture and Ocean Salinity (Earth Explorer Opportunity Mission)) ESA	15 Feb 09	提供天气与气候模拟参数、土壤湿度与海洋盐度监测、植被含水量、雪盖度和冰层结结构等监测	MIRAS (SMOS)	类型：太阳同步 高度：756km 重复周期：165 天 URL：www.esa.int/export/esaLP/smos.html
Topex-Poseidon (Topographic Experiment/Poseidon) NASA	10 Aug 92	物理海洋学、大地水准面/重力	DORIS、GPSDR、LRA、POSEIDON-1 (SSALT-1)、TMR、TOPEX	类型：倾斜、非太阳同步 高度：1336km 重复周期：10 天 URL：topex-www.jpl.nasa.gov/mission/tp-launch.html

续表

名称	发射日期	应用	传感器	轨道参数
FY-2 (D, E)	2006-11-08	气象、海洋预报；环境监测	S-VISSR	类型：倾斜、非太阳同步 高度：35 800km 重复周期：102.3min URL：http://www.nsmc.cma.gov.cn
FY-3	2008-05-02	全球的温、湿、云辐射等气象参数，大范围自然灾害和生态环境监测，提供地球物理参数	扫描辐射计、红外分光计、微波温度计、微波湿度计、中分辨率光谱成像仪、微波成像仪、紫外臭氧总量探测仪、紫外臭氧垂直探测仪、地球辐射探测仪、太阳辐射监测仪和空间环境监测仪	类型：太阳同步 高度：836.4km 重复周期：101.496min URL：http://www.nsmc.cma.gov.cn
HJ-1 (A, B)	2008-09-06	大气、水体与生态环境监测，自然灾害监测	CCD相机、高光谱成像仪、红外相机	类型：太阳同步 高度：650km 重复周期：48 小时（CCD），96 小时（高光谱） URL：http://www.nsmc.cma.gov.cn
FY-1 (C, D)	1999-05-10	白天云层、冰、雪、植被、海面温度、白天/夜间云层、土壤湿度、冰雪识别、海洋水色、水汽	MVIS MVISR	类型：太阳同步 高度：870km 重复周期：10；2.3min URL：http://www.nsmc.cma.gov.cn

注：据 http://www.docstoc.com/docs/2193069/List-of-satellite-missions- (alphabetical) 修改。